岩 波 文 庫

31-229-1

俺 の 自 叙 伝

大 泉 黒 石 著

岩 波 書 店

挨　拶

最も正直にして平凡な言葉を借用して言うならば、実に作者の私をして文壇的にも社会的にも一躍有名ならしめたこの随筆体小説『世界人《コスモポリタン》』は、即ち過去七年間にわたって『中央公論』にのせた『俺の自叙伝』第一から第五までを集めたものである。もう一度、この調子で書いてくれと頼まれても書けるかどうか解らないし、実際書けそうにもない。この意味に於て、この一冊は私の文学者生活に於ける、一つの高大な記念塔だとも言えるだろう。ところで、読者諸君の中には、この中の、どれか一つくらいは目を通した人もないとは限らないが、こうして全部まとまるのを待っている人も少なくないようだから、即ちここに旧態を守って謹んで是を出版し、私の親愛なる読者諸君に向かって簡単な挨拶を申し上げて、以て序文とする次第である。

一九二六年二月

大泉黒石

目　次

挨　拶
少年時代……9
青年時代……135
労働者時代……217
文士開業時代……289
自画自讃……377
解　説……四方田犬彦……381

俺の自叙伝

少年時代

一

　アレキサンドル・ワホウィッチは、俺の親爺《おやじ》だ。親爺は露西亜《ロシア》人だが、俺は国際的の居候《いそうろう》だ。あっちへ行ったりこっちへ来たりしている。泥棒や人殺しこそしないが、大抵のことはやってきたんだから、大抵のことは知っているつもりだ。ことに、露西亜人で俺くらい日本語のうまい奴は確かにいまい。これほど図迂々々《ずうずう》しく自慢が出来なくちゃ、愚にもつかぬ身の上譚が臆面もなく出来るものじゃない。

　露西亜の先祖はヤスナヤ・ポリヤナから出た。レオフ・トルストイの邸から二十町ばかり手前で、今残っている農夫のワホウィッチというのが本家だ。俺の親爺は本家の総領だった。

　日本の先祖はどこから来たんだか、あまりいい家柄でないとみえて系図も何もない。祖父の代から知っているだけだ。俺の祖父は本川《もとかわ》といった。下関の最初の税関長がそうだ。維新頃日本にも賄賂が流行したとみえて、祖父は賄賂を取ったのか、取り損ねたのか、そこははっきり知らないが、長州の小さい村で自殺した。あまり人聞きのいい話ではないが、恥を打ち明けないと真相が解らないから、敢えて祖先の恥をさらす。さぞ、不孝な孫だと思っているだろう。

俺のお袋Keita(恵子)はこの人の娘だ。俺を生むと一週目に死んだから、まるで顔を知らない。そんな理由から親類の有象無象が俺のことを仇子《かたきご》というんだろう。俺には兄弟がない。天にも地にもたった一人だ。

露西亜の先皇が日本を見舞った――その時はまだ彼は皇太子だった――とき親爺も末社の一人だった。親爺が長崎へ立ち寄ったとき、ある官吏の世話でお袋を貰ったんだそうだ。その時親爺はまだ天津の領事館にいた。

お袋は露西亜文学の熱心な研究者だった。それは彼女の日記や蔵書を見ても解る。それで、親爺がお袋をくれろと談判に来たとき、物の解らない親類の奴共が大反対をしたにもかかわらず、彼女は黙って家を飛び出して行った。旧弊人共が、お恵さんは乱暴な女だと、攻撃した。「わたしは、その時、どうしようかと思って困り果《はて》たばな」と、祖母が言った。

俺は二十七だ。

支那海の波が長崎港へ押し寄せて来る、英彦山がまともに見えるだろう、山麓の蛍茶屋から三つ目の橋際に芝居小屋があるだろう、その隣が八幡宮だ。鳥居をくぐると青桐の陰に白壁の暗い家がある。今でも無論あるはずだ。そこでお袋は俺を生んで直ぐ死んだ。死んだとき十六だった。

「おばあさまに難儀をかけずに、大きくなってくだはれ」と言って、息を引き取ったそうだが、おばあさまには、それ以来難儀のかけどおしで、まことに申し訳がない。

乳母は淫奔な女だったと誰でも言う。俺を三つまで世話して、情夫と豊後へ駆け落ちする途中、耶馬渓《やばけい》の柿坂で病没したそうで、乳母の母親が、娘が可哀想だから、何卒《どうぞ》石塔を一基建ててくれと何遍も頼みに来たが、頑固な祖母が、不人情なわがまま者のお恵(乳母の名もお袋と同じだった)に建ててやる石塔はないと言って何時《いつ》も断ったそうだ。だから今でも乳母は石塔のない土饅頭の下で眠っている。

俺の代になったから、こっそり建ててやろうと思うが、いつも自分一人を持てあましているくらいだから、そこまで手が出ぬ。

乳母が逃げた後は、祖母の手一つで、曲がりなりに育ってきた。俺は癇癪持ちだから、随分だだをこねて老婆を弱らせたというが、それは本当だろう。

俺が泣くと、雨が降ろうが、風が吹こうが、山の麓から海岸まで背負って行った。祖母は目が悪いところへ持って行って、あまり知恵のある質《たち》でなかったから、俺を背中へ縛りつけて海岸へ行って、海を見せさえすれば、得心して泣き止むものだと決めているらしかった。

今でもあるが、その時波止場に大きな、まんまるい大砲の弾丸《たま》があった。

「ほら、大砲ん弾丸。な、ふてえ弾丸じゃろが。よう見なはれ。唐人船《とうじんぶね》うちに使うたもんばい、ふてえ弾丸じゃろが」

と言った。「ふてえ弾丸じゃろが」を何百遍聞いたか知れない。祖母《ばば》のほうでも、俺を持てあましたろうが、俺のほうでも、大砲の弾丸には飽き飽きした。

俺が三つの時、化け物のような奴が突然やって来た。

俺は玄関で乳母と一緒に裸で鞘豆の皮を剝《む》いていた。するとこの化け物が俺の顔を見てかっと赤い舌を吐いて抱《だ》こうとするから、俺は鞘豆のざるを抱えたまま泣き出したら、台所から油虫《あぶらむし》と一緒に祖母が飛んで来て「まあまあ、おとっつあんたい。よう来なはったい」と、あべこべに化け物にお辞儀をしたことを覚えている。これが俺の親爺だ。

その時分八幡様の石段の下に、高山彦九郎の後胤《こういん》が貧乏世帯を張っていた。此家《ここ》の爺さんが、俺が日本を離れるとき「ジャッパン国にキリシタンの御堂《みどう》を建立《こんりゅう》したなあ、この俺《わし》じゃと言うてくだはれ」。オロシヤ人は喜ぶばい」と言った。誰に言《こと》づてするのか、それは本人も知らないらしかった。長崎に黒船が来た時、中町にキリシタンのお寺を建てようと言い出したのがこの爺さんで、俺の祖母と一緒に高台寺の絵踏みを恐れてしばらく姿をくらましていたんだそうだ。中町のお寺は今名物になっている。爺さんは漆師《ぬりし》だった。

俺を可愛がって、春徳寺下《しゅんとくじした》の幼稚園へ入る手続きをしてくれたのも、この高山の爺さんだ。

幼稚園で俺の組に、色の黒いギスギスの子がおった。大きな紫メリンスの帯をしめて異彩を放っていた。その時分メリンスの帯なんぞ巻いて歩く子がなかったからだろう。先生はこの子を一番可愛がって小便までさせてやった。高木という長崎代官の子と俺が、竹竿で先生を叩いたとき、半日罰を食って廊下に立往生を命ぜられたら、メリンス帯が来て手を叩いてはやした。代官の子と俺が相談してメリンス帯を殴ると、わいわい泣きながら、下女を小使部屋から呼んで来た。

「若様、この子でございまするかのし」

と下女が俺を指すと、メリンス帯がウンその子だ。早《はよ》う叩《ぶ》ってくれと言う。

「畜生。この異人めが、若様をようたたいた」と言いながら俺の頬っぺたをぐっとつねった。

代官の子は震えていた。代官の子なんてものは弱いもんだ。だから親爺が代官をやめさせられて、目薬を売ったり神主なんぞになるんだと思った。メリンス帯は小松原英太郎の子だった。もう大分大きくなっているだろう。

よその親爺とは少し違っているから訳を質問したら祖母が偉そうな顔をして、

「そら、あんた、おとっつあんは、露西亜のお方《かた》のけん、ちった違うとったい」

と教えてくれた。

「露西亜のお方けん」靴履きで畳を荒らしたり、石臼《うす》の上にお釈迦様のようにあぐらをかいたりするのだということも解った。しかしなぜ俺のそばへ始終いないのか解らない。

隣の車屋の三公や煙草《たばこ》屋の留太郎が毎晩徳利に酒を買って門前を通る。

俺は祖母にあれは誰が飲むかと尋ねた。説明によると三公や留太郎の親爺が飲むんだそうだ。俺の親爺にも買って飲ませたいが、一体どこに逃げたんだと、折り返して聞いた。そしたら、

「はんかおに居らっしゃるけん。こっちで酒を買ってやらんでもよか」

ということだった。はんかおは酒を飲まないんだ。三公の親爺も留太郎の親爺もはんかおに行かないから飲むんだ。しかし、町内で徳利を下げて酒を買いに行かない子は、幅が利かない規則になっていたから、俺の親爺も早くはんかおを免職して帰って来ればいい。日に二度でも三度でも徳利を振り回してやると残念でたまらなかった。

俺は幼稚園へ入ったばっかりだったが、近所の子に負けるのは嫌いだ。鋳掛屋の子が一番俺を酷《いじ》めた。此奴《こやつ》が、

「おめえの親爺は酒が飲めねいのか」

と言うから、

「俺の親爺は、はんかおだから飲まねえぞ」

とやっつけた。そしたら此奴が、

「はんかおなんぞ、うっちゃっちまえ」

「うっちゃるもんか。はんかおは高価《たか》いぞ」

「いくらだい？」

俺は生憎《あいにく》、祖母にはんかおの相場を聞いていなかったが、黙っていれば、はんかおを馬鹿にするから、大抵、行軍将棋くらいの値段だろうと考えて少し安いとは思ったが、

「五銭だい。ざまあ見ろ」

と凹《へこ》ませて帰った。

祖母に、はんかおは五銭でいくつくれるか様子を糺《ただ》すと、はんかおは一つたいと答えてくれた。一応もっともだ。はんかおは五銭で一つと決めて、それから、はんかおの事を誰が尋ねても、高いから一つだ。親爺は、はんかおを売ってしまったら俺の家へ戻って来るんだと威張ってやった。

大きくなってから学校の先生に、はんかおは支那の都会だ。こう書きますと、漢口という字を書いて教えて貰った。

もひとつ腑《ふ》に落ちない奴がいた。それは俺の家に、俺が生まれぬ前から寝ている女だ。この女を祖母がお母さんと呼べと命令したから、中途半端から具合が悪いけれど

も、止むを得ずお袋にして、間もなく死んだ時も、お袋なみに、解りよく泣いてやったが、あとでこの女の正体が暴露して、本当はお袋の姉だという証拠があがったとき、いくら可愛がって貰ったたって、少し泣き惜しみすればよかったと後悔した。ところで、家族は曽祖母と祖母と俺と三人になって、小さい西山という町の家へ引っ越した。

親爺は不人情な奴だ。とうとう二度と長崎へ来ないでしまった。俺は桜の馬場の小学校を三年生で打ち切って漢口へ親爺の顔を見に行った。親爺が露西亜領事館に澄ましているから、領事館で小使いさんをやっているかと思ったら、親爺が「領事はわしじゃ」と吐《ぬ》かしおった。

ここのところで説明をする。俺の親爺はウイッテ伯爵と前後《あとさき》にペトログラード大学の法科を出た支那通だ。何、初めから、こんな臭い所に来る気じゃない。やっぱり国会議員で通す意気込みだったろうが、儲かると思って、政府にだまされて追いやられたんだろう。親爺は法学博士だ。俺は二十八で博士になった。お前も俺を見習え。そうするとアレキサンドル・ネヴスキー勲章は譲ってやると言った。その時は俺だって二十八で博士になる約束をしたように覚えている。

親爺が明治三十四年に死んで、俺はとうとう孤児になってしまった。しかし、親が揃っていたって、満足な人間になるような手軽な子でないことを自覚していたから、親がなくても不自由だとも、肩身が狭いとも思わなかった。親爺が漢口で死んだ年、俺は遺骸をウラジオストクの露西亜人の墓地へ埋めに行った。その足で叔母ラリーザとそのままモスクワへ行った。親爺には三人の兄弟があった。二人は男で、一人は女だ。女が叔母ラリーザだ。男の方は二人共藪医者で、モスクワに一人、西伯利亜《シベリア》のイルクーツクに一人開業している。俺が叔母ラリーザとモスクワで落ち着いたところが、その三男の藪医者の家だった。ここにもまた伯母がいる。馬面《うまづら》の三十代のフィンランド女で、ターニャといった。

俺は甥のくせにこの馬面の伯母をターニャ、ターニャと呼びつけにしていた。しみったれで、見栄坊で、足を洗わぬ前がマルイ劇場付の女優だったせいか、馬鹿にひがみ根性の、嫉妬心の深い女だ。生意気に、女権拡張論者のソフィ・コワレヴスカヤなどと往復している。バーチナがどうの、ベロヴースカがどうの、イアキモヴァがどうのと変な本を買い込んできて伯父に喧嘩を吹っかけていた。

俺はこのターニャが大嫌いだ。お前の母さんは日本人だからキヨスキーは露西亜人じゃないと言う。キヨスキーというのは俺のことだ。俺をターニャに預けて置いて、叔母ラリーザは、巴里《パリ》のローマ教女学校へ教師に迎えられて行った。

その時分俺は、ニコラス二世の乗馬軍服が、その頃流行《はや》っていたので、学校通いの制服にねだって拵えて貰って小学校へ伯母の家から出掛けたもんだ。

読本を開いて「犬が吠える《サバーカ・ラエート》」「狼がうなる《ヴォルク・ヴォエート》」「鷲が叫びます《オリヨール・クリジート》」なんて、露西亜だけに「ハナ・ハト・タコ・マリ」と穏かにいかないから面白いと思った。荒っぽくて、何でもガサガサして珍しかった。

二

俺はモスクワの小学校へ放り込まれたが、露西亜語が満足に解らないので、半年の間唖《おし》で通した。何と誹《そし》られても平気でニコニコしていた。困ったのは運動時間に露西亜人の子が、不思議な奴が来たというので、俺の周囲に、うようよ集《たか》って勝手な熱を吹いていたことだ。それがうるさくって仕様がない。露西亜人で露西亜語が解らないなんて、天下の奇観だ。しかし三年たったらやっと解った。そしたら巴里の叔母ラリーザから、自分の勤めている学校の先生で、お隣の中学校にも教えに行く人がある。そこで生徒を募集しているから来い。来る気なら、こちらから暇を見て連れに行くと言って来た。

「叔母さんのそばなら、いつでも行きたい」

と返事を出しておいた。それは十二月の中頃だった。雪が引っきりなしに降っていた。

俺は頭が単純だから、何でも、くどくど書くことが嫌いだ。書こうったって書けない。自叙伝なんか、くどくどやっていったら締まりがない上に、切りがつかぬ。大雑把なところ、俺が巴里へ返事を出して二、三日したら、ターニャと伯父は、ペトログラードへ病院を建てるから地所の選定に行くと言ってモスクワを発《た》った。俺は、よく俺の話の中へ出て来るイエドロフの宿屋へ当分の厄介をかけることにして、即日そこへ引き移った。アレクセイ屋という行商人の木賃宿だ。どうせ俺を預かって世話するという家《うち》はそのくらいの所だろう。イエドロフは宿屋のほうは細君のサミヤとサミヤのお袋に任せて、自分は馭者を本職にして、始終伯父の所へも出入りしたから、知っているんだ。俺の荷物は長崎の大徳寺の門前で買った二円五十銭の柳行李が一つあるだけで懇意の憲兵に銭をやって宿まで担いでいって貰った。宿は「雀が丘」にあった。細君のサミヤと婆さんが出て来て「キヨスキーは今夜から、うちの者になるんだよ」と言って歓迎してくれたのはよかったが、俺にあてがわれた部屋が寒い上に、階段の昇降口にあったから騒々しくっていけない。部屋を取り替えてくれと頼んでも、そこが一番上等の部屋だ、あとはみんな労働者が暴れるから、壁も床も壊れていると容《き》かなかった。

部屋は俺が荷物の中から聖画像《イコン》を出して掛けたら住めるようにはなったが、食い物のまずいのには弱った。

それも我慢するとして、今度は下等な露西亜人が、扉を蹴るのに閉口《へいこう》した。自分の部屋の扉を開けるのに、何も靴で蹴らなくったって、押して入ればいいのに、無闇に蹴って音を立てる。それも辛棒するとして、今度は煙草の煙とアルコールが鋭く鼻を突いてくる。晩になってイエドロフが戻って来ると、ほかに能がないものだから、婆さんと口論する。サミヤは俺が子供だと思って、いつでも俺の部屋へ飛んで来て、めそめそしていた。

ある晩、激しく妻のサミヤと口論したイエドロフは翌朝、ふらりと家出したまま帰って来なかった。意気地なしの厄介者がどこかへ失《う》せおると、婆さんは結局喜んでいた。サミヤは淋しそうな様子をしていた。そして、俺を捕らえて、やれ、うちの亭主は養子だ、家出しちゃ飢え死にするだろうと言った。しかしどうしたのか一向戻って来ない。

厄介な宿屋だ。俺は毎日毎日巴里から叔母が迎えに来るのを待っていた。なかなか来ない。

女の声がするから跳び出して見ると、いつも旅宿人が化粧のユダヤ女を連れ込んで来て騒いでいるのだった。

二週間ばかりすると、ひょっこり伯父が洒落込んで、宿屋へやって来た。何しに来たかと思ったら、クリスマス前に一度ヤスナヤ・ポリヤナを回ると言う。お前も来ないか、先祖の百姓家があると言う。俺は行くと答えた。

ヤスナヤ・ポリヤナ村の先祖の農家というのは樅《もみ》の林の中にあった。最初そこへ寄って、それから馬車橇で、煉瓦造りの小さい「青玉葱塔《ソボール》」の寺院へ行った。そこで神父を誘って、村の病人の家を片っ端から回って歩いた。ところで、途中で一人の見すぼらしい老人に出会った。この老人が路傍で拾った痩せ犬を引っ張っている。俺の伯父が、帽子に人差指を当てて挨拶しているから、不見識な真似をするもんだと思うと、これが、初めて聞いて、初めて見る、レオフ・トルストイだから可笑《おか》しい。伯父は俺を連れて、トルストイの家へ立ち寄るつもりらしかった。それで一緒になって歩き出した。老爺《ろうや》は病家へ見舞いに行っての帰りだった。不思議なことには行方不明のイエドロフは、突然この村の馭者になっていたことだ。彼は俺達の顔を見ると、驚いて飛んで来た。

俺達は乗合馬車の車輪が動かなくなったので歩くことにした。爺さんの大きな鼻の先が赤蕪のように赤くなって、灰色の口髭にぶら下がった鼻汁と髭とが、申し合わせて白く凍っている。口をモグモグ動かすと崩れて落ちそうだが、爺さんは平気で歩いている。先頭にこの爺さんが痩せ犬を引っ張って行く、その後ろからアキモフ神父と伯父が行く。次に俺とイエドロフが神妙にくっついて、ぼそぼそ歩いた。イエドロフは、一体どこへ行くんだろう。

揃いも揃ってみんな薄汚い外套《シューバ》を引っ被って、一様に鼻っ柱を赤くしているが、俺の伯父だけは洒落ている。

伯父の外套の襟は大野猫の毛皮だ。その茶色の毛が、ギラギラ光るのを俺は感心して見ていた。しかし、今日考えてみると、その外套も、やはり俺の親爺の金で工面した、一張羅の晴れ着かもしれなかった。

俺は後で巴里のラリーザ叔母に聞いたんだが、親爺が死ぬと親爺の遺産争いをして、この伯父が半分横領したそうだ。そう言えば、狡猾《ずる》そうな面構えだ。だから、俺の懐には親爺の金が半分しか入らなかった。

遺産争いの理由と言うのが、俺のお袋は日本人だから、露西亜人の子を産むはずがないというのだそうだ。そんなら誰の子が俺だろう。

その時わざわざ巴里のラリーザ叔母が俺の人相を検分に来て、俺の目が海のような色をして、俺の髪が黄金色に輝いていたものだから「勝訴だ、勝訴だ」と喜んで露西亜の神聖なる裁判官に「キヨスキーは目が青くって髪の毛が灰色だから、露西亜人に違いない」と言ったら、裁判官が「そんなら喧嘩のないように、ワホウィッチの遺産を半分わけに取らせる」と言ったそうだ。妙な裁判があるもんだと俺は感心した。

俺の伯父はモスクワの藪医者だから、獣皮の外套が買える理屈がない。

その時俺は貧乏者を毛嫌いした。そのくせ本人は人並外れて困っていた。俺は大野猫の外套の襟に顎を埋めている伯父が、この中で一番偉いと決めた。反対に俺とイエドロフはまるでお話にならぬ程、哀れな顔をしていたのだ。

痩せ犬を引きずって歩く爺さんもやっぱり左様で、黒茶がかった外套にくるまって、芋俵のような形で歩いている。その棕櫚の皮みたいな、ささくれた毛織の毛に触るとザラザラした。

一、二町ばかり、雪靴で雪を踏んで来たとき、振り返ると乗合馬車橇は農家に遮られて見えなくなっていた。北風が吹き止んで、雪は吹き散らなくなった。気持ちのいい白い湯気が、口からと鼻からと、噴き出て来る。それでも空は低く黒ずんで、一体いつになったら太陽が光を見せるか、想像すらつかない。

茫漠たる平野の中央を突っ切る道の両側は畑で、畑の畦《あぜ》に、すくすくと枯れ木立が立ち並んでいる、その枝は真っ白だ。自然の沈黙なる仕事とはこれだろう。たまには大きな奴が固まって森をつくっている。森の根に、まるで雪の中に島流しに遭ったような低い農夫の家が蹲踞《うずくま》っている。それが飛び飛びに雪を被って恐縮している。恐縮していると言うよりも、雪に押し潰されて、低頭平身していると言ったほうが適切だろう。

前を見ても、後ろを見ても、真っ白な雪が一面に世界を埋めている中を、ペチカの煙がもやもやと騰《あが》った。たちまち雪の中から黒い人間の粒が潜り出て、芋虫のように動き出した。やがて芋虫がこっちへ近づくに従ってだんだん大きくなると、しまいには、「さあーッ」と俺達のそばをかすめて飛んでいく。手橇だ。

手橇の上から百姓の子が、両手を挙げて、

「ブラヴォ！」

と怒鳴ると、爺さんが、ちょいと立ち止まって、

「ヘエー、ヘエー」

と、元気のいい農夫の倅《せがれ》をじっと見詰めながら、雪明かりに大きな凹《へこ》んだ目をしばたたいて、また、ボソボソと歩き出す。

「俺達は全体どこまで歩くんですかい」

と黙り込んでいるイエドロフに尋ねると、

「旦那の家でさあ。旦那の家に決まってまさあね。大きくて、広くって、馬鹿に俺《わし》は好きになっちまった。それに旦那は旅のお客さんが好きだときているからね」

と言う。

「それでお前さんはどこへ行くんだね」

「旦那のお供をするんでさあ」

当たり前じゃないかと言うような顔をした。

「お前さんが、旦那々々というのはあの爺かね」

「そうでさあね」

また、でさあねえと下司な露西亜語で言う。

「あの爺さんは誰だい。イエドロフ？」

イエドロフは大きな草入水晶のような青い眼の球を、大きく膨らませて、ぐるぐると回転させた。これが俺の親友イエドロフの呆れた時の唯一の表情である。

「ありゃ、別荘の親方でさあ。キヨスキーはまだ知らないかね」

「別荘って、どこの別荘だい」

「モスクワさ」

「モスクワ？」

「うん、モスクワ」

モスクワの別荘の親方だと言えば、まずは大抵呑み込めそうなもんだというつもりであろうが、実のところ、俺には見当がつきかねた。

「モスクワの別荘の旦那だよ。俺はよく話をしたんだ。あの旦那とね」

「お前さんがかね。へえ、どこで？」

「別荘の庭でさ。お早うございますと言えば、親方が、お前さん、お早う。働くかねとくるんだ。間違いっこなしだよ」

イエドロフが話をしたというのは、通りがかりに帽子を取って挨拶したことだった。「旦那がソファを担いで庭を歩いている。そこへ俺《あっし》が出掛けて行く。お早うと言うんでさあ」

まさかこの爺さんが、重いソファなんぞ担ぐこともあるまいと思うと、イエドロフの言うことが、俺にはますます解らなくなってくる。

向こうから百姓がやって来て俺と行き違いざま、先頭の爺さんに饒舌《しゃべ》りかける。百姓の話によると何でも爺さんにこの百姓が牡牛を一匹売ってくれと頼んでおいたのが、ようやく昨日か一昨日か買い手が付いて話が纏《まとま》ったというのである。別荘の旦那に牛を売って貰うというのがそもそも聞こえないいじゃないか。この百姓も爺さんに対《むか》って旦那と言ったが目礼もしないでさっさと行っちまった。

爺さんは何という名前の人だとイエドロフによっぽど聞こうかと考えたが、また妙な事を言うと癪に障るから止《よ》した。

丘という名には過ぎるくらいの畦を通り抜けると、林が目の前に展《ひら》けて真っ黒な小鳥が蚊のように群がっている。林まで歩かせられては堪らないと思っていると、爺さんはぐるりと踵《きびす》を巡らせて岐路《きろ》へ入ってしまった。

突き当たったところに白い寒そうな家がこっちに向かって門を閉ざしている。五人は黙って扉を押して家の中へ入った。一番尻からノコノコ跟《つ》いて来るイエドロフが勝手知った顔で扉を閉めた。

「イエドロフ、これが爺さんの家かい?」

「ウム、ウム」

イエドロフはニコニコしている。気がつくと俺の長靴は雪に濡れていたから、薄暗い広い室へ入って行こうとして、まごまごしていると、爺さんがドシリドシリと俺の方へ歩いて来て、

「ヘエ、ヘエ」と露西亜人特有の唸り声で怒り出した。そして円い目で俺の靴を見下ろしている。

俺は最初からこの爺さんが怖かったので、そこで眼を剝《む》かれてどぎまぎしながら、面食らってそのまま部屋の中へ片足を踏み込むと、「こら《タ》、こら《タ》、こら《タ》、こら《タ》」と俺の二の腕をぐっと引っ掴んで、俺をズルズル裏口へ引っ張って行った。とうとう、その裏の石段で長靴の雪を手袋で叩き落として、後ろで俺の仕事を茫然眺めている爺さんに連れられて、再び暗い部屋へ引き返してみるとイエドロフがいない。

暗い空が卓子《テーブル》の上の空窓《そらまど》から覗かれて炉《ろ》辺《へん》に蹲踞《しゃが》んでいる俺の尻がぽかぽか暖かくなってきた。

今迄、歩いている時はお互いに口を利くのがおっくうだった、が少し暖まると恐ろしく饒舌り出した。俺の伯父も椅子に腰を下ろして頻りにこの爺さんと話をしている。話は何であったか、俺は記憶していない。

雪の崩れる音が室外に聞こえて、窓から見える空の模様はだんだんいけなくなってくる。部屋の中が暗くなると爺さんは卓子の上に蠟燭《ろうそく》を立てて、火を点《とも》した。灰色の壁に灯が映って大薪《おおまき》の燃える音がぼうぼうと尻のほうで鳴る。

こうして神父と伯父とを相手に腰をかがめながら口を動かしている爺さんの、あたかも高麗犬《こまいぬ》のような格好の顔を見詰めていると死んだ親爺の顔を思い出した。俺の親爺は、この労働者じみたうす汚い爺よりは十くらい若くもあったが、もっと顔立が立派だと思った。同じ露西亜人でもどうしても俺の親爺のほうが小柄ではあるが、容貌が上等だと思っていると、ひょいと俺のほうを見て、

「お父さんの墓へ行ったかい」と俺に尋ねる。俺は黙って頷《うなず》いて見せた。俺の先祖の墓はこの爺さんと同じ村にあるんだ。どういう訳だか親爺の遺髪だけはウラジオストックのミハイル僧正の寺院に埋めてある。

「何という名前だったたね、坊は」と伯父に尋ねている。この爺さんの眼から見ると十二になりかけている俺は確かに、「坊」であったに違いない。その時伯父は、

「キヨスキー」と言ったように覚えている。伯父からして俺の事をキヨスキーと呼ぶから、イエドロフ親子だってキヨスキーで通すのだ。

俺はここでもキヨスキーで我慢を余儀なくされた。すると爺さんは、つと立って、「キヨスキー」と言いながら、先刻のように俺の片腕を摑まえて、爺さんの膝のほうへ引き寄せて置いて顔の検査を始めた。伯父はニコニコ笑っている。

「ステパノに似ておるね」一寸《ちょっと》抱える真似をした。この時神父は部屋の外へ出て行ってしまった。爺さんはポケットに手を突っ込んでみたが、何も無いというような顔をする。そこへ、今迄どこへ行ったか解らないでいたイエドロフが、「マーレンキー」と言ってのっそり入って来た。右の手には一封の手紙を摑んでいる。それを俺に見ろと言うのらしい。

爺さんは、半ば卓子によりかかりながら、伯父と話を復活させていた。俺がその手紙を手に取って見ようとすると、

「一寸待ってくれ」と件《くだん》の手紙を引っ奪《たく》って爺さんの方へ持って行く。爺さんはその手紙にざっと目を通すと、頭を斜めに振って、浮かぬ顔をした。そしてペンを取ると封筒の上にすらすら走らせた。

それを今度はイエドロフが改めて俺の所へ持ってきて返した。

「愛するレオフ・トルストイより」と書いてある。

「ウン、ウン、レオフ・トルストイ」イエドロフは頻りに喜んでいる。今度は表面を返して見ると、

「神に忠なる寡婦へ」とあった。

「レオ・トルストイというのはこの爺さんだねえ」

「レオ・トルストイ？　ム、そうだ」

「寡婦というのは誰かい？」

「モスクワの婆さんさ」

「ム、ム」

あの欲張りの宿屋の婆さんに、この爺さんは何の用があって、このような手紙を書いたのだろうと少なからず好奇心に駆られて、封をしてないままに、中から手紙を引き出しかけて、一寸、イエドロフの顔色を窺ったが、別に苦情も言わず、眼皺を寄せている。手紙は誰が書いたものか知らないけれども、文句は、確かにイエドロフの家出の事について、冗々《くだくだ》しく並べ立ててある。今にモスクワへ帰るが喧嘩《けんか》をしては神の罪が恐ろしい。婆さんにも忠実なる神の僕になってくれ。というような事が書いてあった。これは後でモスクワへ帰ってからアレクセイ屋の婆さんに聞いたのであるが、イエドロフは何でもこの爺さんの別荘で何か用達《ようた》しをしていたらしいのである。それで夫婦喧嘩の仲裁まで頼み込んだのであろう。

「イエドロフ、これを持って家へ帰るの？」

「帰る」

「何時《いつ》？」

「キヨスキーと一緒に帰りたいねえ」と途方もない事を申し込んだ。

「俺は何時帰るか解らないよ」

「明日でも帰ったらどうだね」

「伯父さんに尋ねてみるといい」俺はなるべくならこのような男と一緒に帰りたくなかった。遠慮を知らぬ彼も、さすがに、伯父には掛け合わないで浮かぬ顔をしている。実を言えば俺も早くモスクワへ帰りたかったけれども、此方《こっち》へ来てからまだ一日しきゃならないから、せっかく誘ってくれた伯父に、もう帰りましょうとは言いかねて、この塩梅《あんばい》では、毎日毎日雪の上を駆けずり回らねばならぬかもしれないと思って情けなくなる。伯父だけは落ち着いていた。

俺と伯父は間もなく爺さんの家を辞して外へ出た。爺さんはむっくりした顔で戸口まで送ってくれた。その後ろに田舎風の女が二人、俺の顔をじっと眺めているのを発見した。

イエドロフは、どうしたか知らない。来がけの道を、とぼとぼ歩いて五、六軒まばらに農夫の家が固まっている所へ来ると、馬車が待っていた。けれども馭者が代わっている。

俺は伯父の脇に小さくなって乗った。午後二時頃、かなり賑やかな村に着くと、そこで下車《おり》てこれからまた顔も名も、まるで未知の人々の所へ一夜の宿を頼みに行かねばならないのである。

俺は雪の上を歩くのが大分上手になった。

翌日も空が曇っていたが、降りそうには見えなかった。伯父は俺を残して朝のうちからどこかへ出掛けて行ってまだ帰って来ずにいる。昨夜寝たこの家は、どうやら宿屋ではないようだ。

昨夜寒さに眼が覚めたので、寝台の上に起き上がって窓の外を眺めると、茫々として果てしない真っ白な雪の原を、汽車が真っ赤な火を噴いて走っていた。夜が明けてから今一度夜半に眺めた所を見直したが何もない。けれども、田舎停車場に近い所だとは、近所に踏切りがあるので受け取れる。ヤスナヤ・ポリヤナから三里くらいはあるだろうか。

村の名は地図を広げてみれば、今でも思い出せそうである。

俺はこの一日、伯父が帰るのを待ち暮らして、一寸も家を出なかった。ただ飯時に、家族の人々と顔を合わすほかには、絶えて口を利かないし顔も見ないで、貧しい炉辺に、うつらうつらしていると日が暮れて、伯父は帰った。その翌日も晴れていた。降り積んでいる雪は次第に硬くなってきた。俺はこの日、恐ろしい光景を見物した。見物したばかりではない。一昨日別れたばかりのトルストイ爺さんと一緒になって働いたのだ。

今日でもその時の有様を追想すると身震いがする。

俺はこの一日の事を記す。

モスクワを去ってから丁度三日目の朝であった。伯父と俺は再びヤスナヤ・ポリヤナの村へ向かって馬車を走らせた。

朝のうちは、空模様が険しいというほどでもなかったが、俺達がヤスナヤ・ポリヤナに着く頃から、四辺《あたり》は恐ろしく暗くなってきて、物凄い雪雲に反響する鞭の唸りがヒュー、ヒューと聞こえてくる。やがて馭者台から、帽子をすっぽりと耳の上まで被りこんだ馭者が、

「降るぞ、降るぞ」と独り言を言ったとおりに、灰のような雪が一面に狂い舞って

きた。

俺は伯父の真似をして、頭から外套の大きな袋頭巾を引っ被っていると、瞬く間に雪は来た。二、三間先が、朧《おぼ》ろ気に見ゆるだけで、右も左も真っ白な簾《みす》に閉ざされてしまった。折々例の鞭の音が風を切って響くのと、轍《わだち》が雪に食い込んでガラガラ軋る音が耳につくだけで、雪を恐れて、此辺《このへん》へ散らばっている人の影もまるで家から出て来ないとみえた。

いずれにしても、俺はこんな寂しい所で深い雪に出逢ったことは初めてである。最初美しく見えた景色が、だんだん怖くなってきて、なまなか出掛けずにいればよかったと後悔する。顎を襟に埋めて眼だけ出して、鼻と口とを袋頭巾の平べったい紐で隠しておいて、真っ向から打《ぶ》っつかってくる風雪を、少し腰を曲げて頭で突っ切る工夫をした。伯父も馭者も雪と風に対する防御策を講じている。こうして馬車が恐ろしく動揺しながら駆けていく道すがら、伯父は手提げ鞄を小脇に抱えたままで二、三度馬車を下りて、用を足してくる。そのつど俺は、馬車の上に十分なり十五分なりぽつんとして伯父の帰るのを待つのであるが、じっとしていると、寒さが靴の底から全身に滲み渡ってきて身を固く縮めて力んでいた。

俺の伯父は、厚い布を張った屋根の下で小口の瓶から黄色い臭い酒をぐいぐい呷《あお》った。

そして、無言で俺にその飲みかけを押しつけた。俺も呷った。足の指の頭が千切れて落ちそうにぎりぎりと痛んで仕様がない。眼の底から冷たい涙が、ぼろぼろ湧いてきて、小鼻から頰を伝わって唇へ流れ込む。

こうして爺さんが住んでいる村は素通りしてしまって、小さい貧乏村へ入ると、村の入口に出迎えの百姓が一人路傍に俺達を待っていた。その男は俺達を見ると、早口に何とか言いながら雪を蹴散らして馬車に乗った。

馬車は動き出した。雪は、いよいよひどくなる。爺さんの村から一里半ばかりの所で馬車はごとりと止まって、第一に百姓の男が飛び下りる。ここで下りてしまうのかなと思っていると第二番に伯父が下りる。続いて俺が下りようと、馬車の柱に一生懸命摑まっていると、百姓の男が、後ろから抱き下ろしてくれた。

三人は一口も利かずに、寒さを堪えながら、五、六間《けん》、雪靴を引きずると、そこから往還が二つに分かれていて、その分岐点の畦の下を狭い小川が流れている。片足を上げて氷を踏んでみたが、何の音もしないところをみると、底まで凍っているらしい。

四、五尺程の雪の道を苦心して歩くより、この小川の水の上を辿ったほうがどれくらい楽だかしれない。前の百姓も伯父も俺の真似をして川の上を渡り始めた。

少し浅い個所はギシギシと氷の咬み合う音がする。これで、一丁も来たなと思う頃、水車小屋が眼の前に現れて、飴のような氷柱《こおりばしら》がぶら下がっている。そこから汚い百姓の家が幾つかまばらに続いている。

急ぎ足で雪を蹴っていた伯父は、おや、と思う間に、一軒の真っ暗な百姓屋に紛れ込んでしまった。

「彼処《あすこ》だ。彼処だ」とこの百姓はいきなり俺を駆け抜いて、その百姓屋へ飛び込む。俺も後からぽつりと入って行くと、伯父は見たところこの百姓の妻君らしい下品な人相の女を相手に焚火を囲みながら饒舌《しゃべ》っていた。黒い薪の煙が、粗末な家の中に巻き上がって、蛇の舌のような真っ赤な炎が、炉辺の二人の顔をてかてかと照らした。

俺は先刻《さっき》の百姓と膝を突き合わせて、焚火の前に蹲踞《しゃが》んだ。途端に、炎の中にぼうとした赤鬼の顔が炎の揺れ具合で現れて、おや、と思いながら、一心に煙の底を見詰めると、その鬼のような顔は炉の向こう側にあるらしい。煙がむくむくと立ち昇るとたちまち消えてしまう。

俺は薪の燻《いぶ》りを避けるために、ぐるりと向こう側へ位置を変えると「キヨスキー」と唸って、俺の肩を叩いた者がある。ひょいと振り向くと、頭の上に先刻の赤鬼の顔が現れた。俺は立ち上がった。よく見ると、赤鬼の面に見えたのは、この薄暗い土間とも板の間ともつかぬ程、泥で汚れている床に積み重ねた薪の上に腰を下ろしている一昨日《おととい》の爺さんだ。トルストイ爺さんだ。

爺さんは煙の中で円い眼をしばたたいていた。ともすれば、ぼうぼうと燃え上がる炎に、赤鬼のように見えたのである。爺さんの顔を見ると、イエドロフの事を思い出したが、この爺さんに、イエドロフはどうしたかと、尋ねる気にもならず黙っていると、先刻の百姓はバタバタと表口から駆け込んで来て、「旦那？　早くしねえと危のうございますぜ」と伯父に向かって言う。何が危ないのか俺には解らなかったが、この爺さんと伯父と百姓との纏りのつかない話を聞いていると、何でも近所の百姓がどこかで怪我《けが》をして生命《いのち》が危ないので、医者の所へ、この百姓が駆けつけたけれども、遠くへ出掛けて留守なんだ。仕方がないから、爺さんを引っ張って来たと言うのである。引っ張られて来た爺さんだって、医者でないから怪我人の家へは行かずに、この家で焚火に尻をあぶっている。

「そんなに危ないのかね」

「危のうございます」伯父も呑気な医者で、危ないかね、危ないかね、を繰り返すだけでなかなか動く気配がない。ところで、ある医者が、しばらくこの爺さんの家に厄介になっていたが、生憎《あいにく》いない。どこかの宿場に医者がいるから、遠くもないし、さっそく呼んでくれろと爺さんが百姓に頼んだから、百姓は呼びに行って、ようやく連れて来たというのだ。その医者が俺の伯父だから驚いていると、この爺さんは尻をあぶるのが嫌になったと見えて、芋俵のような外套の頭巾を被った。兎《と》も角《かく》も行ってみようと言う。

「何時《いつ》怪我をしたのかね」と俺はお神《かみ》さんに尋ねる。

「昨日の夕方でさあ。昨日の夕方」

昨日の夕方、そんなにひどく負傷した人間を、どうしているのだか知らないけれども、一日放っといたら可哀想に死んでしまうだろうと、俺は一人で心配していると、爺さんと伯父と百姓が家を出てざくりざくりと歩き出す。

「お前さんは焚火にでもあたっていた方がいいよ」お神さんは後からご苦労にも跟《つ》いて行こうとする俺を引き止めようとした。

俺は頭を振って聞かなかった。

大怪我をした百姓の家は小高い堤の横腹に気味悪く建ててある。門口に佇《たたず》んでいた細君が、乳呑児《ちのみご》を抱いて、蒼い顔をしていた。

俺達を見ると、たちまち怒鳴り出した。

「カルジンはもう死んでしまった、口も利かずに、唇を動かして」

「死んじまったかい？」百姓は細君の顔を見詰めた。

細君は黙って返事もせず抱いている子を揺すった。

「どれ、どれ」百姓の後から伯父と爺さんが、暗い物置のような部屋の中に入って行くと、部屋の入口には、筵《むしろ》と薪《まき》がうんと積んである。大怪我をした百姓は一体どこに転がって死んでいるのかしら、と怖々《こわごわ》そこを見回していると、誰かがシュッとマッチを擦った。やがてそのマッチの火が蠟燭の芯に移されると、部屋の中が仄《ほの》かに明るくなってくる。

「旦那、カルジンは床《とこ》の上に寝ています」と指差す方を三人は一様に眺めた。藁蒲団の上に夜具を敷いて、その上に仰向けに寝ているのが怪我をした百姓で、今迄この暗い部屋の隅に一日呻吟《うめき》通しに呻吟いていたのだと言う。そこからくさい臭いが洩れてきた。爺さんは一間ばかり離れて両手をポケットに突っ込んだなりで立っている。

「死んじまったかしら?」

「一寸お待ち!」

伯父は、この病人が頭に巻きつけている鉢巻きをぐるぐる解いていこうとすると、錆色の血塊が鉢巻きにこびりついて、剥がすまいとする。伯父は無理に引き剥がした。眼を閉じていた男が、「ウーン」と呻いた。傷口は額から首にかけて四寸ばかり開いている。もう血の気がない。

「やっぱり生きているね」例の百姓は鹿爪《しかつめ》らしくカルジンの枕辺に寄り添った。伯父はしばらく傷口を調べていたが、そこにカルジンの妻君がいないことを確かめると、

「駄目です」

と低い声で爺さんの方を顧みた。

「可哀想に助からないかあ、カルジンは」爺さんはじっとして動かない。伯父は、本当に駄目だという顔をして再び傷口に繃帯をした。

「もう長い事はないだろう」と呟《つぶや》く。

俺はこの男の妻君が可哀想になってきた。半死人の枕辺に点した蠟燭の灯が、天井

から落ちてくる雪水の雫《しずく》を吸って、ジイジイと弾《はじ》く。火の気一つない部屋の中へ、恐ろしい寒さが襲ってきた。半死人は次第に冷たくなっていく。伯父は情けない顔をして、

「どうしてカルジンは負傷したのかい？」

「氷柱が崩れて頭が飛んじまったんでさあ」

と、大きな氷柱のようなふうをして見せる。

「どこだろう」

「すぐ裏の丘でカルジンは鉄砲を撃っていたんでさあ。ブンと鉄砲が鳴って駆け出そうとすると、旦那、もうカルジンは引っ繰り返っちまって氷柱と打《ぶ》っつかったんで、見なせえまし、この傷がそれなんでさあ！……貧乏者——可哀想に、死んじまうのかな」

百姓は、見物していたように話をした。

「そうかね、行って見ましょう」

伯父は爺さんを誘った。

「フム、フム」

爺さんは老年のくせに氷柱の下へ行って見るつもりだ。

ここを出る時、伯父は、細君にあの蠟燭を消すなと言った。細君はやっぱり怒った顔をしておった。

直ぐこの半死人の家の後ろから登りにくい短かな石段がついている。それからちょっとした丘の上に出ると、樺《かば》の林がある。恐ろしく大きな老樹が枝を参差《しんし》して、一丈余りの大氷柱が、鍾乳石のようにぶら下がっている。人間の背よりもずっと高く、人間の体よりも余程大きい。どうして斯様《かよう》な大きな氷柱が出来上がったのか不思議でならない。

半死人の百姓はここへ猟に出掛けて来たのだろう。靴の跡は雪に印されたままで一尺ばかり凹んでいる。その足跡を辿って行くと、大きな岩で行き詰まった。そこで靴の跡は消えている。

「ここだ、ここだ」

百姓は岩の根を指して見せた。

「俺《わっし》はここからカルジンを担いで帰ったんですぜ。その時鉄砲を忘れていた」

とぐるぐるとその岩の根を探り回している。ここで撃って倒れたものだとすれば、血痕でも残っているはずだが、そんな汚い物は何にもない。

小止みになった雪は、再び林の枯れ枝を潜《くぐ》って、どしどし落ちてくる。

「ここかね？」

爺さんが百姓の男を見ると、

「間違いなくここでございますよ」

と薪の先で、雪の上を掻き回して見せた。

「どれ、私にそれを貸してご覧」

と爺さんは、件《くだん》の薪を雪の中へ突き差してガサガサほじくる、昨日からの積雪の上にさらに一尺以上も積もっていた。せっ、せと掘っていくと、雪の中から真っ黒なものが頭を見せた。

「お爺さん、俺が掘る」

俺が、いきなり、両手を捲《まく》って雪を掘ろうとすると、

「キヨスキー、ヘエ、ヘエ。危ない、危ない」と言いながら俺の手を靴の先で払いのけた。

すると、そばから木の枝を拾ってきた百姓が、ゴリゴリ探し始めた。掘り出してい

くうちに黒い物はだんだん、はっきりと形を現した。最後に出てきたのは一挺のマキシム銃だった。

十五分間ばかり、氷柱の下に俺達は立っていたが、間もなく例の焚火の家へ引き揚げた。それから三日目にまたモスクワの下宿へ戻った。ヤスナヤ・ポリヤナを出るとき、この爺さんが、

「さようなら。キヨスキー、またモスクワで逢うわい」

と言った。果たしてそれからしばらくして俺は修道院で、この爺さんにぽっこり出逢った。それはもっと先だ。

モスクワへ戻ると、ペトログラードから伯母ターニャが家に帰っていた。

「伯母さんや伯父さんが、またモスクワへ戻ったんだから、イエドロフの家から引き揚げておいで、あんな汚い所にいるもんじゃありません」

と言った。人を馬鹿にしている。汚いような所へなぜ、最初から俺を預けたんだと思った。

その晩から、また嫌なターニャのそばで暮らすことになった。巴里からは、なかなか叔母ラリーザが俺を迎えに来ない。三月経《た》った。

ある日の午後のことだ。

俺が応接間のソファに両足を伸ばして読書していると、「男爵夫人」がのっそり入って来た。「男爵夫人」はターニャが俺よりも旨い物を食わせて寵愛している牝猫だ。

この猫が微風の如く、こっそり入って来た。しばらく俺の顔を迂散臭い目で見詰めていた。そのうちにぴょいと卓上へ跳び上がって、肛門を膨らませた。忌々しい。突き落としてやろうと考えた刹那に、窓際に松茸帽を被って、土弄《いじ》りの皮手袋を穿めたターニャが現れた。

すると、「男爵夫人」がいきなり窓台へ跳び移った。その拍子にインキ壺が後足で蹴倒されたから、読みかけの本が滅茶滅茶になった。癪に障っている矢先だから俺は手を伸ばして「男爵夫人」の柔らかい首筋を摑んで力任せに床へ叩きつけたら、ぎゅうと呻《うな》って動かなくなってしまった。

心配になるから猫を摘み上げてみると、死んでいる。俺は少なからず狼狽した。美しいが動物なんてものは案外脆《もろ》いもんだ。

次の瞬間に恐ろしい目が俺を睨んでいるのを発見した。悪いことをしたと思ったが、後の祭りだ。ひたすら恐縮していると、女だてらにターニャが窓を跨いで入って来て、真っ赤な顔に、ぼろぼろ涙を零《こぼ》しながら、口惜しそうに猫の死骸を抱いて接吻した。美しい動物というものは果報なもんだ。ターニャは俺が死んだって涙一つ零してくれまい。

それから戦々兢々として竦《すく》んでいる俺の耳を、ぐいぐい引っ張った。この辺で涙を零して泣いて見せたら、死んだ畜生の弔いにもなるし、ターニャの怒りも、いくらか鎮まるだろうと思って、思い切り哀れな声でわいわい泣いた。

しかし泣きようが非公式だったんだろう。とうとう門口《かどぐち》から地下室へ摘み出されてしまった。

地下室は最初は真っ暗だったが、だんだん馴れてくると、何でもない、薄明るい冷《ひや》っこい所だ。ターニャのそばにいるより余っ程いい。

俺は医者の邸宅に地下室があろうとは思わなかった。四方の壁は黄色い石と耐火煉瓦で積んである。床は厚い砂畳で靴の先でコツコツ掘ってみたら、馬鈴薯が、コロコロと転がり出た。面白いから、コツコツと掘る。またコロコロと飛び出す。今度は壁の隅に並べてある大樽を覗いた。一種の刺激性の悪臭が鼻を突いてくる。腕捲りをして、樽の中へ手を突っ込むと、ひやりと針で刺すような冷気が脳天まで響いてくる。

ははあ、水だなと思った時、俺の指の先に柔らかい肉のようなものが引っ掛かった。引き上げてみると、塩漬けのキャベツだ。キャベツが醱酵しているために、ぬらぬらと指の間から逃げ出そうとしていたんだ。

俺がパンの間へ挟んで食ったり、豚の肉を包んで食ったりするのがこれだなと思った。

俺は日本にいる時、何も知らずに糠味噌《ぬかみそ》へ手を突っ込んで水膨れに腫れたことがある。今度もどうかなりやしないかと思って心配したが、何ともなかった。

次の樽を覗くと、腐りかけたスウヨークラ菜が泡を噴いていた。二度目に露西亜へ来たとき知ったのであるが、実は今俺が幽閉されている地下室が貯蔵畑だった。だから、砂の中から色々の野菜が出てくると思った。冬は温かくて、夏は涼しい。昼間暑くってやりきれない時は、投げ込まれないでも、自分《こっち》で志願して入っている。砂畑に転がっていると、去年、漬け物の手伝いにわざわざ遠い田舎から汽車でやって来た百姓の娘を思い出した。頭から風呂敷を被って、庭先で鼻唄を歌いながら、腰から下は素裸で、樽の中へ入って塩を撒いたり、キャベツを踏んだりしていた。ああしないと出来ないのだろう。あの娘は、あれが専門で、都会を夏だけ回って歩くのだろうと思った。

俺は日本に残してきた片目の祖母が、金毘羅《こんぴら》様に、俺が早く日本へ帰りますようにと祈願を込めている夢を見ながら、砂畑の上に寝てしまった。

ターニャが、その晩貯蔵畑を覗きに来た時、俺は砂の上で、手も足も顔も砂だらけにして、ぐっすり寝込んでいた。ターニャは空気ランプを提げてこう言った。

「お前は学校へ行くんですよ」

俺は驚いて、

「学校は休暇じゃありませんか」

と言った。

「可哀想に、無邪気な猫を殺すような酷《ひど》い児《こ》に休暇なんぞいるものか、そうだろう?」

「学校へ行ったって誰もいやしませんよ」

「お前の学校じゃないよ。ゾヴスカさんのセルギヴスカヤ学校です。ゾヴスカ先生が親切に休暇中でもお前の世話をしてくれるそうだから」

そんな親切があるものかと思った。

「誰がそんなことを頼んだんです、伯母さん」

「妾《わたし》ですよ。お前のような乱暴者は、休みなしでみっしり躾《しつ》けなけりゃ、ろくな者になりやしない」

ろくな者にならんでも沢山だ。

「今晩から行くんですか」

「いいえ、明日お出で。電話で先刻《さっき》そう言って来たから、今晩は大人しくお寝《やす》み。お祈りする時に私に新しい心を下さいますようにと、神様に忘れずにお願いするんですよ」

「新しい心って何です」

「何でもいいから、そう言ってお願いさえすれば、神様の方ではちゃんと解っておいでだ」

神様は、してみると、学校の教師のようなもんだ。学校の教師は俺が理解の出来ぬ答案を書いて出しても本当に解っているものだと感違いして及第させてくれる。

「今夜お前が突然死ぬようなことがあってご覧、お前はどこへ行くかい」

「どこへ行くか知るものか」

「いいえ。知れてるとも」

「じゃ、どこへ行くんです」

「地獄さ」

俺はようやく釈放されて、寝室へ護送された。寝床へ這い上がる時、就寝前の挨拶をした。

「お寝みなさい、伯母さん。今晩死んだら地獄へ行きます。だから接吻をしてください」

「いけません。お前なんかちっとも可愛かないよ。お前の悪戯《いたずら》が世間に知れたら鼻摘みにされます。お前は大きくなったら人殺しでもやりかねまい」

と毒づいた。

「私本当にすみませんでした。本当にすみません。もう二度とあんな真似はしません」

俺は急に心細くなったから、藁蒲団の上に、きちんと座り直して、頸に掛けた十字架の鎖を外して、丁寧に詫びた。

「妾も油断しない。またどんな悪戯しないとも限らない。一筋縄でいかない児だからねえ。それではお祈りを忘れないように」

と言ってターニャは出て行ってしまった。俺は眠くって仕方がないけれども、命ぜられたとおり十字架の黒い数珠玉を繰りながら、熱心にお祈りをして、いつまでも善良な子であるようにと願って寝た。

後で聞いたら、「男爵夫人」はターニャが伊太利人《イタリア》から百留《ルーブル》で買ったんだそうだ。してみると俺の一か月の学費の三倍になる。つくづく悪いことをしたと思って後悔した。

俺は、自分の手足と胴とを別々に取り外して箱の中へ入れて、「これだとつゞまりがいい」と安心して首だけで寝ている夢を見た。

三

翌朝、俺はセルギヴスカヤ学校へ追い遣られた。ヤロスラヴスキー停車場で、俺を受け取りに来ていたゾヴスカという貧相な女先生の手に引き渡された。

そして四人同様の監視の下に、学校へ着いてみると驚いた。そこは尼さんを養成する女学校だ。休暇で女学生は一人もいないからよかったが、さもなければびっくりして脱走を企てたかもしれない。

校舎はがらんとしていた。ゾウスカさんは俺を引っ張って、校舎をぐるぐる巡り歩いた。俺の部屋を決めたり、湯桶を教えたり、食堂を覗かせたりした。断っておくが、俺はあてがって貰った湯桶を一度も使わなかった。食堂にも入らなかった。休暇中留守を預かっている女中が怠け者ときているので、別段に女学生の世話を焼くように改まった湯桶に入らなくってよかろうと言うから、ウン、いいと答えたら、女中が入る風呂槽に一緒に俺を入れた。不都合な女だとは思ったが、気さくに背中を流したり、腕を洗ってくれたりするから文句も出なかった。同じような理屈で、食堂は陰気だ、それより自分の友達が、いつもお茶飲みに来るから、食事は台所で間に合わせたほうがいいと独りで決めてしまった。

寝室と湯桶と食堂の検分が済むと、今度は花園へ出た。

花園というと綺麗に聞こえるから、荒れ果てたことを言い表すために廃園ということにする。

ゾヴスカさんは、痩せた色の白い、背の高い、ひょろひょろした四十年配の露西亜正教の尼さんだ。ゾヴスカ尼さんと俺は廃園の入口に並んで立った。

そこから、石垣を越えて、トロイツコ・セルギヴスカヤ、ラヴラの古城が見える。石垣から廃園の小道を、大きな榛《はしばみ》と、ソースナ松樹《しょうじゅ》とズーブ樫《かし》が翼を拡げている。塔のような簇《ぞく》葉の隙目《すきめ》を黄金色の朝の光が、飄揺と潜《くぐ》ってくる。樹の葉が揺れるのでなくて、まるで光が瞬くようにぎらぎら閃いた。啄木鳥《きつつき》のくちばしでつついた樹の皮が、蝗《いなご》の刺青《いれずみ》みたように、点々と刻まれて、鉄砲虫の出た跡が白茶化《しらちゃけ》ている。

校舎の周囲は廃墟だ。廃園の雑草が遠慮なく伸びている。五月草《さつきそう》と、蘩蔞《はこべ》が小さい花を開いている。

ゾヴスカ尼僧と俺の頭の上から、復活寺《ふっかつじ》の午鐘《ごしょう》がガラン、ガランガランと鳴り出した。俺はこんな幽霊屋敷じみた気味の悪い家を見たことがない。モスクワの街は本当に不思議な所だ。街の真ん中の丘にクレムリンの城廓があったり、「赤い町」があったり、ユダヤ町があったり、貧民窟があったり、酒場の窓から尼さんの顔が出たり、缶工場の門から牛が出て来たりする。モスクワ河畔にこんな寂しい学校があることも知らなかった。いよいよ今夜から先生と二人でこの家に寝起きするのかと尋ねたら、ゾヴスカさんは気の毒そうな顔をした。

「妾《わたし》は旅行するからお前さんはコロドナが世話をします」

と言う。コロドナとは誰のことだか解らない。

「お前さんはターニャさんの家とここと、どちらがお好きか」

と尋ねる。

「どっちも嫌だ」

と正直な返事をすると、仕方がない、一か月我慢しなさい、そうすれば、授業が始まるから家《うち》へ帰れると言ったが、ターニャの家へ戻るくらいなら、いつまでもここにいる。いけなければ飛び出して乞食にでもなったほうが、いくらましかしれやしない。

女はほほと笑って、それでは妾が帰るまで大人しくしていらっしゃい。ペトログラードで一週間以内に用を足してきますと言って、裏木戸から往来へ出て行ってしまった。幽霊のような頼りのない先生だ。このゾヴスカさんとターニャが、どんな交渉《つきあ》いの友達だか知らない。いくら大切な猫を殺したからとて、こんな意地悪い復讐をしなくってもいいだろう。猫を殺す少し前にリーザという田舎娘が下婢《かひ》に雇われていた。解雇された日に、アストラハンの黒茶碗を壊したり、イコンの前に吊るしてある提燭《ちょうちん》壺《つぼ》のオリーブ油を刺繍《ぬいとり》の絹絵の壁画に零したりした時、ターニャは火の様に怒ってリーザを靴で蹴った。リーザは激しい畏怖に襲われて、絨氈《じゅうたん》の上に跪きながら、ターニャの着物の裾を捕らえて続けざまに何遍も何遍も接吻して、

「神様。何卒《なにとぞ》奥様が妾の粗忽を許してくださるように、奥様の心を和らげてください」

と叫んだ。俺はその晩リーザが大きな風呂敷包みを抱えて、頭から顔を隠すように絹巾《きぬぎれ》を被って門を出て行く姿が可哀想でならなかった。田舎へ帰るのか、雇女紹介所へ行って訴えるのか知らないけれども、彼女に銭のないことはよく知っていたから、馬車賃を恵んでやろうと思って金入れを探ったら郵便切手がたった一枚あった。

伯父は患者の家へ出掛けて留守だった。ターニャだから、入口で見張っていたかもしれない。だから、猫を殺した罰に空き家同様の学校へ放り込むくらいのことは、恩典だと思えという気でいるのだろう。それでいて、巴里のラリーザ叔母の手前は、休暇中でも学校で勉強させています。義姉《ねえ》さん、ご安心ください、妾が預って世話を見ている以上は、決してあの子の不為《ふため》になるようなことはしない。ついでに今月分の学費を寄越してくれるようにとうまく企むに違いない。俺はそれが口惜《くや》しかった。手紙

にも一、二度ターニャの讒訴《ざんそ》を内証で出したが、ラリーザ叔母は何と言ったって年寄りと共鳴するだろう。

露西亜の女は、みんな年を取るとこんなだろうかと思っていると、スコッチ羅紗《らしゃ》の肩掛けを引っ掛けて、白いリボンの饅頭帽子《まんじゅうぼうし》を被った女中風の中年の女が、台所の入口に出て、

「キヨスキー」

と黄色い声を出して、俺を手招きした。

ゾヴスカさんより、ずっと下卑《げび》た着物を着流しているが、ゾヴスカさんよりは、顔が気持ちよく出来ている。一見してユダヤ女だと悟った。

台所へ入って行くと、卓子《テーブル》の端に、黒麺麭《パン》と牛乳の壺と肉饅頭に赤い粉を振りかけた皿が並べてあった。俺に食わせるのだろうと思って椅子に掛けようとしたら、この女が俺の手を握って引き寄せるや否や、電光石火の早業で額に接吻した。俺はその時、この女が綺麗な耳環を穿めているのを見た。

「キヨスキー、いい子になるんですよ。今夜から、妾がお前さんの母さんになってあげる」

こんな荒っぽい下品なお母さんがどこの国にいるものか。ゾヴスカさんが、コロドナがお前さんの世話を焼くと言ったのがこの女かと思うと、何だか変な気がした。しかし、いつの間にか、俺の名を覚え込んでいるところだけは感心した。

俺は、最初この下婢のコロドナが俺を馬鹿にするような様子だったから癪に障ったが、だんだん馴れると、案外気の利いた、よく捌《さば》けた、親切なことが解ったから、俺は何でもコロドナに相談した。翌晩コロドナが飯を食う時、

「お前さんは酒が飲めるか」

と言う。俺は大好きだ、ここにあるなら、内証で出してくれ、と言ったら、コロドナは大きな口を開けて笑い出した。

「ここは修道院だからアルコールは何もない。お前さんが好きなら今度外出した時、貰ってきて上げる」

「どこから貰ってくるのかい」

コロドナは笑って答えなかった。この女の自賛によると、彼女が学校の生徒間で一番の人気者だそうだ。しかしゾヴスカさんとは犬と猿のような悪い仲で、いつも彼女の授業振りに口を出して叱られるそうだ。最初の晩は誰も来なかったが、二日目から

コロドナの遊び相手が来て、終日饒舌《しゃべ》り続けていた。この連中もやっぱりどこかで水仕事をしているのだろう。コロドナには話相手があったり、仕事があったりするから気が紛れていいが、俺には話相手も仕事もない。たまに退屈だから、馬鈴薯の皮むきの手伝いをしかけると、コロドナは口を尖らせて怒った。彼女は自分の領分へ少しでも手を出されるのが嫌いらしい。

だから殆んど一日を廃園で暮らした。庭も飽き飽きした。陰鬱な部屋に閉じ籠るのは一番気が腐った。たまに石垣を越えて河畔へ出ると、コロドナは後から追っかけて来て、

「お前さんに散歩をしろと誰が言いました?」

と俺を頭から叱りとばした。公園のミハイロ銅像の鉄鎖にぶら下がっていると、

「妾が、庭へブランコを吊って上げるから、公園などへ行くもんじゃありません。公園にぶらついている奴は、みんな悪人だから」

と言って、廃園の楡《にれ》の枝へ縄を掛けて、粗末なブランコを作ってくれた。公園に行く奴はみんな悪人だ、死んだら地獄へ行くのかもしれない。この学校では、そんなことも教えているから、コロドナが聞きかじっているのだろう。

俺の部屋は教室だ。埃っぽくて、汚れたインキ壺が隅の方へ掃き寄せてある。黒いカウカシア樫の机とデヴァンを積み重ねて、その上に地図が巻いて棄ててあった。黒板には消しかけた白墨の文字が、いくらも残っている。

聖母マリアの像が柱時計の上に掛けてある。窓が三つ、廊下に一つと、廃園に面して二つあけてある。「スシスタス」から冷たい風が流れ込んでくる。壁は鳶《とび》色に塗られ、点々として黄色い雨の跡に、黴《かび》が見えた。俺は午前六時からここで、三十分祈禱をする。祈禱の本を机に立てかけて、床の上に跪座して祈る声が、洞穴のような部屋の中に、釣鐘の音の如く反響した。祈りながら、ふと止めて、自分の声に耳を傾けると、壁に当たって戻ってくるのが聞こえる。

それが済むと、朝餐《ちょうさん》だ。コロドナは俺に、朝の挨拶をした。そして一緒に椅子に掛けて、甘ったるい人参と馬鈴薯と、キャベツと肉塊を投げ込んで掻きまぜたスープを啜るのだ。

「食事が済んだら、庭へ行って遊んでいらっしゃい」

とコロドナが俺を庭へ追い遣って置いて、彼女は友達が来なければ、独りで編み物の針を動かし始める。俺は、このくらい不思議な生活は、どこへ行ったってなかろうと思う。朝起きて黒麺麭を噛り、肉汁を啜ったら庭へ出て、昼飯を食ったら、また庭へ出て、晩餐をしまったら、また庭へ出て、睡気がさす頃、キヨスキーもうお寝《やす》みと言うから引っ込んで寝仕度にとりかかる。

これで押して行ったら、今に、頭が馬鹿になり、智慧が引っ込んで図体ばかり大きくて、どんな退屈な世界へ旅行しても、平気な人間が出来るだろう。コロドナもいい加減中毒しているのかもしれない。

寝室は低い屋根裏だ。三畳敷きくらいの狭い所だ。そこへ木造の小露西亜型の寝床が据えてある。天井には大きな横梁が二本渡されている。夜半に目が覚めると、この横梁が、ミシミシと激しく鳴ることがある。天井の板の目には、土瀝青《どれきせい》と松脂《まつやに》とを煉《ね》り合わせた、ドロドロの塗料が塗り込められて、寒さを防いでいる。柱には、聖画像が掛かって、棚に小形の福音書が埃を被っている。寝床の足元には石油ランプが吊してあった。

明かり窓のかわりにペチカの側へ円い一尺ばかりの硝子張りの孔が見える。夜明け頃にこの二重硝子の小孔から仄白い光が流れ込んでくる細工だ。初めの晩に猫の夢を見た。夜になると猫の死骸を思い出す。同時に忘れようとしている恐ろしい犯罪の意識が、激しく記憶の底から甦ってくる。

二日目に廃園の樹陰に佇んでいると、石垣の隣家の窓から白い女の顔が現れた。女の顔は珍しそうに鉄格子の内から俺を見下ろしていた。俺は引き返してコロドナに、

「隣家には誰が住んでいるの？」

と尋ねると、コロドナは不思議そうに、

「老人と娘が住んでいるんです。お前さんはあの娘の顔を窓口に見やしなくって？」

俺は頷いてみせた。

「あの娘《こ》を呼んで遊んじゃいけないかしら」

「とんでもない。いけませんとも。あそこの老人は娘と一緒に遊ばせてもいい善良な児はモスクワにいないと思っているんです。可哀想にあの娘は毎日家の中に閉じ籠められているから、あんな憔悴《やつれ》た顔をしているんでさあ」

「放っとけば病気になるだろう」

「そうですとも。卵のように白い顔をして大変咳をするから、この頃は声を嗄《か》らしていますよ。でも近いうちに仏蘭西《フランス》へ行くというから、今にいなくなるでしょう。お前さんはあの娘と遊んじゃ駄目ですよ。あの老人がお前さんなんぞと遊ばせるものか

ね」

コロドナも俺が猫を殺したことを知っているんだ。俺は真っ赤な顔をして庭へ跳び出した。隣家の壁と学校の厩《うまや》の間に空き地があって、一面に短い草が萠えている。そこへ足を投げ出して、俺はなぜ猫を殺したのだろうと考えた。

少年時代に猫を殺した者は、罪人として永久に暗い汚点《しみ》が付き纏っていくのではないだろうかと思うと、俺は悲しくなってきた。

古風な廃園、馬のいない厩、蔦の垣が目の前に現れた。俺は草原に顔をあてて、死んだ親の名を呼んだ。廃園にはコロドナも出ていなかった。しかし、誰か俺を見守っているような気がして仕方がない。

厩の壁には葡萄蔓《ぶどうづる》が這い回っている。まだ青い粒がいぼのように、ぽっつり、ぽっつりと梢に吹き出たばかりだ。俺は薔薇の花弁をしゃぶりながら、黄昏まで草原に座って、葡萄の実を数えていた。その夜は早く寝た。寝る時に〝いつまでも善良な児でありますように〟を繰り返した。俺の真面目な振る舞いはこの祈禱くらいなものだ。

三日目の朝、俺は楽しい過去もなければ、光輝の希望の将来もない、只無終止無際限の堪え難い現在に生きている、捨て鉢の悲惨な独りぼっちのみじめな児として目が覚めた。目が覚めてから寝るまで、また廃園で暮らした。俺の目には廃園が牢獄の如く見えた。そして大人が牢獄を忌むように、廃園を厭った。

逃げ出そうと決心したこともあったが、その度に、わずかに巴里のラリーザ叔母へ手紙を出して、自分を慰めていた。猫事件を報せてやったら、あべこべに愛想をつかされる恐れがあったけれども、猫を引き合いに出さなければ、尼さんの学校へ押し込められた原因が解らなくなるから思い切って訴えてやった。

俺が生まれる刹那から背負い回っている陰鬱な心は、だんだん険しく、暗くなった。何者か絶えず俺を見守っているような、つけ狙われているような気がした。淋しい日は続いた。俺がこれから一生担いでいかねばならぬ陰険不滅の刻印は、この時、心にも頭にも、深く焙《い》りつけられたものだと思って叔母を恨んでいる。

俺はここへ来てから長い三日間というものを廃園と寝床の中で過ごした。四日目に廃園のズーブ樫の陰から隣家の窓を仰ぐと、娘の顔が見えた。

娘は蒼褪めた小さい顔をしている。瞳の青さが病的な曇りを帯びて、暗藍色《あんらんしょく》に、うっとり潤んでいる。長い灰色の髪が、白い肩掛けの両側に垂れて、髱《たぼ》だけが額から丸い木櫛で後ろへ押し分けてある。その先が短く切れて、ちょうど襤褸《ぼろ》襞《ひだ》の縁《ふち》飾りの如く、そそけている。

娘は突然白鳥が羽ばたきするような格好で、俺を手招きして微笑を浮かべた。

「おーい、あんたは病気かい?」

少女は微笑してかすかに、ブルブルと唇を動かしたが、何とも答えなかった。

「声が嗄れて出ないのかい。外へ出ちゃ駄目?」

少女は笑いながら黙って頭を振った。

「あんたと口を利《き》いたって誰も怒りやしないじゃないか。そうだろう?」

彼女はまた黙って唇を震わせた。そんなことを言うなというような目で俺を一心に見詰めていた。

「そんな所にいて飽きやしない?」

すると、彼女は飽き飽きしている顔をした。

「何か投げ込んで上げようか」

と、言うと不思議に娘は声を出して、

「いらないわ」

と言った。そして、

「妾はあなたがそこで遊んでいるのを見てるのが好きなの」

とつけ足した。俺は夢中で厩の屋根へ石垣を伝わって登って、屋根の端に両脚をぶら下げ、調子を取って、靴の踵で棟《むね》をたたくと、彼女は微笑しながら、音のない拍手をしてくれた。

俺は一週間ばかり厩の屋根でこの娘と饒舌り続けた。遅くなるとコロドナが俺を引きずり下ろしに来た。背伸びをすると、コロドナの肩が厩の軒まで届く。コロドナは両手を拡げて俺が跳びつくのを待って、俺を背負うと、さっさと寝室へ担ぎ込んだ。俺がコロドナの背中で暴れると、少女は窓の内で声をあげて笑いこけた。朝起きると、今日も娘が窓口に出てくれればいいがと心配した。楽しい心配に戦《おのの》いた。

少女は俺が猫を殺したことを知らない。俺はそれを隠しているのが苦しくってとうとう自分から白状した。そして俺はそんな残酷な、今に殺人犯人になるような子だと言った。猫のことを考えると、無性に口惜しくて、涙がぼろぼろ零れてくる。

すると、少女は美しい目を見張って、

「そんなこと妾構わないわ。妾あなたを、そんな怖い児だとは思わなくってよ」

と慰めてくれた。俺は安心した。

「あんたの名は何と言うのかい」

「ナタリア・ポノヴァ」

「何歳《いくつ》?」

「十二」

俺も十二だと答えた。かすれていた彼女の声が、だんだん聞きとれるようになる頃、俺は厩の屋根の上に色々のものを持ち出して遊んで見せた。傾斜の急な板の上で時節外れの独楽《こま》を回したり、玉を弾《はじ》いたりして見せる。手際よくいくと俺はナタリアの拍手を予期して彼女を見たものだ。露西亜の唄が種ぎれになると日本の唱歌をうろ覚えに聞かせた。ナタリアは窓のうちで足踏みしながら喜んだ。

俺は話を多く知らないが、俺の物語ることが、半端《はんぱ》で、間が抜けていようが、てんで嘘だろうがナタリアは熱心に耳を傾けてくれた。

俺は世の中のすべてが夢のように見えた。やまびこする部屋も、コロドナの下袴も、明るい饅頭帽子も、コロドナの友達も、黒麺麭《パン》もスープも、俺の寝床も、朦朧《もうろう》として夢の如く、ただ、世の中に真実のものは、窓から顔を出すナタリアだけだった。

暗い鉄格子の窓から出る痩せた蒼い顔。一束の縺《あさいと》の髪。俺のすることを興味深く見る目、蒼白い唇！

俺はナタリアの身の上を毎日少しずつコロドナに聞いた。俺にはも一つ本当のものがあった。それは夜の夢だ。夢に俺は窓のなかでナタリアと遊んだ。そして帰るときに俺は目隠しをされて彼女に導かれた。

俺は夢でなければ彼女と一緒に遊べなかったのだ。俺はラリーザ叔母が来て巴里へ連れて行かれることを忘れていた。俺はわずかにナタリアの顔を見るために生きていたようなものだ。コロドナが時々、俺をナタリアから遠ざけようとするのを悪魔のように嫌った。

一週間以内にペトログラードから戻って来ると言ったゾヴスカさんはなかなか帰らない。

コロドナが「今度外出したら貰ってくる」と言った酒は、なかなか貰ってこなかった。何とかかんとか言って胡魔化《ごまか》してばかりいる。市中に酒を売ってないことはよく知っているから、どこから持ってくるか、何遍尋ね直してもいつもただ笑ってばかりいる。俺はこの下婢め、嘘をついたな、子供だと思って馬鹿にしていると、独りで憤慨していると、突然ワルシャワから電報が来た。無論俺に宛てて来たのだ。

俺が、暗い煤けたランプを天井から吊るした湯室のカーテンを閉めて、脱いだ着物を釘に掛けて、湯気の中へ跳び込んでジャブジャブやっている時、裏木戸の鈴が鳴った。間もなく、コロドナが電報を持って来た。

「ラリーザからお前さんに電報ですよ。ほら、妾、封を切って読んであげるわ。お前さんはそこで聞いていらっしゃい。これでも妾、電報くらい楽に読めてよ」

と言いながら、ビリビリ封を裂いた。電報にはラリーザ叔母が、三日経ったらモスクワへ着くとあった。コロドナは自分で読みながら、頻りに身振りをする女だ。

俺は電報を自分で読み直した時、本当に救けられたような気がした。電報を石鹸棚へ上げようとしたが、その棚に手が届かないので鏡の面へぴったり貼りつけた。コロドナはいつものように着物をカーテンの陰で脱いだ。そして裸になってから、手拭いを忘れたと言い出した。

「キヨスキー、今度だけでいいから、お前さんのをお貸し」

「嫌だ。誰が女に貸すものか」

「貸さなければ、借りなくってもよござんすよ。そのかわり酒を持ってきてあげないから同じことだわ」

「貸したって持ってきやしないくせに」

「今晩は本当に買ってあげる。だから体を拭くときだけでいいから手拭いをお貸しよ」

「買ってやるたって、銭がないだろう」

コロドナは十三から二十八まで、小遣銭を一コペックも自分のものとして持たずにきたと自分で言った。そうだろう。正教派の女学校の下婢に小遣いは要《い》らない。買ってやると言うから、それも嘘だと思った。するとコロドナは裸で蒸し暑い湯気の中へ突っ立ったまま、赤い顔をして、編み物をスラヴィアンスキー・バザールの商人に売った金があると、胸を叩いて見せた。彼女の全体《からだ》から玉のような太い汗の粒が湧いていた。編み物を始終やっていることは知っているが、その時編物の何を売ったとか言ったが、忘れてしまった。何にしたところで、下婢の編み物だから大したものではない。俺は何だかこの女が可哀想になってきたから、

「手拭いは貸すけど、酒はもう要らない」

と言って手拭いを渡してやった。しばらくすると、

「来週でなければもう湯を立てないから、叔母さんが来て汚れていちゃ妾が叱られる。こっちへ、上がっていらっしゃい。洗ってあげる」

と俺の腰掛を拵えてくれた。そこへ座ると、彼女は毛深い太い脚を投げ出して、脂ぎった真っ白な腕を伸ばして、俺の肩から背中へかけて、ごしごし擦り始めた。彼女は、毛深い脚と毛深い太い手が自慢なのだ。

「今晩お前さんをバザールへ連れて行ってあげようか。行くかね、キヨスキー」

多分また編み物の帽子でも売るのだろうと思って、俺は行くと言った。コロドナに頭から湯を浴びせて貰って出て行こうとする時、彼女が俺を抱こうとしたから怖くなってカーテンの中へ逃げ込んだ。

その晩、ドロシキーを駆ってスラヴィアンスキー・バザールへ行ったら小型のイコンを買ってくれた。帰りにツヴェルスカヤ街のブフェットで琥珀色のスウェトルイ・クワの中へウイスキーを混ぜて飲ませてくれた。俺が金を払おうとしたら、コロドナは目をむいて怒ったから、俺は慌てて金入れを引っ込めた。ドロシキーの馭者がシュッ、シュッと鳴らす鞭が、金十字架の聖なる都の巷を学校の方角へ、敷石を弾いて驀然《まっしぐら》に走った。

街の夜の灯がちらちら動いていく。突然コロドナが俺の腕を捕らえた。俺はその時、コロドナが無理に接吻を求めた顔を忘れることが出来ない。

校舎へ戻った時、彼女は平気な顔をして寝室まで送ってくれた。俺は恐ろしい嫌な気持ちがした。翌朝、買ってくれたイコンは卓上のサモワールの側に、小さい額に穿めてあった。

ターニャの家にも叔母から電報が届いたと見えて、俺を連れ戻しに来た。半日ごたごた口論してとうとう俺は頑張り通した。この日も俺は遂に窓からナタリアが顔を出すのを見ることが出来なかった。

俺の日記には翌日もナタリアの顔を隣の窓口に見ないと記してある。

ラリーザ叔母は、質素な風をして、トロイカで、こっそり校舎の裏口から入って来たそうだ。それは、もう日が暮れて、俺は寝床の上で〝いつまでも善良な児〟を繰り返していた。突然廊下を歩く靴音がした。扉が開いて、コロドナとラリーザ叔母が入って来た。寝床の上から叔母へ犬のように跳びついた。俺は尻ごみするラリーザ叔母を無理に寝床へかけさせて、とうとう一時過ぎまで起こしておいた。コロドナの話によると、俺が「まるで恋人にめぐり逢ったような嬉しさ」で叔母を捕らえて放さなかったそうだ。

目を覚ますと、昨夜《ゆうべ》はどこでどうして寝たのか、服を着替えて、叔母は台所でコロドナと話をしていた。

俺は黙って廃園に出た。最後にナタリアを見たときは、まるで違った心持ちで、今日は「さようなら《プロシチャイナ》」を告げようと思ったが、窓は鉄の扉が堅く閉ざされていた。

「ナタリア！　ナタリア！」

続けざまに呼んだ。すると、慌てて台所からコロドナが出て来た。

「キヨスキー、いらっしゃい。お前さん、早く手と顔を洗うんですよ！」

「後ですぐ洗うから一寸《ちょっと》――」

「いいえ、駄目ですよ。牛乳と、ほら……叔母さんが持って来なすった綺麗な菓子を食べて、出発するんですよ」

「一寸今用があると言うじゃないか」

「何です、用というのは」

俺はこの女に隠したって仕様がないと思ったから、低声《こごえ》で、

「隣の娘《こ》に逢ってから行くんだ」

と言った。するとコロドナが呆《あき》れた様子で、

「ナタリアさんに？　あの娘はいませんよ」

と言いながら恐ろしい力で、俺の腕を摑んだ。

「さあ、さあ、いらっしゃい。叔母さんが待っているじゃありませんか。もうちゃんと荷造りが出来ているのに、何です、みっともない」

恐ろしい馬鹿力の女もあるものだ。俺を一間ばかり、ずるずる引っ張った。そこへ誰かのそのそ入って来た。俺は、ずるずる引き摺られながら、その人の顔を見ると、ポリヤナの老爺《じい》さんだ。

「お爺さん。その杖でコロドナの足を叩いてください。駄目なんだ、駄目なんだ」

「いけませんよ」

「なぜ、僕は庭へ行って、ナタリアを見ちゃいけないのかね」

俺は、それでも抵抗した。

「見ようったって、あの娘は死んだんです」

爺さんが目を丸くして台所へ入って行った。多分、俺の叔母に逢うためだろうと思って、今は猛烈に藻掻《もが》き出した。

「死んだなんて、嘘だ」

「お前さんは何という馬鹿だろう。死んだ者に逢えるものかね。さあ、大人しく、いらっしゃい」

俺は、草叢《くさむら》の中に埋もれている井戸端に、柱からぶら下がっている砂袋の下まで引き寄せられた。

「本当に死んだのかい」

「本当《エト・ブラヴター》ですとも。可哀想に今頃は天使になって、お前さんと妾とが争っているのを天国から見物しているでしょう。疑ったって仕様がない」

俺は、やっぱり「嘘だ」と言い張った。するとコロドナはそんならと言って、先刻の場所まで俺を連れて行った。そして堅く閉ざされている窓の扉を指して、あれでも嘘かと言った。俺は彼女が本当に死んだものと漸く信じるようになった。其処《そこ》へ、

「肺病で昨日死んで、今日は老人が埋めに行ったから、家の中は誰もいないんです」

と押《お》っかぶせて説き伏せてしまった。俺が茫然として立っていると、また台所から爺さんが出て来た。コロドナが、

「旦那様。隣の娘は死んだんでございますねえ」

「死んだ?」

爺さんは肩を揺すって、肩へ首を縮み込ませた。そして顔を顰《しか》めて、口を尖《とが》らせた。

「ニコラス・リュベイモヴ僧正の姪《めい》のナタリアが死んだとは思わぬ」

「それ見ろ、コロドナ。爺さんが知ってら。ね、お爺さん、死ぬもんかね」

「コロドナがそう言ったかい、キヨスキー」

この爺さんはまだ俺の名を記憶《おぼえ》ていた。

「嘘をついたんですよ、お爺さん」

「ハッハッハ、キヨスキー。それじゃ死んだかもしれんぞ。それよりお前をラリーザが呼んでいる、早く行かないと、俺が菓子を貰って行くぞ」

俺は胡魔化されて台所へ行った。すると、叔母ラリーザが、俺を指してしばらく爺さんと立ち話をしている。多分俺の悪口でも並べていたんだろう。爺さんは中気病みのような目をして、口をもぐもぐ動かして汚い髭をしごきながら、黙って、ふむ、ふむと頷いていた。

爺さんは別荘へ来たんだそうだ。

「キヨスキー、巴里へ行くのか」

と言うから、

「モスクワなんぞにいるものか、お爺さんお菓子を上げよう」

と言った。俺が菓子の小さい包みを爺さんに握らせると、乞食のような手付きをして、ポケットへ入れた。多分馬車の上で食うのだろうと思った。ラリーザは俺が子供のくせに酒を飲むと言ったものだから、爺さんが、恐ろしい顔をして、俺の耳を引っ張った。俺と爺さんが、裏木戸で別れる時、俺の荷物を積んだトロイカが、廃園の中からゴロゴロと川端へ出て行った。

「巴里へ行ったらナタリアに逢えるわ」と言いながら、爺さんは俺に尻を押されて馬車に乗り、俺の荷車を追って去った。俺は後ろから、小石を拾って爺さんの馬車へ、五つ六つ投げつけた。爺さんは杖を振って怒った。いつ見ても薄汚い爺《じじい》だ。

一度、ターニャの家へ立ち寄ってから立とう、と言ったラリーザ叔母の言葉を俺は最後まで退けた。そして旅行に馴れているとは言いながら、可哀想に、ラリーザを促してその翌朝、ニコラエヴスキー停車場からモスクワを去った。俺の日記には一八九七年三月十五日とある。コロドナが、「お前さんのそばへ妾も追っかけて行くから待っていらっしゃい」と言った顔が、しばらく停車場の窓口に見えていた。

四

巴里に三年いたが勉強も何もしなかった。俺の友達は怠けるのを名誉と心得ていたから、試験前にはいつも狼狽した。仏蘭西の児と露西亜の児とが、仲がよくって、亜米利加《アメリカ》人や、独逸《ドイツ》人や、英吉利《イギリス》人の児とは、まるで交際《つきあ》わないでしまった。

俺の学校はノートル・ダム寺院の近所にあった。木造の古いサン・ジェルマン・リセーだ。俺は寄宿していたから、二階の寝室の窓から、毎日ノートル・ダムの屋根ばかり眺めていた。ノートル・ダム橋を渡る群衆もよく見えた。学校の舎監が嫌な奴で、日曜日に俺のグループが外出先から戻って来ると、一人一人舎監室へ呼びつけて置いて、犬のような鼻をうごめかして、俺達の口を嗅《か》ぐんだ。俺達のグループというのはシャールに俺に、ポールに、そのほか今は名を忘れてしまったが、何でも総勢七人ばかりいた。そのうち俺が一番年下のくせに、誰かが酒を飲むと陰口を利いたので、俺は注意人物になっていた。実際、俺は酒が好きだったから仕方がない。

酒は虫が好くんだ。だから、どうもこうも我慢の出来ない時がある。ある雪の降る晩だ。俺は共同寝室の便所に行って、帰りに、舎監室を覗いたら、舎監のヴィグレーという親爺が、暖炉《ポアル》の前に椅子を寄せて寝込んでいたから、しめたと喜んだ。共同寝室には寝台が七十脚ばかり並べてある。俺は、たちが悪いから、隅っこの方へ遠ざけてあった。三十五台を左右に分けて、中央が歩廊だ。天井の棰《たるき》からケチな角ランプが吊るしてある。俺は向こう見ずの児が好きだから、向こう見ずのポールを揺り起こしたら、

「ヴレヴ・ブランドル・デ・ポワソン」

なんて妙な寝言を言いながら起きた。この男に蝙蝠《こうもり》傘を持たせ、外套を小脇に抱え、寝台の下を潜ったら階段の入口に這い出た。そこに扉がある。困ったことには鍵がかかっていたから、また寝台の下を逆戻りして、舎監の部屋の中を這って過ぎた。便所の脇から廊下へ出て、鐘楼の梁を足場にして、先ず俺が石垣を攀《よ》じ登った。

石垣といっても、さほど高くないから、鐘楼からポールが蝙蝠傘をさしかけていると、俺の頭——帽子を被らぬ頭——に雪がかからない。

しかしながら、積もっている雪に手と足が埋まって、迂闊《うっかり》すると滑りそうだ。俺が

登ると、今度はポールを先に往来へ跳ばせておいて、最後に俺が蝙蝠傘をポールへ渡して、跳ぶから退《ど》いてくれ、退いてくれと言っているうちに、垣の頭が崩れて、運動場へ墜《お》ちてうんと腰の骨を打った。

ポールは蝙蝠傘を担いで、戻るわけにもいかず、一晩、巴里のラテン街を震え回ったそうだ。俺は腰の骨を傷めた上、停学一週間を食らって叔母に厳しく怒られた。

俺は校長室に引っ張られて青竹で尻を叩かれた。その時校長室の窓によりかかって、俺がぽろぽろ涙を零している悲劇を、ニヤニヤ笑いながら見物していた爺がある。この爺がアルフォンス・ドオデエだというから、アルフォンス・ドオデエという奴は物の解らぬ奴だと思った。この爺はよく俺の学校へのこのこやって来て、教室をぐるぐる見回って歩いた。俺の面《つら》を見ると、眉を吊って笑った。嫌な爺だ。

巴里へ来て二年目にラリーザ叔母は、スイスの女学校へ転職した。俺はまた一人ぼっちになった。一人ぼっちになった方が結句呑気だが、学資を出してくれるのがラリーザ叔母で、遠く離れてしまうと、金は直接俺の手に入らずに、学校の会計へ来た。だから、小遣いに窮して会計係へ貰いに行くといつも嫌な顔をして、「何を買うんだ？」と尋ねる。

「帽子を買います」と答える。俺は、買うものはいつも帽子に決めていた。他のものは大抵学校で売っていたが、こればかりはなかった。ないものを言えば帽子は学校にないから、靴で間に合わせろと言えないからだ。すると会計め、「ウイスキーの間違いだろう」と妙な目付きで俺を弱らせた。一か月に二度も三度も帽子を買いますと言ったことがある。ところが月末の清算書を会計係からラリーザ叔母へ送った。返事に、「そんなに帽子ばっかり買わないで、靴でも取り替えたらいいだろう」と言ってきた。

靴は学校で売っているから駄目だ。この時分あんまり帽子の殺生をしたから、それが祟ってこの頃は季節の帽子すら楽に買えないでいる。

まだある。俺がいよいよこの学校を追われる三日前のことだ。俺は酒は飲んでも、寺には毎週欠かさず参詣したから偉いと思っている。

ダリユ街《まち》の公園モンソー池のそばに露西亜寺院がある。今でもあるだろう。そこに露西亜人が集まって、祈禱をあげることになって、俺の学校にも露西亜人はみんな出て来いと言って来た。多分露西亜大使館が退屈紛れに考え出したんだろう、と思うが何の祈禱会だったか趣意書になかったようだ。日露戦争が済んだばかりだったから、敗戦祈禱かもしれない。すると、俺のような露西亜留学生が見る間に集まった。中に女学生も少なくなかった。

その崩れが、モンソー公園に集まって、露西亜人ばっかりで秘密結社を作ろうと言い出した。

この時牛耳を取ったのが、レリーという、音楽学校の女学生だから不思議だ。二十四、五歳の女で、情夫があった。日本人や英吉利人やアメリカの学生を排斥するから、力を貸してくれ、往来で彼奴等《きゃつ》を見たら、男なら須《すべか》らく引っぱたけ、女だったら金を引っ奪《た》くれ、嫌だと言ったら、髪の毛を引っ張れと主張した。その時分の過激派だろう。日本人のお袋を持っているくせに俺もその結社へ入った。何という腑抜け者だろうと、今でも思い出すと冷や汗が出る。しかも、この結社に入ったために俺は酷い目に逢って、学校まで出なくては叶わぬようになったんだ。入社式の話をしよう。

入社式はボヘミヤ町のマデレーヌという汚い美術学生の酒場で行った。

俺は新兵の格で、順番が回ってきて資格試験をやられるんだ。レリーは大将株だから、ビールの空き瓶で卓子《テーブル》をどんどん叩く。これが大将の合図である。誰かが俺の目隠しをした。

俺は目隠しをされたまま、酒場の裏へ引っ張り出された。

レリーが大将のような声を出して、

「キヨスキー、お前は聖なる兄弟の一人に選ばれるのだ。その前に本当の名を白状しろ。嘘つくと咽喉《のど》をナイフで抉《えぐ》るぜ。お前の本当の名は何だい」

本当に咽喉を抉りそうな剣幕だから俺は蒼くなって、

「アレキサンドル・ステパノウィッチ・コクセキー」

と言ってやった。

「それじゃ、キヨスキーは誰の名か。やっぱりお前の名だろう」

俺も困った。キヨスキーは日本語でキヨシだ。長崎で生まれた時、来合わせた肥後の浪人が、大泉なら清に限ると言って、清が名になった。八幡様の絵馬の額にも「清奉納」とある。そのくらい由緒つきの名だ。それを親爺が嫌ってキヨスキーに変えてしまった。スキーだけ余計かもしれない。ポールは俺のことをキヨスクと呼ぶが、キヨスクは小店《こみせ》という言葉だ。なるべくスキーの方にしてくれと頼んである。小店なんて縁起でもない。

「キヨスキーは日本人がつけた名だ。今言ったのは親ゆずりの露西亜名だ」

「お前は日本人に友達があるのか」

あるどころじゃない、お袋はKeita《ケイタ》という日本の淑女だ。頷いて見せると、この際だから、さぞ嫌な顔をしたろう。

「俺達の結社に入った上は決して裏切らぬという証拠を見せろ」

「証拠はないから、残念だが見せられぬ」

「それでは、誓っただけでいい」

「小生入社後は決して裏切り仕らぬことを誓い候也」

とフランスの佳文体でやったら、後ろから、仏蘭西がセ・ビエンと言った。露西亜がパコルノ・ハロショーと叫んだ。レリーが、

「我が兄弟姉妹よ。諸君はキヨスキーを結社の一員として選ぶべく賛成するか」

と例のビールの空き瓶を振ると賛成賛成と怒鳴った。

「それでは、これから試験をするから、こっちへ来るんだ」

と俺に靴を脱がせて湯殿へ押して行く。真っ暗だから、どんな仕掛けがあるかさっぱり解らないが熱い空気が俺の全身を包んだことを直感した。

「一歩前に湯桶があるから、足を入れろ」

とレリーが命じた。俺は両足を浸けた。熱湯だ。

「もし裏切ったらこの湯でお前を茹で殺すんだから、忘れないように」

俺が、たまらないから熱いと叫んだら、

「静かにしろ」

と鞭のようなもので俺の背を殴った。

「たまらないから、この辺で勘弁してくれ」

「駄目だ、じっとしていないと咽喉を抉るぞ」

抉られて堪るものかと思って一生懸命で我慢した。こんな酷い目にあうのだったら、最初から逃げればよかった。乱暴を通り越してこりゃ残酷だ。酷い酷いとこぼしていると、

「まだ後の試験があるんだ。しっかりしろ」

と言う。漸く靴を履かされたら、今度は、また目隠しのままで暖炉の前へ引き出された。

「今度は、ボワルの中から火を攫み出すんだ。男らしくやれ」

男らしくやれと言われると、俺は引っ込めない性《たち》だ。こうなるともう焼け糞だ。そ

のうち誰か俺の両手を焚き火の正面の見当へ伸ばしてくれた。

突然レリーが、

「そら、今だ突っ込め」

と床を靴で鳴らした。俺は歯を食いしばって、目を堅く閉じながら燃えている石炭をとっさの間に摑み出して卓子《テーブル》の上へ放り出し「ブラヴォー」。

「うまくやったね」

うまくやったって何になるものか、人を馬鹿にしている。レリーが目隠しを外して、

「弟キヨスキー、お前は今日から結社の名誉ある一員だ。握手しよう」

握手した後で掌心《たなごころ》に疼痛を覚えてきた。馬鹿馬鹿しい。試験はこれで済んだろうが、済まないのは俺の手足だ。お蔭で一週間ばかりズキズキ痛み続けて夜は呻《うな》りどおしに呻った。

目隠しがなくなると、俺を取り巻いている有象無象が、拍手しながらどっと笑った、人の災難がそんなに面白いのか、忌々しいと思ったから、此奴等《こいつら》を睨み回してやった。

レリーがビールの空き瓶でどしどしと卓子を叩く。そこへ酒場の親爺が籐籠《とうかご》に煮豆とビール瓶を入れて運んで来た。ビールを呷《あお》って、口をハンケチで拭こうとしたら、

ハンケチは贅沢だ、上衣の袖で拭けと言ってレリーが引っ奪くってしまった。

酷いもので、ビールを飲んで騒いだら、樽《たるき》がぐらぐら動いた。一人が風琴を鳴らすと、レリーが美しい声で歌い出した。喧噪の音は酒場に響き渡って、窓の外を、のたくり歩く飢えかけた労働者が、さぞ咽喉を鳴らせたことだろうと思う。するとレリーが演説を始めた。彼女の目は火のように閃き、彼女の頬は紅潮し、灰色の髪の毛は電灯の光に輝いていた。俺はそのときレリーを美しい女だと感心した。

すると、突然、

「皆さん」

と言って、例のビールの空き瓶で、コツコツやる。

「一言述べます。我々は結社の中に新しく生まれた可愛い弟の健康を祝して盃を挙げます。キヨスキーは彼の正義の道を今日見出したのです。皆さんも卓子の上に登って盃を挙げてください」

すると、十七、八人の野蛮人や、俺のような遊牧の民が、一時に卓子の上を占領して、俺はたちまち左右から硝子洋盃《コップ》の洗礼を受けた。そこへ慌しく酒場の扉を蹴開けて、酒場の親爺が駆け込んで来た。

「巡査だ。巡査だ。巡査が来たあ」

巡査が来たって差し支えなかろうと泰然と構えていたら、俺一人が捕まって、警察へ突き出されてしまった。もともと何も悪事がある訳でないが、昼間酒場で酷い騒ぎ方をしたというので、やかましく小言を言われているところへ突然俺に面会人が来た。考えなくても、俺に面会に来る者はないはずだ。学校の舎監だって、俺が警察の椅子に腰をかけて、署長の説教を謹聴していることは知らない。それとも、誰か報告に行ったとすれば、あるいは舎監のヴィグレーかもしれないと、もう覚悟をしていた。ところが、入って来たのは舎監でも大工でもない、モスクワの修道女学校の下婢だ。

俺は意外だから、

「コロドナじゃないか」

と言ったら、コロドナが、

「とうとうこんな所で逢っちゃった」

とがっかりしている。この女は二年経ってもやっぱりぼんやりだ。俺が恐縮して署長の説教を拝聴しているにもかかわらず、横合いから、べちゃべちゃ饒舌《しゃべ》り出して、署長に叱られている。

一時間経ったら俺は釈放された。署の門をコロドナと二人で跳び出した。コロドナは三十歳になる。もう少し分別があってもいい女だ。いつ見ても子供のような、あどけない顔をして妾は無教育者でございます、あなたの御《お》み足《あし》を踏みましても知りませんよ、というような歩き方をする。

「どうして巴里なんぞへやって来たんだい。コロドナ」

「お前さんを慕って来たんじゃないの？　いけなくって？」

俺とコロドナは、外国語学校街の街路樹の陰を並んで歩いた。歩きながら彼女は本当のことを語った。コロドナはダリユ街の露西亜寺院へ裁縫女《ぬいめ》に来たんだそうだ。一度巴里へ行きたい行きたいと言っておった。最初は寺院なんぞへ行かないで、巴里のラリーザ叔母が勤めていた学校の洗濯部屋へ雇われるように叔母が奔走していたのが、急に途中で話止《はなしや》みになって、寺院へ行ったんだそうだ。

「こっちへ、長くいるの？」

と尋ねたら、

「いいえ、誰があんな窮屈な所にいるものか。お前さんを連れて、直ぐ帰るんですよ」

と俺の知らないことを独りで勝手に決めている。これが、この女の癖だ。

「お前さんはやっぱり悪戯坊ですねえ。妾が学校へ訪ねて行ったら、受付へ警察から電話がかかっていたところだったから、直ぐ跳んで来たのよ」

「それじゃ、学校の方じゃもう知っているんだね」

「知っているとも」

「どんな奴が受付にいたかい」

「白頭《しらが》の眼鏡爺さん」

「駄目だ。駄目だ。あの爺だと、内証にしてくれないだろう。困っちまった」

俺は本当に困った様子をすると、コロドナは馬鹿だからほほと笑っている。

翌日、俺は露西亜寺院のコロドナを訪ねた。コロドナは俺をモンソー公園のベンチへ連れて行った。今日はこの女を驚かしてやろうと思って来たんだ。俺は女の顔を見ると、いきなり「俺はとうとう退学を命ぜられたんだ」と言った。そしたら女は、どんな感じがしたのか、しばらく俺の顔を見詰めて何にも言わなかった。

困ったからって俺は女に庇《かば》われるつもりではない。桜の馬場の小学校に通っている時、天長節に絹八丈を着て行ったら、式場で校長が絹の着物は校則に反するから奉祝させるわけにいかない。しかし今から、家へ帰って木綿《もめん》と着替える時間はない。折角出て来たんだから式場の外で何かしらを拝めと剣突《けんつく》食わされた。その時俺がさっさと外へ出ようとしたら、「清ちゃん、こっち。こっち」と亀田という女の先生が小さい声で呼び止めて、自分の羽織の中へ、くるめてくれた。熱くっても好意に対する感謝のしるしに、一時間羽織の中で、うたっていた。この校長とはそれっきり逢わないが、今度出逢ったら、天長節というものは、奉祝させて貰うんではない。こっちから奉祝するもんだと教えてやろうと思う。女先生の方がよっぽど開けている。女に庇われたのは、後にも先にもこのくらいのもんだ。

コロドナが俺を疑う様子だから、一緒に学校まで来てくれ、そしたら俺の荷造りを見せると言った。

「荷造りは見なくってもお前さんの話を嘘だとは思いやしないが、これからどうするつもりです。ラリーザ叔母さんだって、遊んでいる人に学費は送りませんよ」

と初めて心配そうな様子をした。

「俺は明日から仕事を探して自分で食って見せる。コロドナ、さようなら」

と言って駆け出して寄宿舎へ戻ってみると、保証人が俺の椿事を聞いて、校長に詫びに来ていた。俺は寝室で荷を纏めながら保証人と立ち話をした。

「その荷物を、一体どこへ持って行くんだね」

「友達のポールの実家へ預けます」

「そして君は、どうするつもりか。明日からでも、何とか後の方法を取らなくっちゃなるまい」

「これから働くんです。長々お世話になりました」

保証人はイギリス人だ。古いケンブリッジの卒業生で、四十になるが、まだ細君がない。エルムバークの伯爵というのが、この人の親爺である。俺の叔母が巴里で金を預けていた銀行の支配人で、叔母がスイスへ去る時、面倒だろうがと言って俺の保証人になって貰った。俺とはまるで性質の変わったイギリス紳士だ。

「君に出来るような仕事はあるかなあ。それより、倫敦《ロンドン》の学校へ行っちゃどうだろう。君は倫敦は嫌いか」

「倫敦は大嫌いです」

保証人は笑い出した。

俺は巴里へ来て一年目に倫敦へ見物に行った。この保証人が暑中休暇に連れて行ってくれたのである。着いた晩に基督《キリスト》教青年会館で、慈善音楽会があった。切符を貰ったから俺は保証人に道を聞いて出掛けた。一時間ばかり、馬車と自動車に追い回されて漸く解った。受付に切符を渡して入ろうと思ったら、あいにく受付がない。俺は遠慮なく入った。入ると、真っ直ぐいわゆる、うずら(下桟敷《さじき》)に出る廊下と二階へ昇る階段がある。どっちへ行こうかと、そこでしばらく迷った。切符は一等だから、どこへ行ったって苦情はないが、妙なもので、やっぱり行き場が解らぬと、まごつくものだ。

するとどこからか、委員が赤リボンをフロックに挿して出て来て、俺を見ると、

と尋ねた。どこから来たって切符さえ持ってりゃいいわけだが、せっかく尋ねるから、

「どこから来たか」

「ゼームス・アズロンさんの家から来た」

と答えた。横柄な委員だ。

「じゃ、この椅子を持って二階へ行ってくれ」

と階段の下から椅子を出してくれる。黙って二階へ担いで昇った。

「ははあ、ここだな」

と思って、観客の中へ割り込んで見ると、ちょうど保証人が舞台で呻っていた。ところが先刻の委員がまた来て、も二つ椅子を持って来いと言うから、

「椅子は一つで結構です。どうぞお構いなく」

と帽子を脱《と》って敬々《うやうや》しく挨拶した。すると委員が、それは困ると言う。何が困るんだろう。一人で椅子を二つも三つも背負わせられた方が余っ程困るじゃないか。俺は今まで椅子は一つずつ使ったもんだと逆ねじを食わせたら、おや、君は給仕じゃないのかと吐《ぬ》かした。もっとも俺の方では巴里の中学生の服を着ていたが、いくら倫敦だって、中学生がフロックやモーニングで音楽会へ行く奴もあるまい。

それからまだ癪に障ったことがある。それはアズロン家の娘が飯を食う時、俺に、

「あんたの服の胸ボタンの所は、スープで汚れてみっともないわ。お尻もよ。溝《どぶ》みたいな人ねえ」と何でもないことを大勢の中で吹聴した。俺は夏服が一枚しきゃないから、どこへでもこれで罷《まか》り出るが、まだこの娘のように小うるさい憎まれ口を聞かない。汚れているなら誰もいない所で、さっさと拭いてくれればいいだろう。

まだある。それはこの保証人が、俺に倫敦にいる間小遣いにしろと言って、金をく

れたから手を出したら、

「英国人は、どんなに困っても他人から金を貰わない習慣がある。日本や露西亜はどうだね」

と皮肉を叩いたから、俺はその時一旦貰った金を突っ返して、毎日毎日一文なしで生活《くら》した。一層のことその時、日本人や露西亜人は、そんな気取り屋で偽善者の英国人の厄介になる間抜けはいないと言って、巴里へ引っ返そうと思ったが、喧嘩しちゃ何にもならぬから、俺の方で負けていた。

だから俺はイギリスが嫌いだ、したがって、イギリス人と名のつく動物が嫌いだ。イギリス人を見ると、此奴《こいつ》は気取り屋で、偽善者で不人情な奴だと思う。

保証人アズロンさんが倫敦の中学校はどうだと尋ねても、どうしても、あんな偽善者が集まって、薄っぺらな人間を製造する学校へ行く気にならなかったから、いさぎよく断った。

保証人は、君の勝手に任せるから、もし相談があったら自分の家へ来てくれ給え、しかし、学校を止《よ》したことは直ぐスイスへ報せてやらなくちゃいけないと念を押して帰った。

俺は校長と舎監に別れて、ポールと一緒に彼の実家へひと先ず落ち着くことにした。

ざっと三年の間寝起きした学校をかくして退散した。門を出るとき、眼鏡の受付を大きな目で睨みつけてやった。俺はやっぱり露西亜がいい。露西亜人が好きだ。たまに俺の伯母ターニャのような強腹《ごうはら》な女がいても、やっぱり露西亜人に親しみがある。それが当たり前かもしれない。

この際、俺に本当の同情を寄せてくれたのはポールくらいなものだろう。同じグループの中にシャールという男がいた。モリオニという伊太利《イタリア》の留学生もいたが、いざ俺が学校と縁切れになってしまうと、その瞬間から俺に面《おもて》を外向けるから彼奴等も取るに足らぬ小人だと、こっちで見限ってやった。

俺はレセール街に薬種と化粧品の店を出しているポールの家《うち》に当分厄介になることに決めた。店には母親とポールの小さい妹がいた。俺とポールを前へ据えて置いてお袋が、

「キヨスキーは理想どおりに放校を食って、さぞ本望だろう。今度はポールの番じゃないか」と俺の顔を虫眼鏡で覗いた。バイ菌でもいやしまいし。

「キヨスキーは何の志望で勉強していたかい」

「志望なんぞあるものかね小母《おば》さん。俺は死ぬまで志望も目的もないいんだよ」

ポールの小母さんは呆れていたが、今もって俺に志望も目的もないところをみると、その時は確かにそうだったに違いない。

露西亜人に志望や目的があると思うのが、そもそも間違いだ。そんな有難いものは小さい国へ買いに行くがいい。

ポールの家で厄介になった晩に「では当分、身のおさまりをつけるまで頼む」と言ってポールを再びあの野暮な宗教学校へ送り返した後で、寝台へ転がって財布の底を逆さまにはたいてみたら、二法《フラン》と五スーあった。これで明日は食える。これで手紙を出して、叔母ラリーザから何とか返事が来るまで、仕事を探して自活することに決めてゆっくり寝た。

俺は、他人のうちに因縁がなくて厄介になり得る呑気者でない。翌日、俺は「レ・ペチ・フランセー」という雑誌の秋季園遊会の広告ビラをシャンゼリゼー街の大四辻で広告屋から貰った。俺はその広告ビラを利用しようと考えた。利用すると言ったところで、俺の仕事として広告ビラを配って歩くよりほかに出来そうなことがない。それでもいい。俺はレ・ペチ・フランセー社をその足で訪ねた。

メジェー街五番の汚い家が、この小学生向きの雑誌発行所だ。入って行って、広告ビラを配らせてくれと頼んだ。するとフォリエという物語作者が出て来て、それは承知したが一日一法《フラン》だ。それでいいかねと言う。一法で飯が食えるものか。

俺は十五歳の少年だ。しかし朝から日没まで稼げばその二倍の骨折賃は何をしたって貰えるんだ。一法はちと安過ぎる。

俺が思案していると、この物語作者が、

「君は白墨で字がうまく書けるか」

と言う。俺は無論書けると答えた。すると、今度は、

「筆の方はどうだね」

と尋ねる。それも出来ると返事をすると、物語作者がペンと紙を持ってきた。

俺の住所姓名が雑誌社の名簿に載ると、今晩は編輯者が交代で徹夜するが、よければ君も手伝ってくれ、明日の朝には四法支払うと言う。俺は「よろしい。やる」と答えたら「それじゃ活版屋に詰めきってくれ給え。直ぐこの先だ」とカプシン街を教えた。

俺の仕事は校正刷の紙を番号通りに揃えて印刷部へ回すのだ。翌朝四法の外に電車

賃を貰った。夕方まで印刷部屋の職工と一緒に紙の上に寝ていた。

人間の運というものは妙なもんだ。俺はフォリエ文士の家をしばしば襲った。いつも色々な面相のペンの労働者が集まって賑やかに騒いでいた。絵かきがいたり、女がいたりした。

学校を廃《よ》して一月ばかり雑誌屋の印刷部屋でパンとバターと水で命をつないでいた。そのうちに叔母から手紙が来て、真面目になって、他の学校を探せ、アズロンさんにもくれぐれも頼んでおいたと言うのだ。

その時、アズロンさんの手元へ金が送ってあることを知ってたが、アズロンさんの顔を見るのが嫌だから、取りに行かないでいると、学校を探したから、是非一度英仏銀行支店まで訪ねてくれという葉書が、ポールの家へ来た。

しばらくポールの家へ行かないでいるうちに、色々の手紙が溜っていた。ポールの親爺が久しぶりだと言って、ペトログラードの支店から戻っていた。

俺はポールの親爺と一緒に食卓を囲んだ。そして夜に入って手紙をポケットへ押し込んで印刷所へ引き返した。印刷部屋の屋根裏で手紙を読むと、先刻のアズロンさんから来た葉書が一枚、ポールから来たのが一つ、ラリーザ叔母から来たのが一つ、露西亜のターニャ伯母からも来ていた。最後に、モンソー公園の露西亜寺院から来た手紙も混じっていた。コロドナの名が、オリーブ色の封筒に見えた。

ターニャ伯母は金を儲けて、ペトログラードに病院を建てたそうだ。スヴァロフ街のスヴァロフ将軍の銅像の近くだとある。儲けたんじゃない盗んだんだろう。医者は強盗のようなもんだ。強盗は刀物を振るうが医者は盛り殺す。伯父だからあるいはやったかもしれない。

ポールの手紙は、ただこれだけの手紙が学校へ投げ込んであったから届ける。俺は禁酒したからお前もあまり飲むなと殊勝らしい忠告が加えてあった。コロドナから寄越したオリーブ色の封筒が面白い。文字が拙いからきっと自分でペンを執って書いたんだと思って封を裂くと、わずか五行しか文句がない。

「お前さんの居所が解らない。やっぱり学校にいるのだろう。この手紙が届いたら直ぐお寺まで訪ねておくれ。妾はお前さんのお母さんになるつもりで巴里へ来たんだから、言うことをよく容《き》くものですよ」

俺は可笑《おか》しくなって笑った。あの女は何だってあんなに馬鹿だろう。

俺は筆不精な男だ。ようやく叔母ラリーザへ宛てて「もう学校へ入ることは断念した。自分は今、巴里の印刷職工と共に働いている。だから、あなたは金を送らなくってもいい。自分は初めて自分の天職を発見して喜んでいる。さようなら」と言ってやった。この手紙がスイスのモントレー・ボンポールへ着く頃、巴里はクリスマスが終わって、新年が巡って来た。俺は十六になった。

「おばあさん。おばあさん。今年はどこで餅をついて貰いましたか」

俺は一年ぶりに長崎の祖母へ手紙を書いていたが、筆を止める時になって、ぽろぽろ涙が零れた。何か手紙の中へ入れてやろうと思って、行李の中を掻き回したが何にもなかったから、フランスの紙幣を一枚畳み込んで、郵便函へ入れた後で、祖母はめくらだから送っても仕方がなかったと気がついた。

俺は日本に年に一度しか手紙を書かない。いつも十二月の中頃か末に書く。去年まで学校から出したが、今年は印刷屋から出した。

そのうちにポールが休暇で店へ戻って来た。一度訪ねようと思って元日まで行かないでしまった。銀行から寄越した金と稼いだ金とを合わせたら二十八法《フラン》と端銭《はした》が少しあった。

学校ではモオパッサンの小説の耽読を禁じてあった。俺がそんなこととは知らないから、モオパッサンを露店で買って舎監へ許可の判を貰いに行くと、舎監が目をむいて、これは学生の読むべきものじゃないから没収する。そのかわりにこれをやると言って、書棚の中から宗教小説を出してくれた。こんなものが読めるものかと思ったから、そんならモオパッサンは読まないが、これもいらないと言って返した。

生意気な小僧だと思ったろう。俺はその時分モオパッサンより偉い人間はいないと信じていたから、モオパッサンが若い時分にごろついていた下宿とか、遊びに行った犬の墓地などを尋ね回って一人で喜んでいたもんだ。モオパッサンを読むなと言う奴は、同じフランス人でも愛国の観念のない下司《げす》だと罵倒した。モオパッサンを真似損ねた通俗調で文章を拵えてその辺の呑気者に見せて歩いた。

「君は非常に作文が上手だ」

と一人がお世辞を言った。学校で図に乗って「壊れたインキ壺」と命名した回覧雑誌を拵えて、三百人余りのフランスやイギリスやロシアの学生に文章を書かせたことがある。書かせたというとさも偉そうに聞こえるが、実は書いて貰ったんだ。そのくせ俺が一人で選をした。第一号が学校の職員間に物議をかもして没収されると、がっかり凹《へこ》たれてもう第二号を出す勇気がなく、そのまま捨てているうちに俺が退学を食ったから、とうとう出ないでしまったそうだ。一号に教師の下馬評を大胆に並べたのが悪かったらしい。俺は向こう見ずでいつも困ると思う。その時分ある男が、

「お前はこのくらいの文章が書けるんだから、一層のこと文学者にならんけりゃ嘘だ」

とおだてた。おだてられた俺はいい気になって「うん。俺はこのくらいの文章が書けるんだから、文学者にならんけりゃ嘘だ」

と変なもんだ。思い出すと顔から火が出る。それでもフランセー・イリュ・ストレーという大きな雑誌——これはその時分週刊で、いつも土曜の朝出た——に、「ヴィクトール・ユーゴー博物館の印象」を書いたときは、かなり人気を集めた。そう言えば、巴里や巴里以外のフランス人に「ユーゴー博物館」を紹介したのは、かく申す俺が最初の人間だと言ってもよかろう。因《ちな》みにユーゴー博物館はその年に開かれた。ユーゴー翁の遺物なら大抵そこに蒐めてある。嘘じゃない。卓上のインキ壺は翁存生時のままだ。翁は十五年この家に住んで物語を拵えていた。その後、翁の友人でポール・メリスという人が住んでいたのをその時博物館にしたのだ。

その次に「国民印刷局の歴史」を載せた、ロハン僧正（ムド・ヴォルカノ）のカーライルが言った「ダイヤモンド首飾り事件」の悲劇の一部を狙って書いたものだ。これも成功した。

俺は続けざまに五十法路端で拾ったような気がした。その雑誌をスイスの叔母へ送って、おだてて貰うつもりだったら、叔母はあべこべに俺を悪魔のように罵ってきたから、叔母も話せない女だと一人で偉がっていた。これだからローマ教徒は量見が小さい。新教徒の迫害を受けたって、それは自業自得だと澄ましていた。

貰った金を何に使ったか忘れた。多分有頂天になって酒場でも回って歩いたに違いない。俺は真面目なローマ教中学校を破門された不良少年だったから。

酒を飲んだり、警察へ厄介をかけたことはラリーザ叔母へは無論言える義理ではなかったが、舎監が、退学の顚末は、詳しく、大袈裟に報告したとみえて、叔母ラリーザから続いて飛んで来た手紙は怖くって、ろくろく読まずに行李の中へそっと蔵《しま》った。今日ただ今、どうかすると、その手紙がひょろひょろ出て来る。不良少年に輪をかけて始末の悪いろくでなしとして、自分で自分を持てあましている今日でも、手紙に飛び出されると、ひやりとする。

その年の夏、スイスの叔母が是非来いと言うから、スイスへ行ったらうんと油を絞られて、半年振りに放還《ほうかん》されてまた巴里へ舞い戻った。スイスの話は書きたくないからよそう。巴里へ戻るとコロドナが急に恋しくなった。間もなく露西亜寺院を訪ねたら、コロドナが、恨めしそうな顔をして、

「なぜお前さんは、半年も一年も妾に居所を知らせないで隠れていたんです」

と頭から叱りつけた。俺はその時、

「お前はそんなに俺が好きかい」

と言った。そしたらコロドナの奴、年にも恥じず、

「好きですとも、好きですとも。こんなに好きです」

と俺の横っ面へ、冷めたい頬を痛いほどこすりつけて、抱き上げようとして、

「まあ、いつの間にこんなに重くなったんだろう。もう妾の力じゃ抱けないわ」

と驚いた。いつまでも俺をモスクワの湯槽の中の赤ん坊だと思っている。だから智慧のない女だと笑われるんだ。しかしこれがロシアの女かもしれない。

自分ではひとかどの文学者だと自負しているところへ持ってきて、この女に小僧あつかいにされると、もううんざりした。しかしこの女は、馬鹿でも智慧が足らなくて

も、何だか恋しいところがある。ユダヤ女だって、無学者だって、ターニャに比べると人間が素直で、親切だ。

「お前さんどこに住んでいるの？」

「決まっていない。スイスから帰って来て、まだ宿を探さない。俺は今旅館にいるんだ」

「旅館に？　そんな贅沢をする金があって？」

失敬な申し条だとは思ったが、これがこの女の持ち前だと知っているから嘘のないところ、

「実は、叔母から貰ってきた金が少しある。しかし旅館に一月もいたら失《な》くなるだろう。どこかいい宿はないかね」

「妾よりお前さんの方がこの街のことは詳しいじゃありませんか。自分で直ぐお探しよ」

なる程そうかもしれない。この女はお寺で、一間先の戸外も見えないような尼僧同様の生活をしているが、俺の方が宿探しなら詳しかった。

だらしがなくっても、年が若くっても、浮浪者にはそれだけの不安があるものだ。

俺は貧乏者で気が小さいせいか、金のあるうちは、威勢がいいけれども、なくなると元気が頗《すこぶ》る衰える。今度困っても、遊んでいるうちはちっとも構いませんよとラリーザ叔母に警告を受けていた。その時はへいへい大丈夫です。今にいい仕事を見つけて真人間に立ち返りますと安心させておいたが、まごまご居食いしているうちに、早いもんだ貰ってきた金がなくなってしまった。そのはずだ。アルゼー街のタミス旅館で一泊三法《フラン》に、朝飯が一法、昼が三法、晩が五法だった。だから一日平均十法より下ることはなかった。ヴォジラールのルクセンブル公園から一町ばかりの、ある鉄道官吏の持ち家の二階を一間借りた時は、財布は空《から》だった。ナポレオン三世の恋人だった例のロベスピエールの妹の家や、ラマルチンが泊まった宿という家もすぐ近所にあった。セーヌ河を上下する汽船の笛もよく聞こえた。宿が決まると、俺は直ぐコロドナへ知らせた。翌日彼女が炎天を平気で乗合馬車に運ばれて来た。コロドナがこの家の主婦を捕えて、下手なフランス語で、キヨスキー、キヨスキーと俺の身の上話を饒舌《しゃべ》り立てるので俺はひやひやした。

コロドナは勝手に俺の「お母さん」になった気でいる。帰りがけに卓上に投げ出しておいた空財布を開けて、

「お金はないの？」

と変な挨拶をする。

「ちっともない。なくってもいい」

と言ったら、黙って自分の胸の奥へ手を突っ込んでいたと思うと、紙幣を出して空財布へ詰めようとするから、

「お前にいつ金をくれろと言ったんだ。そんなことをすると、今度引っ越したら知らせないぞ」

と脅かして突っ返した。そしたら翌日郵便で送ってきた。郵便の外に小包があった。金を包んだ紙に、「お前はなぜ妾の親切を受けてくれないんです。妾が嫌いなのか、嫌いなら嫌いでいい。お前さんのことは忘れてしまって、もう一生逢わないから」とあった。小包には新しい白地の夏服が入っていた。値段を書いた名刺が畳み込んであった。露西亜の田舎者だから、巴里の商売人に揶揄《からかわ》れたんだろう。追っかけてまた手紙が来た。

「洗濯物を他人《ひと》に頼まないように、一緒に溜めて置いてください。お坊さんのものと一緒に洗って上げる、日曜日の晩に訪ねるから」——つい先刻は、もうお前さんと

は一生会わないと書く奴が、洗濯もないもんだと思って、思わせぶりに俺は日曜の晩外へ跳び出した。コロドナから貰った金で、イル・デ・シテの岸からエッフェル塔の下までボートを漕いだ。緑樹が両岸に鮮やかに見えて、真っ白な夏服の女がぞろぞろ葉陰を歩いていた。宿へ遅く戻って、おかみさんに、

「誰か尋ねて来た者はありませんでしたか」と聞くとおかみさんは、「いいえ誰も」と首を横に振った。コロドナに嘘をつかれたと思うと、こっちは人悪く家を空けていたくせに腹が立った。俺はこんなわがまま者だ。

翌日、十二時(晩の)過ぎて、俺は、アズロンさんが、銀行の事務員見習いに採用するから、わがままを言わず我を張らずに真面目に働けという手紙に対する、返事を書いていた。いつもなら、例の向こう見ずで一息に断ってやるのだが、年を取ると、だんだん人間も意気地がなくなるもんだ。俺はひもじい腹に、「やれ、やれ!」とすめられて、貧乏神に弱虫だと嘲《あざ》けられて、文学の神様に銀行に勤めましても決して、あなたは忘れませんと卑怯な言い訳をしながら、何とぞよろしく頼みます、もう無頼漢の生活は懲りたから、ぷっつり止めましたと書いているとき、コロドナが出し抜けにやって来た。怪しからん、嘘吐きだと怒るような怒らぬような曖昧なところで拗ね

てやろうという構えていると、

「キヨスキー。まだ起きているんですか」

と俺のそばへ、倒れそうに、不作法な大きな足を投げ出して椅子に掛けた。

「何だって今時分やって来るんだい」

彼女は額に汗を浮かべていた。

「洗濯物を取りに来たの。昨日はね、昨日はね、妾寝てたんですよ」

「だから一日待ってたけど、お前来なかったんだね」

と俺は嘘をついた。するとコロドナは口をすぼめて、意外だという表情をした。

「本当に？　本当に妾を待っていたの、キヨスキー？」

「嘘つくもんか」

「すみませんわねえ、キヨスキーは妾の破約を許してくれるでしょうね」

俺が黙っていると、彼女は耳元へきて私語《ささや》いた。

「妾どうして寝てたか知ってて？　知らないでしょう。そりゃ意外なんですもの」

「知るもんか。そんなことを尋ねるから、お前は田舎者の馬鹿だと言うんだよ」

「いいわ、馬鹿でも狂人でも。妾ねえ、昨日酒を飲んで酔っちゃったの」

「お寺で酒を飲む奴があるもんか」

「いいえ、寺では飲みはしませんよ。カフェ・デ・カスチョンで」

「カスチョンは、直ぐこの近所じゃないか」

「ええ、ご存じ？　ああ、お前さんは酒飲みだったわねえ」

「どうしてカスチョン迄酒飲みに来たんだ。なぜ俺のうちへ寄らなかったんだ」

コロドナは黙って説明しなかった。俺はなぜこの女が酒なんぞ飲むんだろうと考えてみたが、解らなかった。

「飲んじゃいけない？」

「いけないとも。お寺にいる奴が、酒なんか飲んで、いいか悪いか解らぬはずはあるまい」

「そう？　そうかしら。神父様に見つかって追い出されたらどうしようかしら。その時、お前さんここへ置いてくれるでしょうね。キヨスキー」

彼女は電灯の下で赤い顔をしていた。

「そんなことはどうでもいいが、よくこんなに遅く出て来られたね。この間の夏服は有難う。まだ着ないよ」

彼女は、俺が礼を述べても知らん顔をして両手で顔を蔽っていた。そして苦しい息を吐いていた。

彼女の唇は火のように赤かった。

「お前、酒を飲んでるじゃないか」

俺は顔を支えている彼女の手を引き外した。すると彼女は充血した眼を見張って、かすかに頷《うなず》いた。どこで飲んできたんだろう。彼女は唇を震わせた。何か言おうとしてまた力なく黙ってしまった。俺は彼女の顔に不思議な変化が起こるのをじっと見守っていると、やがてコロドナは卓子《テーブル》を抱くようにして、

「妾お寺から逃げて来たの」

と熱い嘆息を洩らした。俺は面食らって嘘だろう。そんな冗談を言って脅かすなと叱りつけたら、

「すみません。今言ったのは、嘘です」と言った。

一体俺をどこまでなぶるんだろう。その晩また恐ろしい接吻を強いられて、一晩不愉快で眠れなかった。何が不足でコロドナは酔ったんだか、ちっとも解らない。彼女は洗濯物を抱えて淋しい夜の街をセーヌ河を渡って帰った。彼女がいなくなってから、

白い薄い皮手袋が落ちているのを発見した。

銀行の口がほぼ決まって、いつからでも出掛けていい準備が出来た時、急にその方を断らねばならなくなった。それは瑞西《スイス》の叔母ラリーザがリウマチスで立てなくなって、手が足りなくなったからだ。俺は荷物を纏めてコロドナにもポールにも黙ってスイスへ行った。二度目にゼネヴァ湖畔に立ったとき、「ルッソウの宿」を見た。

俺は年を一つ取った。すると、曽祖母が死んだという便りが来た。続いて、スイスの新聞にトルストイ爺の訃報が載せてあったが、本当のような気がしなかった。ちょうどマリア・ペロヴースカヤが革命運動に来ていた時だ。慌てて旅行の支度をして伊太利ヴェニスへ出た。

伊太利から直ぐ日本へ戻った。長崎へ着いたら、大分景色が変わっていた。無論、曽祖母の葬式は済んで、小さい家に祖母が一人で、ぽつねんとかたづいていた。そこで長崎の中学の三年級へ入れて貰った。宗教学校だから、三年にでも四年にでも喜んで入れるんだろう。くだらない学校だから落第せずに卒業したら黙って二十一になった。俺は露西亜で偉い人間になってくると言って、祖母が何と言っても容《き》かずにまた飛び出した。その時、死んだ親爺から死んだお袋へ送った手紙を纏めて鞄の中に詰めて、オデッサへ着いた。それからモスクワへ行った。

俺はしばらく音信を絶っていたコロドナがまた恋しくなったから、一体あの女は今年いくつになるだろうと指を折って数えてみたら、もう三十六だ。

三十六でも馬鹿だから、やっぱり、ぼんやりしているだろう。まだ巴里にいるかしらと思って、九年前幽閉された修道女学校を訪ねたら、取次ぎが今ちょうど授業中ですから少々お待ちください、この鐘を鳴らすと先生がいらっしゃいますと言いながら、以前井戸だった所へ屋根つきの柱を立てて、簡単な鐘がとりつけてある奴を、下からぐいぐい引っ張ると見かけ倒しのしみったれな音がガンガンと鳴った。ガンガンと二度鳴らすのが先生を呼び出す暗号だ。入口に立っていると、女先生が「どなた？」と顔を出した。

そして突然、ああ、キヨスキーでしたか。よく忘れずに来ましたね。今ちょいと授業をしまってくるから食堂で待っていらっしゃい。ほんの十分ばかり、すぐだから、すぐだからと慌てて引っ込んでしまった。

この女先生ゾヴスカさんは、俺の顔を見るとすぐどこかへ飛んで行ってしまうことに決めている。九年前も俺を廃園にうっちゃって置いて、すぐ戻るから待っていらっしゃい、妾はペトログラードへ行って来ると、行ったのはよかったが、とうとう帰って来なかった。鉄砲玉みたいな女で、悪い癖だ。今度は十分間だと言うから大丈夫だろう。俺はベル鳴らしの爺さんに話しかけた。

「お爺さんはいつここへ来たの」

「三年になります」

「その前誰がいたか、知ってるかね」

「イワノーヴナ婆さんがいましたよ」

「その前は?」

「知りません」

爺さんは「ヤー・ニズナーユ」と言って、行ってしまった。俺は廃園の方へ回った。ズーブ樫もソースナ松も榛も依然として旧態のままだ。ただ石垣が繕われ、庭が手入れを施されて、綺麗になっていた。厩の屋根は、地上に立って、俺の肩もつきそうになっていた。早いもんだ。もう九年になる。厩の壁をナイフで抉った跡だけが残っていた。俺は小学校も訪ねてみたが、かえって、窮屈な日々を送っていたこっちの方が余っ程懐かしい。残念に思ったのは、隣の窓からナタリアの蒼い顔が見えなかったことだ。あの時コロドナが、娘は肺病で死んだと言ったが、死んだのが本当で、「巴里へ行ったら逢える」と言ったトルストイ爺さんの言葉が嘘なのかもしれない。ここであの娘が窓から顔を出して「屋根の上で独楽を回して頂戴」とくるなら、小説になるだろう。小説にはなかなか手軽にぶつからんもんだ。窓は昔の扉が昔のままに寂しく閉ざされていた。厩の屋根の上でよく独楽なんぞ回したもんだと感心していると、鉄砲玉のゾヴスカさんが、食堂の入口で、「キヨスキー、キヨスキー」と呼んでいた。食堂はまるで変わっていた。卓子《テーブル》が隅へ位置を替えて、サモワールの側に立ててあった聖像《イコン》の額もどこへ逃げ出したかなくなっている。棚も吊り替えてあった。いつもコロドナが編みかけの毛糸の球を乗せて置いたパン箱も廃止になっている。その頃ここに通っていた女の子は、もう皆ひとかどの尼さんになって働いているだろう。こう色々の物が昔の姿を失っているのを見ると、何だか自分ばかりが、いつまでも真人間《まにんげん》になり得ずして、外道《げどう》の世界をうろつき廻っているような気がして恥ずかしい。

「コロドナは今どこで何をしていますか」実際、俺はコロドナのその後の消息を知りたいばっかりに、見たくもない鉄砲玉のゾヴスカさんの皺顔を見るんだ。

「コロドナ――ああ、あの人は今ペトログラードにいるそうです」

そうだろう、とてもあのぐうたらぼうでは巴里の寺院に辛棒出来るものじゃないと思ったから、「ペトログラードで何をしているんですか?」ペトログラードにいるなら、どんなことがあっても一度逢おう。巴里なんぞにいると聞いたら、がっかりするところだった。

「フォンタンカの冬園《とうえん》で洗濯女に雇われているそうですが、昼間はポシルニーの伝達会社へ通うそうです。詳しいことは知りません」

とあまり晴々しい顔をしなかった。

「なぜこの学校へ戻って来ないんですか?」

「女は雇わないことにしました。ことにあの人はユダヤ人ですから、生徒が嫌うんです」

しかし九年前彼女は、自分が一番生徒間の受けがいいと言った。どちらが本当だか解らない、あの女はよくゾヴスカさんと口論したそうだから、それが嫌なんで、コロドナのほうでも巴里へ飛び出したし、露西亜へ戻っていることが解ってもここへ寄せつけないのだろう。

俺はゾヴスカさんに恨みはないが、好きかと言えば、嫌いと答える。俺は痩せた女と、眼鏡をかけた女は虫が好かぬ。ゾヴスカさんは痩せて、眼鏡をかけてつんと澄ましている。こんな枯れ木のような女より、ユダヤでもコロドナの方が向き合ってて感じがいい。コロドナは美人ではないが、この人よりずっと愛嬌があると思った。

その晩、ペトログラード行の切符を買うのに、停車場で二十留《ルーブル》出したら二十コペック釣銭《つり》をくれた。十時間ばかり大きな汽車に揺られていたら、ペトログラードのニコライ停車場へ着いた。馬車《イズワオステック》を駆ってスヴァロフ街へ向かった。

スヴァロフ将軍の立像の近くだから、ターニャの家はすぐ解った。久し振りで逢ってみると、伯父もターニャも半分白髪を交えていた。スイスの叔母だけが、親爺の兄弟の中で一番老けていると思ったらそうでもない、皆んな老い込んでしまっているんだから滑稽《こっけい》だ。コロドナだけは、まだ娘のような顔をしているように思われてならない。

今度落ち着いてここで勉強する覚悟で来たんだと言ったら、ターニャも伯父もお前はやっぱり親爺の国で成長しなけりゃ駄目だ。第一、その青い眼と灰色の髪を担ぎ回ったって、日本じゃ相手にしまい。それよりお前は露西亜の学校を出て、露西亜の官吏になって、露西亜の女を妻君に迎えた方が出世する。お前は早く妻君を貰わなくっちゃいけないとすすめた。

露西亜に来ると日本へ帰りたくなるし、日本に一年もいるとたまらないほど露西亜が恋しくなる。俺は二つの血に死ぬまで引き回されるんだろう。そして最後に引っ張った土が俺の骨を埋めるに決まっている。

伯母も伯父も猫の一件は忘れたのか、今になって、俺を責めたのが気の毒になったのか、九年前とは待遇が違っている。地獄へ行かないように神様へお願いしたから、心を入れ直して立派な青年《わかもの》になって来たと思ったのかもしれない。……三度目にコロドナと逢ったとき彼女は「モドヌイヤ」を喫《ふ》かしていた。そして今度は平気で俺を口説きにかかった。

話は大分飛ぶが俺は露西亜革命までペトログラードにいた。ユダヤ女コロドナとペトログラードを退散するまで同棲していた。スイスから送ってくれる学資は、コロドナの帽子になったり指輪になったりして、俺は学校へ出ない日が多かった。「マルイ劇場」や「ミハイロヴスキー劇場」に入りびたっていたのもこの時分だ。

一九一七年三月十二日、露都は革命の巷《ちまた》と変わった。俺は学校からの帰途、モスクワ大学生の包囲を受け、大学生の群に投ずべく強迫された。裁判所を襲った時に占領した黒自動車を駆使して、砲煙の下を縦横に飛び回った。アドミラルスカ街頭で屠《ほふ》られて転がっている二百にあまる市民の死骸の上をゴロゴロ軋りながら、車の上から盛んに発砲したときは、痛快は痛快でもさすがに怖かった。

その「赤い月曜日」がようやく夜に入る頃、俺はモスクワ大学生と別れてコロドナの家に戻った。戻っていると、たちまち銃声が起こって、コロドナの宿の近くは、殆んど昼間この辺へ追い込まれた巡査隊に包まれて火を放たれようとしていたから、俺は驚いてコロドナに伯父の家へ避難しようと言い出した。

四辺《あたり》の状況が既に危険に迫られているのを発見したコロドナは、それでは連れて行ってくださいと言った。二人はかくして闇の中へ跳び込んで、ネヴァ河へ向かって走った。

コロドナと俺は、大ネヴァ河畔アンドレエ修道院の前まで逃げて来た。

「もう大丈夫ですよ。キヨスキー」

「後ろは大丈夫だろうが橋が渡れるかしら」

「もしいけなかったら、ここへ一夜《や》隠れていようじゃありませんか」

と修道院の中を覗きに行ったコロドナが、

「あっ！　尼さんが殺されて窓の下に倒れている」

と言いながら、年増のくせに娘のような様子をして顔を蔽った。本当に十七歳ばかりの尼僧が銃殺されたと見えて死んでいる。一匹のボルザヤ犬が、潰れた顔のあたりをクンクン嗅いでいたから、ぞっとして門の外へ跳び出した。

よく見ると、門には恐ろしい力に屈した跡が残っていた。暗い窓の鉄格子と玻璃がかき毟《むし》られ、聖画像にささげてある吊り燭台が、歪んだまま辛うじて鉄鎖にからまっていた。

夜に入って、市街は寒霧の底へ沈んでいた。折々コサックの銃声が激しく、どこからともなく轟いてくる。

恐ろしい晩だ。

銃声はたちまち濃霧に遮られてしまう。橇やドロシキーは既に通行をやめていた。二つながら通行出来ない程危険だったからだ。俺とコロドナは狂犬のような形で、惨劇の跡の暗い街の路地をふらふら歩きながら、後ろを振り返ったり、霧の底をすかして見たりした。

すると、どこかで、突然、

「パピエーダ。パピエーダ」

と犬を呼ぶ女の声がした。俺と彼女は工場と煉瓦塀の仮監獄の通りへ出た。仮監獄は数時間前に解放されて、囚人は逃げ落ちた跡だった。逃げそこねてコサック兵や憲兵に銃殺されたのが、門際や高い壁の下にゴロゴロ転がっていた。

アルセナリの前へ出ると、いよいよネヴァの流れへ出てしまった。ネヴァはこの火と硫黄の大市街の心臓を貫く氷河だ。

昼間、この辺一帯を黒自動車に赤い旗を立てて駆け回った時は、流氷はわずかに解けていたが、今見ると鋼《はがね》のように凍りついている。

「お前、この河を渡るだけの勇気があるか？　コロドナ」

「渡らなくって！　折角一生懸命でここまで逃れて来て、ここで怖《お》じけちゃ無駄骨ですよ」

俺はこの女の度胸のいいのに感心した。

「俺は今日お前の家を出る時、牛乳を飲んだっきりで何にも食わないでいるから、腹がぺこぺこに減っちまった。お前何か口の中へ入れるものを持たんだろうな」

「そんな贅沢言うもんじゃありませんよ。金はあるけど」

「困ったな。兎も角も、橋を突っ切ろう。そしたら何かあるだろう」

河岸へ出ると、突然、向こう岸のウォスクレセンスカヤ街で、けたたましい銃声が起こった。するとコロドナが俺の腕を抑えて、

「あれ、人が……人が殺された。キヨスキー、キヨスキー、あれをご覧」

と叫んだ。俺は向岸の街灯の下を見た。俺の充血した目に映ったのは、岸からコサック士官の長靴《ちょうか》に蹴落とされた男の死骸だ。死骸は河面へ落ちて、するするすると一間ばかり滑走した。

いつも海のように波打つ河が、凍結して街灯の光を茫々と乱射している景色は、この氷流の深層に、苦悶のままの姿で、夥《おびただ》しい生物が、幾重にも重なり合っていることを思わせるほど、物凄く、そして美しい。コロドナの後から警戒をしながら、アレキサンドル橋を渡ろうとする時、

「止まれ!」

と、横合いの暗い鉄柱の陰から咎められて、殆んど竦《すく》み上がってしまった。俺は向こう見ずの無鉄砲な男だが、肝が小さいから、不意に止まれと怒鳴られたとき、どきんとした。

ところへ、旧式のマキシム銃を担いだ兵士が飛んで来た。よく見ると、一人は六十前後のよぼよぼの俄か兵士で、今一人は若僧だ。二人とも、垢光りのする毛外套《シューバ》を着込んで寒そうな顔をしている。

悪い奴に出逢ったと思ったが、後の祭りだ。いよいよこの橋の袂で犬死だと覚悟して、俺は二人の隙を狙っている。女を見ると、忌々しい、俺よりもよっぽど落ち着いている。突然、労働者と学生を満載した帆かけ橇が、さっと橋の下を潜り抜けて行った。

二人の兵士は、まずコロドナを捕らえた。

「おい、美しい眉毛のない妖女！　山鶺《しぎ》の若情婦《わかいろ》！　お前は天国のどこから天降《あまくだ》って来たんだ」

「ザローフ伯父さんの家から、戻るんです」コロドナはでたらめを言う。そして老兵士の手を振り放した。今度は若僧が俺に突っかかってきたから俺は、大学生だ。人民の味方の大学生だ、と言って自動車の上で分配に与《あずか》った木綿の赤リボンを出して見せた。するとこの女はお前の何だと尋ねる。人を馬鹿にするなと思ったから、正直に、

「俺の情婦だ」

と怒鳴った。すると、

「情婦？　お前のお袋じゃないのか」

いよいよ人を馬鹿にすると思ったが、実際、年が十五違うから、本当に恋人だの情婦だのと言ったって誰もそうだと受け取るまい。こんな奴にかかわり合っていられるものか。

「美しい皇后様、行って寝ようぜ」

といきなり老兵士がコロドナを抱こうとした。コロドナは例の恐ろしい腕力で、老兵士を雪の上に突き倒した。同時にここだと思ったから、俺は若僧の銃を力任せに引っ奪った。

思い出しても身震いが出る。俺は銃の尻で、若僧を二、三度殴ったら、彼は雪の上にへたばったまま、ゴロゴロ転げ出した。

「キヨスキー、早く、早く」

コロドナと俺は河の中へ銃を捨てて、無我夢中で橋を突っ切った。

「駄目だ、駄目だ。橋を渡ると射つぞ」と後ろから老兵士が頻りに叫んでいたような気がする。俺はミンツ橋や、トロイツキー橋が封鎖されて、対岸へ行くには、どうしても通行税五留《ルーブル》を払ってこの橋を通らなければならぬことを知っていたから、五留払うだけの余裕はあったが老兵士や若僧の言うことが癪に障ったから、殴り倒して逃げたのだ。

ウォスクレセンスカヤに出た時、「まあ、よかった。死なずに済んだ」とコロドナが俺にしがみついた。しがみつく段じゃない、やっぱりこの女は馬鹿だ。それから、キロチナヤ街から、行路死人の掃きだめ場になっているタブリダ公園へ入ろうとして、行手に物々しいコサック隊が現れたから、バセジナヤの辺まで魂を飛ばして一気に駆け抜いたら、

「キヨスキー、妾はもう動けなくなった」とコロドナがべそをかき出した。こんな時、駆け落ちじゃあるまいし、女なんぞ引っ張って来るのが悪いと思ったが、また、女の宿がみすみす、巡査隊に包囲されるのを見ていながら、自分だけ姿をくらますのも男らしくない。少なくとも妻同様の彼女を放っておくわけにもいかないと思って、危ない道連れにしてきたのだ。

低い雪雲とすれすれに、白堊《しろかべ》や白煉瓦の商店の軒の下を伝って、円い石を埋めた、

破壊後の電車通りを急いだ。時計を見ると十時過ぎている。家々はことごとく戸を閉じていた。往来は火事場の後のようだった。俺とコロドナは、そこに黒い物影を見たり不意に足音を聞く度、何十遍十字を切ったかしれない。バセジナヤから、ぐっと左へ折れて、右へ曲がるとリゴヴスカヤだ。

俺の伯父の自宅はリゴヴスカヤ街にあった。ブルーシロフ大将の邸から七、八軒目だ。何でもコロドナを引き摺って、無茶苦茶に突喊《とっかん》していったら、サゴロードニの見晴らしで市民兵の装甲自動車に出会《でっくわ》して、ひやりとした。市民兵でよかった。これが巡査か憲兵隊だったら、今この話は書けないだろう。

路傍には硬化した男や女の屍が、他愛もなく重なり合って雪漬けにされていた。ニコライ橋の死体仮収容所へ明日にでも回されそうな生々しいものもあった。リゴヴスカヤへ曲がる辻で、七、八人の労働者が、焚き火を囲んで銃を五、六本組み合わせ、真ん中にねずみの死骸を十匹ばかり吊るしていた。

多分あぶって食うのだろうと思って通り過ぎようとしたら、労働者連が、

「クデー・ルスキー・ラゲリー。アセドライ・ローシャチー！　あはっはっは」

とどこかで聞きかじった兵士の号令の真似をして、どっと笑い崩れた。そして俺を

呼び止めて、

「俺の親愛なる友達。お前はセルゲイ宮の前で巡査の騎馬隊に出逢わなかったか？」

と言う。俺は否《ニエト》と答えた。コロドナがそばから、早く伯父さんの家へ行きましょう。妾何だか怖くなったわと急に焦《あせ》り出した。ところへ突然四辻から慌ただしい蹄鉄の響きが起こった。同時に、轟然たる銃声が聞こえた。

「騎馬隊だ、騎馬隊だ。地獄の犬め！　くたばりそこない！」

「やっつけろ！」

恐ろしい喧騒の中から、労働者の方でも火蓋が開かれて、そこに物凄い深夜の応戦が始まった。俺はコロドナを引っ張って伯父の家へ駆け出した。一歩二歩三歩、雪を蹴って駆け出した時、コロドナが雪の上にばったりのめった。慌てて抱え起こそうとして彼女の顳顬《こめかみ》に過まって手を触れると、俺の三本の指の股へ血が流れてきた。

「コロドナ、コロドナ。どうしたんだ、起きろ、早く駆けるんだ。起きろ、起きろ」

俺が彼女の顔を覗こうとしたら、彼女は俺の靴へ捕まって仰向けに倒れた。額から胸の白い襟にも血が落ちていた。

銃声は激しく轟いた。雪をすくって飛ぶ銃丸《たま》の呻《うな》りと「ボルジョム天然カウカシヤ鉱泉。露西亜紳士は誰でも飲む」のガラス窓を劈《つんざ》く炸裂音が続いて起こった。巡査が鞍から落ちる剣の音も聞こえた。

コロドナは何とも答えず、俺の長靴を捕らえて放さなかったが、ふと彼女の髪の生え際を撫でて傷を見た時、俺は飛び上がった。彼女は顳顬《こめかみ》の少し上の頭骨を通貫《ぶちぬ》かれていたのだ。恐らく銃丸は頭の中へ埋まっているだろう。そして苦しまぎれに俺の長靴を摑んだんだろう。死んだと思ったが、それでも三間ばかり俺は屍《しかばね》をズルズル引きずっていった。そしてとても続かぬと思ったから、独りで逃げ出して、伯父の家へ垣を破って跳び込んだ。翌日モスクワへ遁れた。

それから日本へまたやって来た。何だかまだ充分にコロドナの死を見極めなかったから、しばらくしてから甦って、今でも達者で生活しているような気がする。しかしそんなはずはない。確かに彼女は死んだんだ。

コロドナは幼い時モスクワの修道院に拾われた女で、親も兄弟もどこにいるか解らない。あるいはいないのかもしれない。彼女が死んだって可哀想だと思うのは俺くらいなもんだ。ユダヤの女には、えてしてこんな運命の女が多い。

日本へ帰った俺は、直ぐ京都の高等学校へ入った。間もなく日本人を妻に貰って東京へ来た。この間、西伯利亜《シベリア》へ出掛けて帰ったばかりだ。今度は落ち着こうと思う。嫁を貰ったら、妾はもう死んでもいいと祖母が言った。

青年時代

一

俺の話は東海道のように真っ直ぐだ。

長崎へ帰った年の夏、故郷の中学で友達になった圭吉《けいきち》と二人で、京都へ高等学校の入学試験を受けに出掛けた。長崎から京都までかなり長い道中を、汽車の中で圭吉は親切に俺に漢文を教えてくれた。今でも感謝している。

ところが試験なんてものは不思議なもので、危ないと思っていた俺が及第して、落ち着いていた彼が落第したから俺は申し訳がなかった。試験の前の日、実は圭吉が、

「俺だってビールの半ダースは造作なく飲める」と威張った。

俺は酒の上で他人に圧倒されるのが嫌いだから、

「よし、飲んでみろ。夕飯を食って、銭湯へ行ったついでに散歩をするから、その時飲んでみろ。飲めたら偉い。試験は合格だ」とけしかけた。

するとと彼は「よかろう」と、肩を聳《そびや》かして、ビールの半ダースくらい、楽に片づけそうな気勢を示した。圭吉の方では俺が奢るのだと考えたらしい。俺の方でも奢るつもりでいたんだから、俺と圭吉は岡崎の下宿屋を出た。大極殿《だいごくでん》の松林を通り抜けると、必ず疏水《そすい》へ出る。そこを智恩院の方へ出た。圭吉は濡れ手拭いと石鹼とを両手に握っている。俺は二十八円入りの蟇口を袂《たもと》の外から握って歩いた。

圭吉は英語が下手なので、いつも懐に変な本を隠していた。

俺は、今でもそうであるが、漢文ときた日には全《まる》で解らなかった。俺は外国で教育を受けたから、漢字に打《ぶ》つかる機会がなかったんだ。そのかわり、西洋の漢文《ラテン語》を知っている。知っているだけで何の足しにもならぬ。

この際圭吉に倣《なら》って、俺も懐へ漢文の種《たね》を潜ませることを知っているが、面倒臭いから、吹き通しにしていた。粟田口《あわたぐち》で、

「お前も京都は初めてなんだね」と圭吉に言った。

「そうだとも、そのかわり台湾なら何遍も行ったぞ」と答えた。彼の故郷は台湾の基隆《キールン》にあるんだ。親爺はそこの小役人だそうだ。

圭吉が中学にいる時、夏休みに台湾へ行って来た。生まれつき色の黒い顔に物凄い

艶《つや》が出た。その顔をそのまま持って帰ったものだから、アメリカ人のホヒラアという英語の教師が仰天《ぎょうてん》して、「お前は一体どこへ行ったんだ」と尋ねた。すると圭吉は言下にI am Taiwanですと答えて、ハッハと笑った。今でも、これで差し支えないと思っているだろう。

彼は柔道がうまい。背が高くて、横が張っていて、よく人を殴る癖があったから受持教師が恐れをなして、彼を級長に推選すると、根が正直だから大きな図体に赤いネル製の桜の花を貼りつけて貰って、他愛なく腕力を振り回して喜んだ。卒業試験の時、同病相哀れむんだと唱えて、教師の目を盗みながら、俺の英語の答案と彼の漢文の答案を交換したから、たとえ尻のほうでも、首尾よく卒業出来たんだが、さもなければ、何遍落っこちたかしれやしない。その時こそ、二人は心得るべきことを心得ている体《てい》になっていたんだが、その実、圭吉は英語を知らんし、俺は漢文を知らなかった。

散歩をする途中で酒を飲むつもりでいたが、京都は不便な所で、バーもカフェーもない。

智恩院の山門と尼さんの学校の間の狭い道を、多分こっちへ行けば清水へ出られるだろう。そしたら酒を売る家があるだろう、あのとおり、八坂のパゴーダが見えるんだがと、円山公園から祇園へ抜けた。すると、圭吉がパゴーダって何だいと平気で尋ねた。

　清水寺に漸く着いた。音羽の滝茶屋で、約束どおりビールを五本ずつ飲んだ。

　三本目の栓を抜くとき圭吉が突然「試験なんて屁のようなものだ。心配するな、大丈夫だよ」と嘯《うそぶ》いて見せた。

　英語は知らなくても元気のいい男だ。

　五本のビールをとうとう飲み尽くしてしまうと、「酔った、酔った。試験なんて、試験なんて屁のようだ」と都々逸《どどいつ》をやって、赤毛布の上に正体を失ってしまった。

　俺は茶屋の婆さんに頼んで、寺を一回巡って戻ったが、まだ寝ていた。翌朝試験を受けたが、頭がびんびん鳴って敵わないとこぼした。生憎《あいにく》その日に、英語がから駄目だったそうだ。俺は何だか気の毒で仕様がなかった。

　翌年漸く圭吉は入学を許された。けれども酒の上で、決して強情を張らない。酒は俺が強いということに決まったのもその時分からだと思う。

　寂しいということが直ちに美しいと言えるなら、京都は美しい町に違いない。金に屈託がないと、〝王城花に埋れて、洛水春の影長し〟などと優美に形容するはずであるが、どうも俺の懐の立場からみると、幾千年前から降り続けている氷雨《ひさめ》に叩き落とされた栗の朽ち葉が、地面に縋《すが》りついたままで、町一面に化石しかけているように冷やかだ。南禅寺は松の名所で、左へ行けば祇園、右へ行けば如意《にょい》ケ嶽《たけ》の麓の白川へ出る。俺は滅多に左へ行けない。

俺の小屋を見下ろす黄色い木犀《もくせい》の花がこぼれ尽くして、栗のいがが目立つ後《あと》から、比叡颪《おろし》が小屋を脅かしに来る。突然雨が降る。御陵の土饅頭を掠《かす》めた雨が堂の落書きを消しに来る。参詣人が俺の小屋へ雨宿りに来る。寺の厨《くりや》と間違えて来る。

町を通ると、暗い家の暗い窓口に、よく女の白い顔を見ることがある。あっと気がついて立ち止まると、顔が引っ込む。たまには、こんな女も駆け込んで来ればいい。

俺は学校へ行かないで、毎日死人とお寺の番をしているような気がする。他人が見たら、まるで天下茶屋の仇討先生が非人に落ちぶれて、山門の下に敵《かたき》の来るのを気長に待っているような形に見えたろう。

世界大戦乱で、カイゼルやロマノフも困ったろうが俺も弱った。何しろスイスのラリーザ叔母から一文も送ってこなくなったところへ、俺の持ち金も殆んど失くなってしまった。スイスの叔母は前に書いたように露西亜人の学校を建てていた。それが戦争のために閉校したから、金は当分送れないと言ってきた。俺の生涯を通じてこれ程効き目のある打撃はないだろうと思う。

すっかり弱ってしまった。金が貰えなければ学校はよさねばならぬが、折角漕ぎつけたここで浪人に逆戻りするのも男らしくない。故郷には祖母がいる。祖母は一人で食っている。

この年になって祖母に食わせて貰うのも不面目だし、ぼんやりしていると、明日の米にも差し支えるように窮迫してきた。

そこで俺は圭吉に相談をした。なぜ圭吉に話を持ち込んだかと言うと、彼は、台湾の親爺から送って寄越す金では、食べて学校へ行けない。それに、時々伜《せがれ》が京都にいることを忘れるとみえて、月によっては一文も送ってこないことがしばしばあった。その用心に、彼は夜間だけ京極の青年会館の小使いに雇われていたんだ。

青年会館では困っている人間に職業を世話するそうだから、兎も角も一番先に駆け込んでみたが苦学生の内職は何にも見当たらない。幹事が俺の顔を観察して「そんなにお困りなら、学校を退《ひ》いて、神戸の桟橋で毛唐《けとう》の客引きをしたらどうです。それだと、ミカドホテルから頼まれているから、いつでも、世話して上げる。何、ここから神戸まで、汽車でわずかですよ。それが一番適業じゃありませんか」

と吐《ぬ》かした。

「学校を退くくらいなら、苦労はしません。大きにお世話様」

と言って帰った。京都なんていう所は、お寺の修繕だけ喜んでする所だ。

俺は小さい時から困り通しに困ってきた。が、さて明日から食う米がなくて、咄嗟《とっさ》の間にどうしようかと思って、途方に暮れたことは、そうたんとない。あると言えば、巴里のリセーを追い出された時と、この時と、東京で原稿を断られた時だ。

東京の話は、それから後のことだから、ここで披露すると、話がしど、ろもど、ろになる恐れがあるかもしれない。しかし大体が、筋も肉もない、のっぺらぼうの自叙伝だから、どうせ書くなら十年前のことも二十年先のことも、何だか今朝見た夢のように、ごたごたと、人様に解り難く、回りくどく、一本調子に並べてお目にかける方が俺に取っては大変都合がいい。

東京へ逐電して間もなく、食うに困って、小遣い銭に困って、家賃に困って、酒代に困って、日本で思いついた最初の原稿を買って貰おうと思って、「新小説」へ出掛けた。

俺は垢だらけの着物を纏うていた。俺は通り三丁目迄歩いて春陽堂の店頭に立って、「ご免なさい」と言った。俺は昔から見ず知らずの家《うち》へ、臆面なく出掛ける癖がある。乞食さえしなければ、どんな場所へでも、平気で出かけて差し支えないものだと思っている。図々しいというほうの性質だろう。

番頭が出て来て、

「何かご用ですか」

と俺の着物を見た。俺は日本の文壇を知らない。『枕草子』の作者が清少納言であって、『徒然草』の作者が兼好法師であることだけ高等学校で教わったから余儀なく知っている。だから無論知名の文士で俺を知っている者もないかわり、不幸にして俺の方で知っている文士もない。したがって、本屋の店頭から一歩を畳の上へ乗り出して行くために必要な紹介状もない。どんな物を書けば、いくらに買ってくれるのか、文士でなければ、相手にするのかせぬのか、その辺の消息も知らなかった。今でも知らない。せめて紹介状のかわりにと思って、勿体ない頭を惜しまず下げてやった。

「編輯のお方はいらっしゃいますか」

「編輯のどなたですか」

「誰でもいいんです」

「あなた様は何と仰有《おっしゃ》いますか」

俺は昔から名刺を持たないで成長した男だ。このくらい贅沢な玩具はないという考えから、その時も持ち合わせていなかった。幸いにしてこの番頭氏が穏やかに見えたから、畳の上に落ちていた紙ぎれに、鉛筆を借りて姓名を書いて渡すと、番頭は名刺と俺の顔を比べて、不思議そうに頭を傾けながら穴の奥へ潜《もぐ》り込んで、やがてまた鼠のように首を出して、

「どうぞお上がりください」

上がれというから俺も鼠の真似をして、上がった。後で考えてみた。鼠のように体をまるめて這い込まないと、頭と足が穴の入口に突っ張って入れないんだ。番頭は余程鼠の修養が出来ていると見えて、訳なくぴょいぴょいと出たり入ったりする。

西伯利亜《シベリア》監獄の窓は丈夫な鉄の棒で囚人を逃さぬように出来ているが、ここのは鉄の棒がない、逃げる心配がないからだろう。その中で、俺と編輯者が相対して座った。

俺はこんな時に狼狽《うろた》える性《たち》だから、とうとう初対面の挨拶を忘れて、

「昨日明治座で松井須磨子の『生ける屍』を見ました。その以前私が露西亜にお

ますとき、露西亜の俳優が演《や》った『生ける屍』を何度も見ました。今、露西亜の芝居と日本の芝居とを見て、色々面白いところを発見しましたから、それを書こうかと思います。つまり、印象の差であります。『新小説』にお願い出来ないかと思ってお伺いに上がりました。早く言えば、日本の俳優のやり方と、露西亜俳優のやり方の違った点を書くのであります」

その時『生ける屍』が流行っていたんだ。何とか白秋という詩人が、「行こうか、戻ろうか、オロラの下を」などと奇妙な唄を作った時である。俺が一人で、あまりうまくもない日本語を提げて行くと、編輯者は、彼の堂々たる態度を寸毫も崩さずに、たちまち、

「君は一体何だい」

ときた。俺は脳天から鉄槌で一撃を食ったように感じた。俺は答えた。

「日本人でございます」

「日本人？　ふむ。日本人にしちゃ少し変だね」

「親爺だけが露西亜人でございます」

「そうだろう！」

そうだろうとは手酷い。

「先生は失礼ですが、お名前は？」

「田中というんだ」

「はあ」

俺は恐れ入って控えていると、この「田中というんだ」が、

「原稿は出来ているのかい」

「いいえ。まだ、これからご相談の上で、書いていいと仰有ったら書きます」

「そうか。それで、何かい、君は一度何か書いて雑誌へ出して貰ったことがあるかね」

「どういたしまして、まだ一度も」

ここに至って彼の態度がにわかに猛威を加えて、俺の頭上から圧迫してきた。俺はいよいよ恐れ入ってしまった。

「君は全体日本語で文章が書けるのか。先刻から話を聞いているが、どうも、ハハハハ。解り難いね」

こうなると、もう笑われても、殴られても、引っ込めない。

「少しは書けるつもりです」

「少し書けるくらいで、『生ける屍』のような非常な複雑した心理を扱った劇の善悪を批評するというのは間違っている。大胆過ぎるじゃないか。まあ見合わせておいたほうがいいだろう」

大胆過ぎて、間違っているから、無鉄砲にぽかぽか出向いて来るんだ。そのくらいの事は本人、百も二百も承知している。しかしここへ来て罵《ののし》られたお蔭で、『生ける屍』が複雑な心理を捏《こ》ね回した芝居だということを教わったから有難うございますと礼を言った。

最後に、俺の話は物にならず、穴倉の二階から、塵と一緒に掃き落とされて帰った。俺はもっと大胆なはずだったが、よく考えてみると足の裏から指先へかけて、泥がべっとりついていたんだ。ハンケチの嫌いな俺は、春陽堂の店頭で、一寸着物の裾で拭いたが、いくらか狼狽《あわて》ていたから、半分泥を残して上がった。店先から、穴倉まで畳の上に足跡がついていた。いよいよ「田中というんだ」編輯子を向こうに回して強談にとりかかろうとすると、ぼろ袷《あわせ》の裾陰から、大きな、大きな十三文半の驚くばかりの足が泥つきのままで、亀の首のような指を揃えて出ていたから、気がついて真っ赤になった。その刹那に俺は日頃の勇気と無遠慮とを失ったんだ。でなければ、もっと気炎を吐いたはずだ。俺は、人間が、がさつでもさすがに上品だから、足袋《たび》の爪先が摺り切れていたり、指の頭が汚れたりしているのを人に見られるのが、苦になる。

その次に早稲田文学へ行って、同じように中村星湖から断られた。丁寧に門の外まで出て来て追っ払った。

二人とも嫌な奴だ。『生ける屍』が何だか知らないんだろうと思って引き揚げた。このくらい困って行き詰まって、家《うち》へ帰れずに往来で思案に暮れたことはない。ついその時の苦しさを思い出して書いたら、とうとうこんなに長くなった。

自叙伝の方からいうとまだ東京へ来ていない。京都で浮ぼうか沈もうかと藻掻いているところだ。取り敢えず京都の南禅寺の境内へ戻る。俺の家は石川五右衛門が隠れていた山門から遠くない。五右衛門が生きていたら、可哀想に、日本人とも、西洋人ともつかない書生が、門の下に恐縮していると思って、彼は貧乏人に物をくれて喜んだというから、俺にも学校の月謝くらいは喜捨《きしゃ》してくれたろう。

俺はメリケン粉に湯をぶっかけて、弁当箱の中で捏ねて、団子を拵えて飢えを凌いでいた。そのメリケン粉が尽きようとした。つまり俺の露命が細くなる頃に圭吉が飛んで来て「喜べ、喜べ。英語教授の口を探してきた。中学生がお前にリーダーを教わりたいというんだ」

と言う。圭吉は米を食っているので元気がある。どこで、どんな男に教えるのか、篤《とく》と言い渡さぬうちに、

「これから直ぐ出掛けようじゃないか。俺は寒くってやり切れん、早く行こう。金儲けだぜ」

と、心細い俺に外套を脱いで被せたかと思うと、俺に続け続けと言うような格好をして、南禅寺から京極まで、むささびのように飛んで行った。

基督《キリスト》教青年会館の三階の屋根裏に、彼の別の巣があった。俺をそこの暗い二畳敷きへ引きずり込んだ。

五燭の電灯の下に、二十歳前後の男がかしこまっていた。俺が部屋の中を覗いたとき、この男は垢じんだ前掛けの下へ両手を突っ込んで、黙礼した。俺は一見して、嫌な、死人のような不景気な顔をした小汚い男だと思った。

「圭公、この人か？　俺に物を習おうてのは」

だ。

「そうだよ。これは大泉先生です」

と前掛けの男に圭吉が俺を引き合わせた。こんな前掛けに、先生だなんて第一滑稽だ。

「お前は中学生だと言ったじゃないか」

と圭吉に言うと、突然、今迄かしこまっていた前掛けが、

「わてえ、中学生だっせ」

と哀れな声を出したから、意外だった。

「君が？　おい圭吉。京都の中学生は、頭を角刈りにして、外へ出るときはみんな前掛けをしめているのか」

「そうかもしれない。何でもいいじゃないか、折角会館へ頼みに来てくれた人だから、教えてやれよ」

「それは構わんがね。君は中学の何年生です」

「三年どす」

「幾歳《いくつ》になりますか」

「当年二十一歳どす」

して見ると俺より二つ下だ。三年生で徴兵検査だとすると、きっと二度くらい落第したに違いない。容貌が何となく低能に見える。

「今日から毎晩ここへ来るんですね。君の家《うち》は一体どこですか」

「京都市どす」

「京都市は解っているが、京都のどこです」

「九条」

「へえ、そんな所から毎晩通うつもりですか。偉いね」

「はあ、自転車だと訳のう来られますさかい」

「なるほど、自転車か」

すると前掛けが、卑しい声で、

「今晩から教えて貰うとしまして、月謝はなんぼにして貰いまほか」

と言う。すると突然机に腰を掛けている圭吉が横合いから口を出して、

「三円五十銭くらいでいいでしょう？　なあ君、それで教えろ」

「三円五十銭？　偉《えろ》う高いなあ」

と前掛けが目を見張って圭吉に振り向いた。

「わてえの学校が、あんた二円で教えてくれまっせ。三円五十銭は高いなあ」

圭吉が個人教授は学校の月謝より高いのが通り相場だと言ったが、前掛けは、偉う高い、偉う高いで頑として容《き》かない。俺は癪に障って、もう教えるのは嫌だ。そんな安い先生があるもんか、お前一人のために南禅寺から四条下《くん》だりまで出張るんじゃないかと言おうと思ったが、馬鹿げて物が言えなかった。

それで、どうなったかというと、最後に二円五十銭で手を打った。古椅子でも買うような気でいる。

前掛けは、明後日親から小遣いを貰うから、その日に月謝を納めると言いながら、揃えて前に突き出した膝の下から、何とかリーダーを取り出した。可笑しな芸をする男だ。リーダーを尻の下に敷いて、先刻から、先生になる俺と、机に腰をかけている圭吉の形勢を観望していたんだ。

知らぬこととは言いながら、飢えかけて、ひょろひょろして餓鬼のような手つきをして、狂犬のような眼を据えている俺を相手に、いつ物になるか解らぬ英語なんぞを、悠々と稽古しようとする奴の気が知れない。こんな困った先生が、親切に落ち着いて教える道理がないじゃないか。前掛けのリーダーを見ると、鉛筆で振り仮名がべったりついている。その下に左から右へ、横文字のとおりに訳が施してある。多分人の本を間に合わせに借りてきたんだろう。これだと、習う方も楽だ。教える方も骨が折れない。そのとおり教える。

前掛けの中学生は翌晩も、きちんと、ルビ付のリーダーを、膝の下に敷いて、俺の出張を待っていた。

リーダーの中に、痩せ犬が骨つきの牛肉を盗んで人間に殴り殺される話があったが、何だか、泥棒犬が可哀想でならなかった。圭吉が時々顔を出して、

「そのうちに、ぽつぽつ生徒が増えてくるから、辛棒してくれ」

と言うけれども、何だか子供をだますようで、あてにならない。三日目には、前掛けが二円五十銭持って来る約束だったから、勇躍して三階の屋根裏へ突進した。

俺には二円五十銭が、色々の形に化けて、目先にぶら下がっていた。勢いよく扉を開けて入った。誰もいない。前掛けの中学生も圭吉もいない。暗い廊下を見回したが誰もいない。俺は激しい不安に襲われて、今に前掛けがリーダーを抱えて来るだろうと考えたから、寒い部屋に立ったり座ったりしていると、圭吉が、

「大変だ。大変なことになった」

と事務室の方から、階段を夢中で登って来た。俺の不安は寒さを伴うて俺を畳の上から廊下へ突き飛ばした。

「この葉書を見ろ。今受付に投げ込んであったんだ」

と彼は一枚の葉書をくしゃくしゃになる程摑んで持っていた。俺は引っ奪《たく》った。

「お前はどこにいたんだ」

「活動写真の弁士を練習してたんだ」

「弁士を？」

「まあ、いいから兎に角も葉書を読め」

俺は読んだ。こう書いてある。

『拝敬陳者私事、家事都合に依り、英語の夜学を中止致候。先生に今日迄教えて戴きし御恩は決して忘却仕らず候。匇々頓首。先生様』

意外だった。俺は驚愕と憤怒と失望とを一瞬間に経験した。

「乱暴な奴じゃないか」

と圭吉が、わなわな震えている。

「前掛けの居所は九条のどこだい」

「それは聞かなかった。まさかお前の英語を泥棒しようとは思わないからなあ」

「お前が大体呑気だ。迂闊だよ」

「そう言われると、俺が彼奴《あいつ》を世話したんだから、全く申し訳がない」

彼は真っ黒な顔を崩して、みみず色の唇の外へ、大きな門歯を二本はみ出して、気の毒そうに頭を下げた。

俺は生まれた時から眼が大きかったそうだ。その大きな眼で、圭吉を睨みつけた。ずっと後で、圭吉が、あの時お前の眼は顔一杯に拡がって怖かったと言った。小さい時、俺が癇癪を起こすと、顔中が、眼だらけになったそうだ。あるいは、今度も顔一面に眼が拡がったかもしれない。何しろ俺は無闇に怒っていたんだから、腹が立ってその晩、眠れないでしまった。

メリケン粉がなくなる時の用意に、残された一枚の夜具を担いで、寺町の質屋へ行って、ぼろぼろの紙幣五枚掴んで戻った。山門が閉ざされていたから、垣を越えて家へ入った。

家は二畳と三畳で、戸と壁は隙だらけだから、新聞紙を貼り回してある。このぼろぼろの紙幣が失くなる時、今度こそは俺が寂滅《じゃくめつ》する時だと覚悟して、酒を買ってきて、唯一の財産であり、かつ南禅寺から家賃の抵当に押えられている抽斗《ひきだし》のない机を中央に置いて、四円何銭を、その前に置いた。

そして、これから絶望世界の首途《かどで》に、やけ酒を呷《あお》ろうという段になって、慌しく圭吉が駆け込んで来た。

「おやおや、大変な景気だね。徳利があって金があって、どうしたんだい」

「黙ってろ、お前に飲ませるんじゃない。俺が勝手にやるんだ」

「ハハハ、まだ怒っているね。時に、おいおい。今度は確かな仕事を見つけてきたぞ」

「もう懲り懲りだ。よく人を馬鹿にしたがる男だな」

「冗談じゃない。先刻《さっき》の謝罪をしたいと思って、無理に仕事を引き受けてきたんだ」

「何だい」

俺は一人で飲み始めた。圭吉はじっと俺の茶碗の運動を眺めていた。

「絵をかくんだ。ユーゴーの Les Misérables を来週から俺の所で活動にやるんだ。俺は弁士を引き受けた。電車の広告を画工に頼むという話だったから、俺が幹事にせがんで、お前に書かせようと思って来たんだ。決して嘘じゃない」

俺は日頃から自分の絵を自慢する。圭吉も確かに俺の絵を認めていた。少なくとも、ミゼラブルの広告絵くらいは綽々《しゃくしゃく》としてかけることを信じていたから、こんな話を持ち込んで来たんだろう。

圭吉の講釈によると、広告絵は長さ一尺、幅七寸の紙に絵の具を用いて塗れば、造作ないんだ。それで、値段のところは、俺が特に会計の何とかさんに頼み込んで、十円払うと言うのである。

「本当に、今度は物になるんだろうな。書いてしまってから一円にまけろったって、駄目だぜ」

「そこは大丈夫だよ、俺が直接に頼んだんだから。その代わり絵が出来ても、俺の方で取りに来る迄、決して持って来ちゃいけないぜ。画家に頼んだことにしてあるんだから」

「じゃ今夜からかかろう。いいだろう」

「いいとも、早い方がいい」

「有難う」

「どういたしまして」

この男から、どういたしましてなどと古典的な言葉を聞くことは滅多にない。それにしても圭吉は、よく色々の商売を拾って来る男だと思って感心した。

大学を出たら、台湾で弁護士をやる予定だそうだが、それよりも一層のこと東京へ上って、上野の山下あたりで周旋屋でも開業すれば、成功するだろう。

彼は法科の生徒だ。俺は理科だ。

彼は広告絵の注意をして帰った。今度は俺の方が、いくらか気の毒になったから、二十銭袂《たもと》の中に投げ込んでやった。彼は台湾産の下素《げす》だ。うどんが好きで、誰の前でも憚りなく七杯落ち着いて食う。俺が製図用のワットマン紙を延べながら、ミゼラブルの図案の下絵を始める頃、恐らく彼は祇園坂下の夜泣屋の赤い提灯の下に蹲踞《うずくま》っていたろうと思う。

学校は自由休業をしていた。一文なしではどうしても本を読んだり、講義を聞いたりするような呑気な気持ちになれない。それに殆んど毎日のように、学校から小倉服の小使いが来て、粗末な状袋に入れた月謝の催促状をくれる。

会計係の言い分は、学校を休むのは、貴殿の勝手に属するが、月謝だけは人並みに納めろというんだそうだ。この小使いの爺さんが、破れかけた縁側に腰を据えて、小

倉服のポケットから煙管《きせる》を出して、煙と一緒に、

「正確に何日納めるか、そこんところを言うて貰わんと困りますさかい。どうぞ、決めてください。その期日によっては、待つこともあるだろうし、また除名することもあるだろうし」と大変親切に教えてくれるが、ないものは仕方がない。

「ご覧のとおりだ。翌朝《あした》の米に窮している。昨夜《ゆうべ》実は一枚の夜具を金に替えてきたくらいだから、月謝に至っては、何時《いつ》納められるか、土台見当さえつかぬ。小使いさん、そう言ってくれ。親がわりの叔母は戦争のとばっちりを食って、スイスで弱っている。戦争が済んだら、何とかなるだろう、それ迄待てたら待ってくれって」

京都へ舞い込んだ目的は確かに勉強するためだったが、こう窮地に陥ってみると、学問なんぞは贅沢の沙汰だ。要するに坊ちゃんの道楽だと言づけてくれ、とつけ足した。無論放校は覚悟の上で、そう言った。すると爺さんが、呆れた顔をして、

「そないなこたあ、あんたはん庶務さんへ行って言うてんか」と言う。

「俺は忙しいんだ」

「遊んでいなはるんじゃろ」

「遊んでいるもんか。これこのとおり、一生懸命、ユーゴーの広告ビラの製造をや

ってるんだ」

「ユーゴーかね」

「お前知ってるのか？　知るまい。それよりあのな、圭吉の所にも月謝の催促に行ったそうだね。爺さん」

「松原さんかね、行きました」

「くれたかい」

「いいえ、松原さんの姉さんが月末に来やはるそうで、それまで待ってくれって、言われました。困ったもんです」

「おいおい、爺さん。圭吉の姉が来るって」

「はあ、月末に」

「彼奴《あいつ》には姉なんかないんだぜ。爺さん。だまされたんだ。庶務さんに言うといい」

俺は可笑《おか》しかったから絵の上で笑った。爺さんが、さよなら、また来まっせと言いながら帰りかけたとき、圭吉も月謝滞納組の仲間なんだから用心しろと注意してやった。

爺さんが戸口を離れる時、俺の身の周囲《まわり》を、じろじろ見回して出て行った。あの老爺《おやじ》は、一体、どういう気で、あんな商売をやっているんだろうと思った。久しく、橋本青雨《はしもとせいう》や厨川白村《くりやがわはくそん》の偉そうな顔を見ないが、こう腰が座ると、結句、この手合いとは逢わない方が清々しいようだ。

俺は出来上った広告絵を一人で感心して眺めて、眺めては、俺は天才だと思った。圭吉は馬鹿だが、俺の書いた物は何でも賞める。そして、いつも無条件で天才にしてくれるから好きだ。

橋本青雨は、俺の面《つら》を見ると決まったように、お前は余っ程勉強せんと落伍するぞと脅かすが、俺は学校の門から一歩外へ出ると、すぐ天才になるんだと考えていたから、青雨の言うことなんかてんで耳に入れなかった。白村は虫が好かぬ。

圭吉を待っていると、間もなくやって来た。俺が絵を見せて、どうだい。これで物になっているだろうと暗に彼の推賞を求めると、「結構結構、色の配合が素敵だ。レス・ミゼラブレスの下に立っているのは西洋の悪魔かね」と解らないことを言う。

圭吉は無学だから、レー・ミゼラーブルをレス・ミゼラブレスと読む。その癖ヒューゴーとは言わない。いくら訂正してやっても頭が悪いから、すぐまたレス、レスと言う。奇妙な男だ。レ・ミゼラブルの下には、小説の中に出て来る僧正を描いたつもりだった。西洋の悪魔じゃないと注意すると「あ、そうか。なるほど、僧正に見えるよ」と言いながら、金は直ぐ届けると言って忙しそうに絵を持って行った。

二

絵を持って行った晩に、寒い、寒い、と呻《うめ》きながら、蝙蝠《こうもり》のような形をして来た。

俺は確かに十円くれるんだと思って待ち侘びていた。買い物の寸法まで立てていた。ところが、圭吉が持って来た紙包の中には十円のかわりに五十銭銀貨がたった一枚入っていた。

俺はまた憤慨した。

「なぜ、こんな悪戯をするんだ」

何か言ったら、酒徳利を振り回そうと、机の下へ手を延べていた。ところが圭吉は、不思議にまた低頭平身を始めた。

訳を聞くと、広告ビラが急に不用になったから、ただ戻すのは気の毒で、五十銭持って来たんだと言う。そんならいいが、もし俺が本当の画工だったら、やっぱり五十銭で追払うつもりだろうかと言うと、圭吉は、術《すべ》なさそうに、さあと言って、こそこそ引き揚げた。

ところが、奇怪なことには、不用であるべきはずの絵が、三日して電車の中に現れた。それは俺の絵ではなかった。

俺はその市街電車から飛び下りて、そのまま、切符も渡さずに四条へ疾駆した。俺は今でも、瘦せぎすだが、その時も決して肥っていなかった。反対に圭公は肥った上に柔道がうまいから、喧嘩をすれば、どっちみち負けるに決まっている。しかし、俺は向こう見ずで有名だ。算盤《そろばん》を弾いて喧嘩が出来るものか。今度こそ殴れるだけ殴って、それから素敏《すば》しこく引き揚げるつもりで青年会館の屋根裏へ駆け込むと、出し抜けに面食らった。

迂闊に摑みかかろうものなら、とんだ恥を晒すのだった。そこにいたのは、圭吉でなくて若い見知らぬ女だったからだ。女は俺の血相に驚いた。

「圭吉はいないんですか？」

「はあ。松原さんを、先刻《さっき》から待っているんですけど、まだお帰りになりませんので」と、恐ろしそうな様子をして、俺を見るような、見ないような、おどおどしたふうで、どうしようかというところだ。

彼女は誰だか知らない。無論この女が、俺の細君になるべき女だとは夢にも思わなかった。

巷説に従えば、俺の細君は美人でないそうだ。美人でないと言い切ってしまえば、俺が気を悪くすると考えて、「そのかわり愛嬌があります」そうだ。愛嬌の点は亭主の俺も確実に認めている。

「活動写真のビラでも配って歩いているんじゃないでしょうかね」

「はあ、そうかもしれません」

と未来の細君は、もじもじして、この野良犬のような獣《けだもの》が、どうかしやしないだろうかという様子で畳の上に座りかねて、腰を浮かせている。

「失礼ですが、あなたは圭吉のお知り合いなんですか？　お友達ですか？」

「は、はあ」

女は奇妙な返事をした。そして、きちんと座ったきり黙ってしまった。圭吉を殴りに来た俺はとうとう気抜けした。

漸く圭吉が戻って来た。俺の顔を見ると、いきなり、

「おや、来たのか。こないだは失敬」

と女と俺の中央に陣を構えた。

「何が失敬したんだ」

「また怒ったね。や、三輪子《みわこ》さん、一寸待ってください」

「当たり前だ。俺の絵はどうしたんだい。あるなら返せ」

「うんあれか、あれはねえ」

と圭吉は袖の中の煙草を探している。なかなか煙草が出て来ない。いつもなら、此奴が、俺に一本くれろと言うべきところだが、今日は俺が血相変えているから、遠慮しているらしい。誰がやるものか。

俺は圭吉に会ったら、ああ言おう、こう言おうと、あらかじめ喧嘩の科白《せりふ》を腹の中で拵えていた。いよいよ圭吉と差し向かう段になると喧嘩の順序が滅茶滅茶になった。けれども、一つくらいは是が非でも殴って見せないと癖になる。俺は外套のポケットの中で拳固を握っていた。汗臭い拳固は今にも飛び出しそうだった。

「あれはねえ」

また、あれはねえと、煙草を、ごそごそ探している。煙草を喫《の》まないうちは、答弁が出来ないんだろう、ざまを見ろ。

「お前は大体俺を何だと思ってるんだ」

「俺の親友じゃないか」

「糞でも食らえ。余り馬鹿にするな、俺は怒ってるんだぞ。お前が頼みに来たから書いたんだ。五十銭問題は別として、不用だという広告絵は堂々と電車の中に出てらあ。お前も見たろう」

「ありゃお前の絵じゃない」

「黙って聞いてろ。俺の絵じゃないから癪に障るんだ。俺の絵が拙いから、他の奴に書いて貰ったんだろう」

俺はこれだけでも怒鳴ってしまうと、いくらか胸が空《す》く。しかし考えてみると、忌々しい。

圭吉に言わすべき文句を俺が饒舌《しゃべ》ったことになったから、圭吉が、

「実はそうなんだ。俺はお前の絵を傑作だと思ってるんだが、幹事が承知しないから仕方がない。我慢してくれ。決してお前を馬鹿にしたんじゃないんだから。幹事が

いけないんだ。解らずやなんだよ」

と言いながら頭を下げた時に、突っ返してやる下の句が出なかった。拳固も無駄になった。俺は談判事にかけちゃ、から意気地がない。権謀術数を知らぬから、いつも負ける。

仕方がないから、怒るのは止めた。嫌だ、嫌だと頑張ってみたところで、相手が台湾の生蕃《せいばん》じゃ張り合いがない。

俺は今のところ、目的も方針もない。行き当たりばったりで、どうかなるだろうと思っていた。南禅寺の小屋にはまだ三円と若干《なにがし》ある。

俺は圭吉のそばに女を置きっ放して帰るのが、何だか気になって仕様がない。けれども女が話をしかねているし、圭吉が邪魔になるだろうと考えて立つと、圭吉が慌てて、

「一寸待ってくれ、面白い話があるんだから落ち着け」

と外套の裾を捕らえた。意外だから、何だと言いながら逡《ためら》っていると、お前の将来を支配する重大な問題だから、兎も角も座れと、とうとう俺を据え直した。圭吉の重大問題だから、柔道を稽古してもっと太れと言うのだろうと思ったら、出し抜けに、

お前は学校を止めろと、途方もない相談を持ち出した。

「学校は、お前に忠告されないでも、とうに止めかけている。庶務の小使いが毎日責め立てに来るんだ」

と迂闊に煙草を出したら此奴《こやつ》が、重大問題も勿論だが、俺にも一本と、横着な手を出して、がつがつ喫み始めた。そして庶務の爺さんが来るか、ハッハッと笑った。

女は相変わらずつつましやかに控えている。

「お前は文学が好きだと言ったね。少しは読んだか」

「文学は好きだが、ちっとも読まない」

天才が無闇に他人のものを読むものか。

「文章はうまかったね」

「うまいとも」

「そこで、お前には誂《あつら》え向きの仕事があるんだ。今日職業紹介部へ頼んで来たんだが、学生じゃ時間の都合がわるい」

「場合によっちゃ、明日でも学校は廃業する気でいるが、何だいその仕事ってな」

「新聞記者をやるんだ。大阪朝日の京都版の、国太郎さんが助手が欲しいそうだ」

桃太郎は知っているが国太郎は知らん。知らないけれども、国太郎のくせに助手が欲しいなんて生意気だ。始終洋服を着ているのは作文は下手だから、とても人間の形容などは出来ない。ただ大きな男だ。始終洋服を着ていると言う。よし、やろう。今から直ぐ行ってみよう。案内をしろと言うと、圭吉は急に女を顧みて、会館の向こう隣だから、お前一人行って来るがいい。大体の話はしてあるんだと動かなかった。気の早い男だ。

俺は女より国太郎さんが大事だから、早速逢いに行くと、始終洋服を着てるが、俺が差し出した手製の名刺をつくづく眺めて、その次に俺の骨相をつくづく眺めて、漸く、

「『銅伝藻奈礼《どうでもなれ》』というのは君の雅号かね」

と迂散臭い目をした。俺は左様と答えた。圭吉の言うとおり法外に大きな図体だ。それで、まんまるい。

俺は日本に来てから、余りこんな種族の男に出逢わないから珍しかった。俺が珍しそうに彼を見ると、彼もまた、此奴は変わっているというような目をした。

ずっと後になって、中央公論の親方に出会《でっくわ》した。田中貢太郎に出会した。どちらも大きい。貢太郎は腫《は》れているが親方の方は膨《ふく》れている。しかし国太郎に比べると、お

話にならぬ程貧弱だ。俺は先ず国太郎の体格に圧迫されて大きな声が出なかった。国太郎は第一に俺の経歴と境遇とを根掘り葉掘り聞いて、記者になると、通信を書かなくっちゃなりませんが、どうです。出来ますかねと、流石に出来ますまいとは言わなかったから、此奴は紳士の礼儀を知っていると認めた。短篇で何かあったら見せなさい。小説でも感想でもいいと命じた。俺は歓んで、もう新聞記者になった気で出来合いの短篇小説を携えて行って見せた。すると、無躾《ぶしつけ》にも、

「君は小説を知らないんだね」

と頭からどやしておいて、

「小説というものは、こんなべらべら調子で書くもんじゃない。もっと、しんみりと、落ち着いて静かに人生を写すんだ。例えば」

と彼はチョッキの鈎《かぎ》の穴に傲然と両手を突っ張って、俺の小説を睨み据えながら、

「——俺は苦しまぎれに酔払って女郎買いに行くんだ——などはまるで小説の文章じゃないね」

「はあ」

俺は彼の左の指に輝く指環を見詰めていた。

「これなんか、小説にしようと思うなら、――私は自分の心を酔わせ、神経を麻痺させる事によってのみ、一刻の猶予もなく私を追究する不安や焦燥やから逃れようと試みた。また激しい酩酊が必然に導く一切の思慮分別を無視した精神状態の中に、私の出口を持たぬ猛烈な野性を爆発させようと試みた――とするんだね」

と言って、俺の小説を卓子《テーブル》の上に放り出した。国太郎はうまい。

酔払って女郎買うより、酩酊して必然に導いて貰って、出口がなくて爆発したほうがいい、国太郎はうまい。彼はこんな名文を、三十秒で教えてくれた。俺は、すっかり感心してしまった。

小説は国太郎のように、心を酔わせて、神経を麻痺して、不安や焦燥から、まわりくどく遁れて綺麗に白粉を塗って胡魔化さなければ駄目だ。

だから俺は、お前は小説を知らないと厳しい宣告を受けても、異議を称《とな》えずに、感心して引き退《さが》ったが、翌日「新聞記者応募者ともあろうものが、能力試験に自作の小説を見せるような心掛けじゃとても使って間に合わぬから一応お断りする」という葉書を受け取ったとき、国太郎は乱暴な奴だと陰で憤慨する。と、圭吉が、何が済まないのだか、頻りに済まない、済まない、国太郎はあんな皮肉な奴で、仲間から嫌われているんだと詫びに来て、二円くれた。

「この金はどこから持って来たんだ。出所によっちゃ受け取らんぞ」

と、いったん受け取ったものを突っ返そうとすると、

「俺が活弁の前借りをしたんだから使ってくれ。「ミゼラブレス」が、明日から始まるから観に来てくれ。この間の女も来るぜ。木野も来るそうだ」

と言ったが、突然、

「あ、お前は木野を知らないいんだっけ。大佐の息子なんだ。今度紹介する。だから是非観に来い」

と独りで饒舌っていたが、帰りがけに、

「こないだの女ね。ありゃ、一寸美《よ》かったろう?」

と門歯を二本むき出して帰った。忙しい男だ。学校へ行ったり、青年会館の小使いをやったり、夜になると弁士迄働く。高等学校の生徒で弁士で稼ぐ男だと言えば、此奴くらいなもんだろう。

俺は高等学校で理科をやっていると前に断ったが、やってみると、このくらい下らぬ学問はない。とうとう理科に愛想をつかして、貧乏に志すと同時に、スイスのラリ

ーザ叔母に手紙を、続け様に三本書いた。

金は送って来なくなっても、小言《こごと》だけは相変わらず来る。俺は文学で飯を食おうと考えた。一途に思いつめた。それには早稲田がいいそうだから、これから京都を見限って早稲田へ出奔して、文学をやるんだから、親愛なる叔母さんも賛成してくださいと言ってやった。

文学なら貧乏で通る。理学はいけない。物にならぬ。仕事がしん気で、眼が悪くなる。

その返事が、今来た。俺の叔母ラリーザは、前の自叙伝で露西亜人だが、今度も露西亜人だ。手紙は露西亜人の破格《ブローク》な英文で来た。

「妾《わたし》の愛するキヨスキー。

妾は日本の若者は非常に悪くて、勉強を嫌うそうだが、本当はみんな利口者なんでしょう?」

俺はラリーザ叔母がまた始めたと思って先を読んだ。

「――利口で勉強家なんでしょう? でなければ、本当の Japan boys でないんです。そんな人を見倣ってはなりません。

でも、そんな悪い学生を日本の教師はなぜ罰しないか不思議でなりません――」

ラリーザ叔母は日本とスイスと同じように考えている。

「学校の先生は、悪い性質や怠惰な生徒を遠慮なく放校することです」

これだけが序で、これからが、猛烈な本文である。

「お前は、東京へ出て、ワセバ大学で（俺は手紙にワセダと書いてやったつもりだ）学問したいそうですが、妾の考えでは、「ワセバ」は実務的でないから、お前には適せぬと思います。

お前は一体学問に幾年費やす気ですか。そしてその結果、どれだけのことが出来ると思うのですか！　これから実業学校へ入って二、三年のうちに卒業するんです。ワセバ大学へ行けば五年もかかるではないか。五年の後に、それも、ひどく勉強した上でやっと卒業証書が貰えるだけではないか。それもいいとして、その五年でとてもお前には卒業出来ますまい」

これだから、俺は叔母から手紙が来ても、悦《よろこ》ばないんだ。

「お前はとても、祖母を連れて東京へ行くだけの金があるまい。もしもあんな老婆《としより》を長崎へ置いて行くというお前は、不実者です。不孝者です。

お前は今二十一でしょう。五年の後には二十六以上になる。日本で二十六は老人なんです。お前はその五年で金を費《つか》い尽すだろう。

無理をして勉強したために、悪い病気にかからぬとも限らない。それよりも早く月給取りにおなり。

東京には無数の無政府主義者がいるそうですから、すぐ悪い知己が出来る。金も健康も時間も空しく消えて残るものは病体と不成業の悔やみのみです。無政府主義者とならなければ社会主義者となるでしょう。

お前はなぜもっと、大人《おとな》びないんだろう。

ヨーロッパでは、新聞記者や文学者となるためには、学問ばかりで金がなければ、とてもなれません。人並み優れた体格を持たねば駄目です」

俺は国太郎を連想した。

「強い大きな心と勇気と、力と、精力の持ち主でなければいけない」

ここまで読んでくると、こう条件が沢山あっちゃ、とても、俺には文士や記者には向かない。いい塩梅《あんばい》に国太郎から断られたと思って喜んだ。新聞記者の志願に落第した矢先に、こんな怖い手紙が来るのは、いよいよ文学は俺の商売じゃないと、神様が教えているんだろう。有難い、本当に有難い。俺はここの条《くだり》を繰り返して読んで、ラリーザ叔母は流石に世間師だと感服した。

「――善良な記者の位置を得ることは容易ではありません。そのくせ、新聞の記者や雑誌の記者の立ち場は、大変難しく、責任が重くて、心配が多い」出来損なえば、世間の邪魔になるばかりだと言うんだ。ひやひやする。

「お前が記者になって拵えた新聞や雑誌は、反古籠《バスケット》の中へ投げ込む時だけ正当な存在の理由を持っているんです。欧洲では今日学問をした人は掃くほどある。本を著したり、新聞や雑誌に寄稿する学者はざらにあるけれども、みんなストーヴのたきつけにしかならぬものばっかりです」

「妾の愛するキヨスキー。お前などが、なんで学者になれるものか。お前は勇気も精力もない。善良な文学者になる気質もないではないか」正直な叔母さんだと思ったら、その先にお前の悪口を言うんじゃないから、誤解するなとあったが、誤解のしようがない。

「妾がただお前の身を案じて、お前の行く末を気づかって、お前の希望と計画を考えると、どうしてもお目出度うと言えません」

「何卒《どうぞ》、もっと利口におなり。妾は貧しい女です。この上どうして上げることも出来ない。これから先とても長く学資の仕送りは出来ません。五年間！　五年間！　とても！　とても！

一か月二十円をこれから先六十か月！　とても！　とても！」

俺は一か月の学資二十円だけ、ある銀行の手を経て送って貰って生きていたんだ。ここからペンを持ち直して、彼女は俺を商人にならねば飢え死にすると、思いも寄らぬ説に入るのだ。

俺はラリーザ叔母をいじめたくないが、俺の理想と彼女の理想とが、巴里以来、どうしても妥協しないから、もどかしくって仕様がなかった。学者になれば、いずれ貧乏したり、無政府主義者になるものだと書いてある。

「お前の、愛すべき父ワホヴィッチは大学者でした」

「彼は二つの大学を終えました。卒業証書と金メダルを貰いました」

卒業証書が、そんなに有難いんだろうか。金メダルなんざ、三丁目の時計屋に行きゃ、いくらも売っている。学校を卒業さえすれば、卒業証書をくれるのは当たり前だ。

俺が高等学校へ入る時、どうあっても卒業証書が必要だとあったから、半分に切れた奴を持って行ったら、酒井という校長が、半分はどうしたんだと言った。どうしたかよく存じません。多分がらくたと一緒に屑屋に売ったんでしょうと答えたら、そんな馬鹿なことがあるか。も一遍よく探せと吐《ぬ》かしたが高等学校の校長なんてものは、話せない奴だ。確かに屑と一緒に払い下げたように思っている。

「――彼は非常な勤勉家で二十一歳の時に」とまた始めた。自分が稼いで勉強したというんだろう。偉いんだろう。だから俺にも真似をしろと続いている。これが昔から彼女の口癖なんだ。

「妾の愛するキヨスキー。お前はまだ若い。お前は世間というものをてんで知らない。用心しないと世間は妾たちに向かっていつも不運を準備しています」

ラリーザは、ここで世間は悪魔の巣だと罵った。学者が悪魔の張本人だと決めつけた。

「妾の愛するキヨスキー。妾は言いたいことをすっかり言ってしまった。可愛いキヨスキー。妾はお前の本当の友達です。お前の行く末に心を悩ますだけで、貧しいからどうすることも出来ない、妾はお前の国へ行けないのが悲しい。お前と一緒に生活《くら》せないから残念です。

考え深い神様よ！　妾の愛するキヨスキーは決して愚か者でございません。お前の取るべき道は、今の学校を卒業《で》るか、実業界に入るか二つに一つです。そして善良な利口な娘と結婚するんです。そして長崎が嫌なら、どこでもいいから家庭をつくるんです。どれだけお前のために幸福だかしれない。学問や友達は決してあてになりません。

お前の父ワホヴィッチは大層自然を愛していました。花園や森を愛していました。田舎の生活が大好きでした。ペトログラード大学生時代には錠前屋、鍛冶屋などの稽古をしたり、大工や左官の仕事を習って、自分の家を自分で建てたり、生活に必要なものを自分で拵えたりしました。妾はその時分女学生でしたが、彼の色々の手伝いをしたんです。ですから、彼がもし今日まで生きていたなら、きっとお前に向かって、妾と同じような忠告を与えるに違いありません。学問も勧めるが、自分で生きる道も教えたでしょう。

妾は生涯のうちに、これ程長い手紙を書いたことがない。妾は疲れてしまった。もう終りに近づこうと思います。

妾の愛するキヨスキー。妾の言うことをお聞き。そして忘れずに時々詳しい真心からの消息《たより》をください。さようなら。キヨスキー。

愛する

マリヤ・ラリーザ」

それからお前のお祖母《ばあ》さんにも何卒《どうぞ》よろしく。お祖母さんは、どういう意見か報《しら》せてください。早く貞操な娘と結婚しなさい。と繰り返してあった。中頃まで何でもなかった。読んでいくうちに俺の目には手紙の文字が突然見えなくなった。

俺は乱暴者だが、すぐ涙を零す癖がある。突然、まつ毛の先から、ぽと、ぽとと手紙の上に落ちた。

「おいおい」という圭吉の声が突然入口に聞えた。俺は手紙を隠して、振り返ったら、やっぱり圭吉だった。

圭吉の後ろには、この間圭吉の部屋で見た小柄の女が綺麗な様子をして、横を向きながら日傘《パラソル》の先で、土を弄《いじ》っていた。

くどいようだが、この女があとで俺の細君になった、お三輪さんだ。俺は彼女の荒っぽい黒い髪と黒い瞳を最も賞賛した。始めの間は、この二つを正面から見詰めるのが怖かった。

結婚式の場所にお三輪さんが仰々しい姿をつくって、物々しく俺と向き合って座って、きちんと澄ました時、俺は乞食が革の鞄を盗んでいるような戦慄を覚えた。俺にお三輪さんをくれないと言って猛烈に騒いだ親類共が、我《が》を折ったのか負けたのか兎に角、このお目出度い席に、続々押寄せて祝辞を並べた時、俺は赤くなって、うろうろしていたが、そのうちに俺の恐怖は頂点に達して、途中で戸外へ飛び出した。

お三輪さんと彼女の伯母の家で結婚した。二条の烏丸にあるんだ。俺は敷居を跨ぐや否や出町《でまち》の方へ、どんどん駆け出した。後で聞いたらお三輪さんが驚いて、俺を探し回ったそうだ。親類共が酷く憤慨して、こんな祝言は生まれて初めてだと言ったそうだ。

圭吉に小声で、あの女は何だいと尋ねた。すると圭吉が、うん、長崎の人だよ。お三輪さんだと言うと、地声だものだからお三輪さんが、こっちを向いて、何かしら言ったかと思うと頭を二つ下げた。

「上がれよ、あなたもお上がんなさい」

「いや、上がらん。今日は大変なことをやったんだ。それで、これから引っ越すんだ。お前も手伝ってくれ。実はお三輪さんも半日借りて来たわけだが、嫌かね」

「何だって引っ越すんだ。今日から弁士をやるんじゃないのかい」

彼は弁士を止めた。詳しいことは歩きながら話すから、出て来いと言う。俺は何だか馬鹿に外へ出たくなったから、それじゃ行こうと言いながら、三人で南禅寺の山門を出た。

「何方《どっち》だい」

「松原通り」

と圭吉は杖で大仏の方向を指して見せた。圭吉の話によると、中学時代に長崎の西山で隣り合わせていた頼田《よりた》という家《うち》の娘が、東京から京都の二条烏丸へ来たそうだ。東京で大名屋敷へ奉公しようという気だったが、まだ奉公口が決まらぬうちに嫌になって、東京の伯父の家から黙って飛び出して来たんだそうだ。

いよいよ烏丸に落ち着いてみると、以前隣にくすぶっていた圭吉も京都へ出て、学校へ通っているから、暇があったら、一度学校を訪ねるといいと、長崎から手紙が届いた。俺が先夜、青年会館の屋根裏で出逢ったのがその娘、即ちお三輪さんなんだ。

それは解ったが、弁士の方はどうしたと尋ねた時、圭吉は真っ黒に煤けたお能の面のような顔を赤漆《あかうるし》のようにして、大きな馬歯を空に向けて喤《いが》みながら、「実は幹事の奴が、お三輪さんと俺が、屋根裏で話をしていたのを、扉の鍵の穴から覗いていたんだ。俺はちっとも知らないから、お茶を入れて来ようと思っていきなり扉を蹴開けたと思え。外で、あっと叫ぶ声がした。あすこの廊下が狭いうえに、ほら、手欄《てすり》がないだろう。とうとう転げ落ちたんだよ階下《した》へ。それがお前、幹事だから、黙ってるわけがないさ。もともと故意にやったんじゃないことは誰でも知っているが、そのまま済むもんか」とお三輪さんの日傘《パラソル》の奥を覗いて苦笑した。お三輪さんは、どんな顔をしたか見えなかった。

「それで屋根裏を空け渡せと言ったんだね」

「そんな事は言わないけれども、弁士だけは断る。お客さんに対して、どんな粗忽をするか解らないと言ったから、それじゃ一層のこと俺は出て行くと言って、悲田院《ひでんいん》に引っ越して、そこから通うことにしたんだ。今から荷を運ぶぞ」

俺はこんな話を聞くと、面白くて、やってみたい気になる。祇園神社の大通りで、圭吉は車を雇って四条の屋根裏へ行った。

俺とお三輪さんは、悲田院の道を教わって先へ出掛けることにした。そのとき、お三輪さんは、気の毒そうな小さい顔をしていた。

八坂下から護国神社の石段の前を通り抜けて、寂しい道へ入った時、俺は黙っているのも変だから、

「幹事が三階から落ちたときは驚きましたろう?」

と挨拶した。お三輪さんはますます小さい顔をして、

「ええ、本当にどうしようかと思いましたの。松原さんの所へ行かなければよかったんですが、伯母が、かき餅を」

と言いながら微笑して、

「是非持って行って上げろと申しますので」

「ははあ、かき餅を食って圭吉め、きっとお茶が欲しくなったんですね。ふだん客にお茶なんか出すような男じゃないんですから、それで幹事は怪我でもしたんですか」

「ええ、腰の骨を折ったとかで」

と終り迄言えずに赤くなった。俺は先達の仇を打ったような気がして、痛快痛快と手を拍《う》って笑ってやった。そしたらお三輪さんも可笑しかったと見えて笑い出した。

圭吉は元来無頓着な男だ。俺よりも遥かに無邪気だ。この間、わざわざ学校を休ん

で詩を作ったから見に来いと言った。圭吉にも詩が出来ることを読者諸君に紹介する。

「湯気立ち昇る食堂の、中に真黒にそめられて、蒼ばな垂らす賄《まかな》いが、顔におどろの鬢まばら、米やこれ南京の砂混じり、茶は山吹の色も濃く、噛めど切れせぬ牛の腸、舌にまだるき脂肪皮……どうだい。旨いだろう」

と言うから、

「うまいね。一寸節をつけて唄ってみろ」

とおだてると、彼はいきなり、汽笛一声の節で唄った。翌日学校へ行くと、この詩が告示板に貼りつけてあった。圭吉はその前に突っ立って、頗る得意だった。察するにこれはデモクラシイの詩だろう。ホイットマンより解りやすいと感服してみせたら、元気よくそうかねえと言った。

だから、世話になる幹事が腰を抜かしても平気で喜んでいられるんだ。

お三輪さんと俺はようやく悲田院を探し当てた。三十三間堂の前から狭い山道を紅葉寺の方へ行かずに真っ直ぐに登ると、東山の中腹に孝明天皇の御陵があって、竹藪をすかして悲田の屋根瓦を望む、と京都案内記にあるが、大体当たっている。

『徒然草』の中の悲田院を叩き壊して、以前あった場所からここへ建て直したんだから、材木は当時のものどすえと、坊主が自慢した。圭吉がここへ引き籠ってからも、ちょいちょい出掛けた。坊主が尻を端折って、冬枯れの柿の木の枝にとまって、しみったれな黒い実をもぎ取っていると、若い細君が丸髷を背中に担いで、圭吉が借りている部屋の、ぼろぼろの縁側から、もっと右、もっと左と指揮をしていたことがある。圭吉は食い意地が張っているから今にくれるか今にくれるかと待ってたが、一向くれなかった。ケチな坊主だと不平を鳴らしていた。お三輪さんが、

「あら、ここに石碑がございますわ」

と松並木に傾いている大きな四角のみちしるべを指《ゆびさ》すから、苔を剝ぎ落としたら悲田院という文字が飛び出した。

「ここから入るんです。ほう、向こうに門が見える」

と言いながら茂みを分けて入ると、大佐の子がこっちを向いて小便をしていた。俺とお三輪さんを発見すると、びっくりして、

「あなた方でしょう、圭吉君の引っ越し手伝いに来なすったのは。私は木野というのです」

と四角な帽子を取って、くりくり坊主をちょいと下げた、だから、大佐の子だと解

ったんだ。三人はお互いに初対面だ、圭吉は晩《おそ》くやって来た。これが引っ越しの日の印象である。簡単なものだ。帰りがけに大佐の子は、紅葉寺の側で、

「私の家はこっちですからここでお別れします。あなたは血天井《ちてんじょう》をご存じでしょう、あそこの直ぐそばです。木野と仰有《おっしゃ》れば、直ぐ解りますから、是非一度お遊びにお出でください」

と言って、俺とお三輪さんを大街道の方へ追いやって、こそこそ逃げて行った。坊主から借りた寺紋入りの細長い提灯を中央にぶら下げて、俺とお三輪さんは歩いた。閑院宮《かんいんのみや》別邸の前で、

「あなたは何所《どちら》へ」

と俺が立ち止まった。そしたらお三輪さんが、まだずっと先までご一緒に参れますのと小さい返事をした。清水と西大谷に挟まれた坂の下で、道が二つになったから、

「あんたは何方《どちら》へ」

と俺は立ち止まった。するとお三輪さんが、まだずっと先までご一緒に参れますわと答えた。まだずっと先は八坂神社と祇園遊里に面した小路のことだった。火の消えた提灯をぶら下げて停留場《ていしゃば》に茫然《ぼんやり》立っていたら、お三輪さんを乗せた電車が走り出

したから、俺は南禅寺へ戻った。

どこかで見たような娘だ。長崎だというなら長崎で見たような娘だ。京都だというなら京都で見たような娘だと思っているうちに眠った。すると翌日不思議にお三輪さんがやって来て、悲田院へ提灯を戻して来ますと、袖の中から蠟燭を二本出して見せた時、真っ白な腋の下が、袖の陰からちらと見えて、俺はぞっとした。押入れから古提灯を出してやると、彼女は後ろに隠していた風呂敷包みを内証で解《ほど》いて、畳んだ提灯を押し込もうとした時、包みが切れてかき餅が飛び出して、お三輪さんは赤くなって笑ったように思う。

「圭吉に持って行ってやるんですか」

「いいえ、お寺様へ持って参りますの」

と恥ずかしそうな返事をした。あんな坊主にかき餅なんか食わせることが要《い》るものですか。それより、圭吉にやれば、助かる、と言って喜ぶでしょうと忠告をしてやると、彼女はしばらく逡巡していたが、

「では松原さんにしましょうか」

と言う。

「それがいいです。お寺様には蠟燭で沢山ですよ。坊主のくせに昨宵《ゆうべ》はお茶一杯飲めと言わなかったじゃありませんか」

お三輪さんは奇妙《きばつ》な女だ。では、そういたしましょう、本当にそうでしたわねえと、俺の忠告を容れてくれたから、何だか、嬉しくてたまらなかった。すると、突然思い出したように、

「では松原さんは、まだ持っていらっしゃるから、これはあなたへ差し上げましょう。伯母が拵えましたんです。お好きなんでしょう?」

と、また提灯を出して、メリンスの風呂敷を俺の膝の下へ押しやった。これが不意だから面食らってそれには及びませんと言えないで、坊主のものをとうとう横合いから頂戴してしまった。後で気の毒だった。お三輪さんに、帰りにお寄んなさいと言った。すると彼女は帰りに本当に立ち寄ったから正直な女だと思った。

俺の顔を見るや否や「昨晩ねえ、松原さんの部屋へ狸《たぬき》が石を投げたんだそうですよ。戸を繰《く》ると誰もいないから、蒲団の中へ入ると、また石を投げる。また戸を繰ると誰もいないのですって、とうとう一晩うつらうつらしていたんですって。今朝お僧様に実は昨夜これこれだと言いますと、お僧様は、ははあ、多分それは狸でしょうって。

随分怖いお寺ですわねえ。妾怖くなったので、もう松原さんの所には行きませんから、あなたの方から家《うち》へいらっしゃいって言って、跳んで来ましたの」

お三輪さんは頻りに怖い時の表情をして見せた。

「それはきっと狸に違いない。私もそんな目に逢ったことがありますよ。殆んど毎晩のように」

「ここで？」

と彼女は、あどけない目を円くした。

「ここじゃない故郷《くに》ですよ」

と笑うと、まあ、そんな怖いお故郷？　嫌ですわねえ。どちら？　と言ったから正直に白状すると、あら嘘でしょうと最初は嘘にしていたが、終いには、まあと言って呆《あき》れた。呆れたところをみると、お三輪さんは本当に今まで俺の故郷を知らなかったんだ。圭吉は迂闊な男だ。長崎の証明が漸《よう》や く済むと、余程暇だと見えて彼女は漸くこげ茶色の畳に座った。

「あなたは八幡神社をご存じですか？」

「お芝居の隣でしょう。知ってますよ。妾の親類がございますわ、妾の祖父《じじ》の兄の家が」

「へえ、八幡宮の境内ですか」

「ええ。鳥居を二つ潜《くぐ》って右の方」

「へえ、可笑しなものだな。あなたのお祖父《じい》さんの兄さんは何と仰有るんです。ひょっとしたら、私が知っているかもしれない」

「本川《もとかわ》と申しますの」

「それは俺のうちだ！」

俺が出し抜けに頓狂な声を出して飛び上がると、彼女は「あら、あなたは本川って仰有るの！」と俺に続いて慌てて起《た》ち上がって、しばらく俺と睨み合っていた。

俺が小説家だと、こんな時に、憚りながらこれで済ますんじゃないんだ。続けざまに感嘆詞を三つばかり奮発するんだ。残念ながらその辺の修養に欠けていて、小説の呼吸を心得ておらぬ。今度国太郎に逢ったら、男と女が十二年目に巡り合った刹那の心理描写はどうやるんだか聞こうと思う。そして改めて、お三輪さんと俺が目を回す光景をも一遍始めから出直したいもんだ。

お三輪さんが、

「キヨさんでしたの？」

と驚嘆して、べったり座ったまま、

「まあ、どうしたの！」

と敬々《うやうや》しく呆れた時に、俺は申し訳がなくて、恥ずかしくって、額から膏汗《あぶらあせ》がどろどろ湧いた。これからお三輪さんのことを、親しくお三輪と呼びすてにする。俺が八つの歳、お三輪を大阪へ送った頃は、ビワちゃんと言っていた。

彼女には父親がいない。母親が一人で彼女を連れて大阪へ行った。何しに行ったか知らない。そのうちに俺も露西亜へ行き、仏蘭西へ行ったから消息が絶えた。長崎へ残して置いた俺の祖母にも便りがなかったそうだ。不思議なのは圭吉が長崎で下宿をしていた西山の家の隣に、行方不明であるはずのお三輪の母親だけが一人住んでいたことだ。

そして折々、どこからともなく、お三輪がお袋の家を訪ねて来たことだ。どういう訳だか、さっぱり解らない。何か深い訳があるんだろう。でなければ俺の家《うち》へ隠している訳がない。

その訳は、東京へ移ってから、漸く解った。その後俺とお三輪とが夫婦になれそうで、なかなかなれずに、ごたごたしている訳も解けた。

それが偶然圭吉の屋根裏で出逢ったんだから、出逢った時は双方顔を見合わせてもお互いに知らずにいる筈だ。狸の一件からとうとう素性がばれた。お三輪が俺の遠縁だと聞いたら、圭吉めさぞ意外に思うだろう。お三輪は幼い時から俺が好きだった。俺もお三輪以外の子と遊ばなかった。俺の家と彼女の家は十町を隔てて、川があり、橋があり、田圃《たんぼ》があり、丘があった。その川を渡り田圃を越え、丘を登って俺は彼女を訪ねた。

俺が行かぬ時は、彼方《むこう》から、風船玉のように、ふらふらやって来た。お三輪は六つだった。俺が二つ多いから、滅多に喧嘩はしなかった。

お三輪の家は春徳寺山《しゅんとくじさん》の下にあった。彼女の父は農夫だった。鼬《いたち》色の柔らかな芝土に緑の絹糸をはわせたような櫨《はぜ》の木が彼女の家を繞《めぐ》っていた。汁の多い若芽を膨らませた青櫨が、芝土の泥路《どろみち》へ枝を垂れていた。春の月を浴びた彼女の牧場は、悲しめる美しい幽霊の如く寂しかった。櫨の下の小路は、青い雲のような牧場に、蜥蜴《とかげ》の尾のように光って弧を描いたまま黒い流れへしなだれていた。流れは低く灰色の粘土を溶いてゆたゆたと、銀鰐《ぎんわに》の鱗《ひれ》を重ねたような岸を舐めていたが、雨が降ると銀鰐を二分《ぶ》ばかり越えて、す、す、す、す、すと走り回る赤い小さい粟粒のような水虫を浮かべて、それが小路へ流れ込むと、呼吸を塞ぐような草いきれの牧場へ湖を造って見せた。雨が止まぬ時は、山の赤土が洗い落とされて、流れが血のようだった。長崎四郎の亡霊が流れの血を浴びて朦朧と見えたそうだ。

河床から膨れ上がった水は、本当に血と泥を捏《こ》ねたように毒々しく波立った。お三輪と俺は牧場の櫨の下で、ぼんやり生活した。お三輪の家へ豚売りの来たことがある。初夏の白い雲が雨上がりの山の上から勢いよく盛り上がっていた。豚売りの老爺《じいや》は家の中へ入る前に、汗じんだ汚い肌衣《はだぎ》を脱いで、牧場の木柵に掛けて行った。

家の中でお三輪の父親と豚売り老爺の笑声が聞こえていた。俺は老爺の肌着の襟から腋の縫目にかけて無数に小さい白茶化た虫が這い回っているのを発見した、今考えると、虱《しらみ》に違いない。

俺は水溜まりを掻き回して泥まぶれになっているお三輪を手招きすると、お三輪が飛んで来た。俺はうごめいている虱を、お三輪に台所から茶碗を持ち出させて、中へ一匹ずつ摑んで入れて、虱が茶碗の底から這い上がろうとするのを日向《ひなた》へ持ち出した。お三輪はその時分から利口だった。彼女は、物置の柱の釘に掛けてある鶏の羽虫を調べる時に使う虫眼鏡を持って来た。

お三輪と俺は半日かかって、虱を天日で焼き殺した。

その夕方だった。

俺は彼女に難題を吹っかけた。富次郎も松尾の伜も、春徳寺の坊主の子の龍雄も俺と同じように彼女の友達だった。

富次郎は質屋の子だ。松尾は地主の伜だった。俺は、龍雄や松尾や富次郎が彼女の幼い歓心を買いに来るのが一番気に入らなかった。四人とも同年だ。俺は虱を殺した後で、お三輪に四人のうちで誰が一番好きかと尋ねた。すると、彼女が、あんたが一番好きだと答えたから、俺は本当かと念を押した。お三輪は非常に怒って、嘘だと思うのなら妾の手を斬ってもいい、痛くっても耐えてお父さんに告げないからと大胆なことを言って、内証で台所からナイフを持って来て、俺に握らせて「妾の手をお斬り、痛くっても辛抱する」と言った。俺は思い切ってお三輪の左の手首を傷付けた。細い糸筋のような血が噴き出たから、ナイフを捨てて俺の家へ逃げて帰った。

お三輪は感心な女だ。痛そうな顔をしていたが、誰にも腕の傷を見せなかった。十二年見ないとこんなに大きく、ませるものかと、俺は驚いた。

読者には甚だ申し訳がないけれども、俺は恋という字が大嫌いだから、この辺から端折《はしょ》って、一足跳びに俺とお三輪の駆け落ちを描いて、東京へ突っ走ろう。今この辺で惚れたとか、惚れないとか、煮《に》え切らずにいると、読者もじれったいだろうし、俺も面倒だから。思い切って俺がお三輪に惚れて、お三輪が俺に惚れて、両方で恋の渦を巻き起こして、頗る混沌としているうちに、お三輪の伯母が驚いて南禅寺へ飛んで来て、怒ったり、恨んだり、しまいには慰めたりした。心中でもされちゃ、取り返しがつかぬと思ったからだろう。そのうちにお三輪の母親が上《のぼ》って来た。混雑に混雑を重ねて、あっちへ走ったりこっちへ駆けたり、夫婦にするのか、夫婦にしないのか、要領を得ない掛け合いが済んだんだろう。夫婦《いっしょ》になったら、死んでも離れるなとお三輪に言い含めたかと思うと、俺に向かって、何卒《どうぞ》いつまでも可愛がってくれと泣いて下から出られて、大いに赤面して、返事をしようと思ったが、舌がこわばって、歯の根が合わずに、唇が意気地なくぶるぶる震えて、声が塞がって出なかった。そんな不思議な恋があるものかというなら、俺の家へ来い。お三輪が細君になりすましている。

いよいよ、結婚反対党を征服して、祝言を挙げる段になって、出し抜かれて口惜しがったのが圭吉だった。それきり向こうから来もしなければ、行きもしない。

お三輪のお袋が、南禅寺の小屋の中で俺に秘然《こっそり》言ったっけ、お前とお三輪は二つの年から許嫁《いいなずけ》だったと。その時、そんなら、そうだと早く言えばいいと恨んでやったら、ところが実は、お前の祖母《ばば》様の姉《あね》様と、八幡様の松西が、露西亜のお父様の財産が欲しいから、お三輪をあんたにやるんだと言ったから、妾は、そんな、浅ましい女じゃない、この話は、こちらから打ち壊すと言って、間もなく大阪へ去って、以来杳然《ようぜん》として消息をしなかったんだそうだ。結婚反対党は、結婚後も、異人の俺にお三輪をやっちゃ天道様《てんとうさま》にすまない。祝言は祝言でと、秘かに離婚策を講じたから、怪しからん奴だと思って、お三輪をそそのかして東京へ駆け落ちした。

世間では祝言が済まないうちに駆け落ちするそうだが、俺は祝言してからやった。不思議な夫婦だと思った。

南禅寺には机が一脚置いてある。あれは小屋の借り賃だ。坊主のものになるだろう。座蒲団や下駄や傘や靴は酒屋へやると、戸口に貼紙してきた。圭吉にはしっかり勉強しろ。俺は東京で新規に蒔き直すんだ、と書き置きを、お三輪と二人で、しばらく噛っていたかき餅の中に入れてきた。圭吉は鼠のような男だから、先ず押入れを開けてかき餅を嗅ぎつけて、手紙を読むだろう。

学校には黙って来た。お三輪のお袋には手紙で居所を知らせた。

俺は、とても髪の黒い女を、細君に持てまいと覚悟をしていた。お三輪が俺の細君になった時、俺は気の毒でならなかった。そのために、友達からも親類からも見限られてしまったんだから。

俺のお袋のケイタの苦労を、今俺はお三輪に繰り返させているようなもんだ。俺と一緒に外を歩くと、通行人が目をそばだてるそうだから、いつも一町くらい離れて、見失わぬように散歩した。お三輪は平気だわと言うけれども、俺の気が咎めるから、成るべく一人で、外へ出る。

駆け落ちをする時、俺は裸一貫だった。高等学校の制服のほかに一枚のシャツもなかった。お三輪がじみな伯母の着物を盗み出して、袖を縫い詰めてくれたから、俺は七条停車場から、へんなへらへらの銘仙を着て夜発《た》った。新橋へ着くまで、俺は死んだ気でいたんだ。旅費だけは制服を売って拵えたから間に合ったが、新橋で下車して、青い目で、べらべらの女の着物の袖の隙間から、秘然《こっそり》東京を眺めた時、俺は嘆息と不安な恐怖のほかに、何にも覚えがなかったんだ。

俺は一人で逃げた。お三輪は翌朝早く伯母の家を抜け出すと言った。俺は少しも彼女を疑わないで、長い時間《こと》大きな赤羅宇《あからう》の長煙管《ながぎせる》をくわえながら、へらへら銘仙の陰に隠れて、三等待合室のベンチで、労働者の群や、汚い朝鮮人と共に、お三輪を待った。

大正六年の一月一日であった。元日の夜明け頃、ぞろぞろ吐き出される客が、改札口から雪崩《なだ》れて出て来る中に、小さい、ぽつんとしたお三輪の姿を認めたとき、溺死しかけている人間が、救助船の影を発見したように心強く感じた。

三

俺とお三輪は京橋に落ち着いた。

小説家になったら、駆け落ち者はみんな東京へ来いと、書こうと思っている。何をしたって、食っていける。

俺は石川島鉄工所の職工募集に応じて、正直な履歴書を出した。すると翌日面談するから来いと言って来た。俺はお三輪が持ち出して来た例のぺらぺらした女物の銘仙の裾を引きずって出掛けたら、職工長が胆《きも》を潰した。そうだろう。眼色《めいろ》毛色《けいろ》が尋常の日本人とは違っているところへ、紅絹裏《もみうら》の袷《あわせ》で表装をしていたんだから。あれで日本語が出来なかったら、そのまま巣鴨の病院へ追い込まれたかもしれない。

感心に日本語を饒舌《しゃべ》ると思って相手になると、どうして、大したもんだ。職工長は驚いて庶務係長を引っ張って来て、こそこそ耳打ち話をしていたが、突然、

「あなたは、経験のない職工になるより、鋳物工場の書記心得をやったら、どうです。見たところ字もうまい。教育もあるようだ。それにちょうど空席《あき》があるんだから」

と言った。俺は敬々《うやうや》しく頭を下げて、何卒《どうぞ》よろしくと答えた。その翌日から日給三十二銭五厘で鋳物工場の書記になった。書記は嫌な商売だそうだ。炭団《たどん》のような、真っ黒な職工の方からは苦情を聞かねばならぬし、技師や親方の機嫌は取らねばならぬそうだ。入ってから三日目に江口という古参の書記が愚痴を零した。

この江口という書記は俺より一つ年が上だ。佐賀の産だから、やあ君も九州か、そりゃ有望だと大きな声を出して、親方にやかましいと怒鳴られた、帰りがけに渡し舟

の中で、

「俺はここに給仕の時から勤めているんだ。工藤や親方より、よっ程古いぜ」

と言って、古そうな顔をしたが、口程でもない、古栄《ふるば》えのしない男だ。工藤というのは技師で、江口の説によると、悪性工学得業士だそうだ。何だか、インフルエンザみたいな技師だと思った。始終鼻の穴へ綿を詰めている。

俺を捕えて、

「どうだい。ここに辛棒する気なら、社長に頼んで、晩だけでも工手《こうしゅ》学校へ通わせてやろうか。俺んとこにも、ちっと遊びに来い」

と言ったが、有難《ありがた》過ぎるから、それには及びませんと断った。この間銀座の真ん中で、ひょっこり、このインフルエンザに出会った時、彼は鼻の綿を押さえながら、

「いよう、珍しいね。あなたは大変偉い小説家におなんなすったそうですね。社長が噂をしておりましたよ。何ですか、一か月の収入は千円くらいあるでしょうな」

とわめいたから、往来の人が集《たか》ってきた。俺は面倒臭いから、それは人違いでしょう。さようならと電車に飛び乗ったら、呆気に取られて、工手学校へやってやるから、ちと俺の家へ遊びに来いとは言わなかった。

お三輪が第一回のお産の仕度をしている時、お三輪の伯母の義兄がやって来た。助三というんだ。のんだくれで行商をしながら、とうとうここまで流れて来て、俺の家《うち》へ当分漂着するからそう心得ろと言っておいて、毎日酒ばかり浴びていた。俺は相変わらず二時間ずつ定刻に遅れて鉄工所へ通った。

最初は、大きな天洋丸の煙筒のような釜でヅクを熔《と》かすのが面白かったから、仕事を放っといてもっぱらその方ばかり呑気に見物していた。

ヅクというのは鋳鉄の雅号《こと》だ。煙筒が赤熱されて憤慨した拍子に臍《ほぞ》を爆発させると、熔けた鉄がドロドロの赤い湯になって、恐ろしい叫喚と共に、痛快に飛び出す。すると、炭団連が素っ裸で、ワッと鬨《とき》の声を挙げる。珍しいものだから、事務所の窓の中で、呼吸をはかって、手に汗を握っていた。すると、とうとうインフルエンザに見つかって、

「仕事をしろ仕事を！　お前の方の帳簿は、ちっとも捗《は》かどらんじゃないか。何だってぼんやりとしているんだ」

と俺の肩を摑んで卓子《テーブル》の前へ突き飛ばした。すると、来合わせていたインフルエンザ共が、どっと笑った。俺はよっぽど跳びかかろうかと思ったが、江口が、卓子の陰

で袖を引いてたから勘弁していると、親方が、小脇に五、六冊の帳簿を抱えてやって来た。

「おい。新参《しんまい》！　この帳簿はお前が預かってやってるんだろう」

と鼻の先に突きつけた。いかにも俺が扱っているんだ。

「左様《さよう》です」

「これは一体何という字か」

と横柄に帳簿の表紙の独逸《ドイツ》文字を鉄槌のような指の頭で叩いた。それは、日本で、職工精勤調べというんだと説明すると、彼は拳固をかためて、いきなり卓子をどんと叩いた。

「誰が、毛唐の文句で帳簿を作れと言いつけたんだ。この工場で、横文字の見える奴は一人もいねえんだから、手前一人が、読めるとかんげえやがって、ふざけた真似をしやがると承知しねえぞ、早く書きけえろい。畜生」

と恐ろしい目で俺を睨《ね》め据えて、さっさと出て行った。

親方は炭団連を人民とする、工場という専制政治国の暴君だ。こ奴にはとても敵わぬと思ったから俺は、温順に詫びた。

もともと、帳簿を独逸語で拵えたのは、インフルエンザ共が、寄ると触ると、書記を馬鹿にするからだ。天井の注文を命じたり煙草を買わせたり、まるで小使いか給仕のように追い回すから、酷《いじ》めるつもりで、俺一人で企んで、やったことなんだ。

江口は側で蒼くなって震えていた。酷めるつもりであったが、あべこべに頭からどやされて、卓子を叩いて脅かされたから、それから三日ばかり胸糞がわるくって無断で休んだ。

忌々しいから、行商人の助三と三日打《ぶ》っ通しで飲んでいると、突然お三輪の義理の祖父《じじい》が、中風病みのくせに、ぽこぽこ京都からやって来た。伯母の夫の親で、助三の親にも当たる。助太郎というんだ。

人間の寿命は、いつ、どこで、飛んで行くか解らないもんだ。

この老人も京都で温順《おとな》しくしていれば、死なないで事済みになったかもしれない。なまじっか老爺《おやじ》のくせにお三輪のお産の手伝いに来たんだと言って、俺の家の梯子段を無闇に上がったり下がったりしていたから、足を踏み外して逆様に墜ちて、階子段の下の空金鉢《あきかなばち》に頭を打ちつけて、あっけなく死んだ。

お三輪は大きな腹を抱えて狼狽《うろた》えた。助三は、泥のように酔っていたが、震え上がった。俺は葬式代の心配で胸がつまった。仕方がないから京都へ電報を打つと、五十円送って来た。

その五十円はたちまちのうちに火葬場の切符となり、柊《ひいらぎ》となり、早桶となり、籠屋の弁当料となり、線香となり、蠟燭となり、残ったのが、酒代となってなくなったが、死んだ老爺の死骸のように、始めから、こっちのものでないと思うと、さっぱりした。困ったのは、老爺の図体が並外れていたものだから、並の早桶に抱えて入れたら、頭だけ棺の外へ出た。

すると助三が、よしと言いながら鴨居にぶら下がった。酔っ払っているから何をするか解らない。少々、持て余している男だから何をしようと勝手に任せていると、宙に浮いている両足を死人の二つの肩に乗せた。

乗せたかと思うと、渾身の力を足の先へ集めて、うんと踏んだ時、可哀想に、老人の肩の骨がぽりぽりと鳴って、二寸ばかり、棺の中へめり込んだ。

「おい、まだか、まだか」

と鴨居にぶら下がって足を突っ張っている。俺は助三の勇気に恐れ入った。

「まだ五寸も棺の外へ出ていますよ」

「それじゃ駄目かなあ。お前は頭の方を力一杯押してみろ」

俺は滑らかな老人の冷たい頭を力任せに押した。押す度に、いくらか前へ傾きながら、棺の中へ入って行くが、手を放すと、筋肉の強張った恐ろしい弾力で、びっくり箱の猫の首のようにまた飛び出した。

「いけないねえ」

と助三はとうとう諦めて、鴨居の手を放した。死人の悪臭は、助三の足と、俺の手からと不気味に漂った。

お三輪は、眉を顰めて、両手を胸に当てながら、怖々《こわごわ》襖の陰に佇んで見ていた。俺と助三は、ひとまず死人を捨てて置いて、大きな皿に盛ってある鮨を臭《くさ》い指で摘んで頬張り合った。

「仕方がないから、もうひと回り大きい棺を買ってくるんだね。これじゃ、蓋《ふた》が出来ない」

と助三が自分で、葬儀屋へ走って行ったが、しばらくすると、駄目駄目、明日でなくちゃ、職人がいなくって出来ないそうだと言いながら戻って来た。こういう訳で俺と助三とお三輪とは、棺桶から首を出している老爺と向合《むかいあ》って一夜臭い思いをした。

火葬場から戻って来ると一文なしだった。仕方がないから、鉄工所へ給料の前借りに出掛けた。独逸語で帳簿を拵えて酷い目に逢おうとした親方を探して、不本意ながら、先日の詫びをして、憐れみを乞おうと思って、鋳物場を探し回ったがいない。

事務小屋の入口で途方に暮れていると、木工場から突然ヴァイオリンの音が流れてきた。こんな地獄の底のような所にヴァイオリンは変だと思った。金の工面が出来ないで、悄然と事務所を出て帰りがけに、木工場を覗いたら、真っ暗な奥から、ヴァイオリンが聞えてきた。折々赤い火が閃《ひらめ》いた。閃く度に赤い鬼のような人間の顔が輪をつくって仄《ほの》かに現れた。ヴァイオリンの音は、その辺から伝わってくる。

俺が、薄闇の中にぼんやりと突っ立って、この不思議な光景を見詰めていると、出し抜けに後ろから俺の肩をぐっと摑んだ奴がある。

俺は驚いた。其奴《そいっ》の手を捕らえようとすると、

「おめえ、そこで何している?」

と耳端《みみばた》で銅羅のような声がした。それと同時に、材木の陰から、また一人踊り出た。其奴が、マッチを摺って俺の顔を覗いていたが、

「あ、書記の毛唐だ。脅かしやがる」

と言うと、肩を摑んでいる黒ん坊が、

「左様《さよう》か」

と俺を地べたへ突きのめした。俺がぎょっとして、逃げ出そうとすると、

「待て待て、こっちへ来い。今逃げられちゃ困るて」

と、二人がかりでヴァイオリンの方へ、俺を引き摺って行って、闇の中へ引き据えた。俺は激しく藻掻いた。時々、マッチを摺ると俺の前で車座になって、賽《さい》を振って、必死に勝負を争っている猛獣のような職工の影が、十五、六まで数えられた。

彼等は賭博に耽っていたんだ。ヴァイオリンを弾く男は意外にも江口だった。江口は職工に雇われて賭博を胡魔化すためにヴァイオリンを弾いていたんだ。彼が楽器を持っていることも、木工場が賭博場であることも、俺は初めて知った。

俺はその月末に馘《くびき》られた。

馘りの宣告を下したのは例の親方だった。原因は、朝寝をして定刻を二時間過ぎねば工場へ出て来ないこと。職工の欠勤調べが行き届かないで、職工に余計○《まる》星をつけたこと。○星を職工の金札《きんさつ》につけると、その日の工賃が十銭増えるんだ。

それから、職工と口を利《き》くこと。職工と口を利いて仲よくすると、職工がつけ上が

って、秩序が乱れるそうだ。まだある。親方が職工の中に混じって、賭博をしている最中を俺が知らずに発見したこと。それに独逸語を知ってる奴は、工場に不向きだと言うこと。これだけだ。

月末の給料をくれる時、親方が、

「社長が手前《てめえ》に話があるそうだから、帰りがけ一寸行ってみろ」

と怒鳴った。行ってみると、給料が上がるんじゃなくって、馘られた。面白くもない。給料を上げるからいてくれったって、真っ平だ。

馘られて意気揚々として家へ帰ると、京都からお三輪の伯母が爺さんの骨を受け取りに来ていた。

それから間もなく浅草の今戸へ引っ越した。どういう訳で牛殺しの群へ飛び込んで、牛の皮を剝いだり、豚の毛を毟《むし》ったりして、血まみれになって働いたかと尋ねる人があるなら、食えなかったからだと答えよう。板倉亀次郎というお三輪の伯父の友達が、京橋で火山灰の問屋をしている。面倒だから、板亀ということにする。

板亀が新潟の税関で、賄賂を取り過ぎたので、終いにばれそうになったから、職を止めて、京橋に来て火山灰の問屋を始めたんだ。左団次の顔に似ているから、芝居狂いの細君が板亀に惚れたんだそうだ。板亀は欲の皮の突っ張った男だ。露西亜が独逸に宣戦した時、日本へ長靴《ながぐつ》の注文が来たそうだ。

何でも、東京の靴屋だけでは持て余す程どっさり注文があったから、新規の靴屋が、三河島にどしどし増えた。どういうところから聞き込んできたのか板亀が俺の家へ突然やって来て、革屋《かわや》が儲かるんで、すぐ明日から浅草の亀岡町へ製革工場を建てて、君に行って働いて貰うんだと一人で決めた。俺は食えない最中だったから、革屋の番頭になってみる気になったんだ。

俺が三河島辺に割拠している牛殺しの仕事に詳しいのは、そういう訳で自分で彼等と同じような商売でしばらくでも飯を食っていたからだ。

その時分知らない奴が、俺の素性をよく聞きたがるから、西洋の牛殺しだと公言して、彼等を歓ばせていた。

牛殺しなんて愚かな動物だ。西洋のこちとらもやっぱり牛や馬の皮を剝ぐかと言った。剝ぐから西洋でも牛殺しなんだろう。

俺は京都から脱け出して来て、まだ一度もスイスのラリーザ叔母へ便りをしなかった。お三輪と駆け落ちして、途方に暮れているうちに革屋になって、子供が生まれて、今盛んに泣いているとは、どうしても言えない。言ったら、お前のような獣《けだもの》とは縁を切ると言って寄越すだろう。

板亀の革屋は半年で没落した。没落する時は悲惨なものだった。

彼は税関で袖の下を歓迎するような狡猾な男だから、三十日間渋《しぶ》液の壺へ漬けておくはずの牛の皮を、二十一日で引き揚げた。仲間の玄人《くろうと》が、旦那、そりゃ駄目ですぜ。とても皮の芯まで薬が通りませんぜ。乾かしてからブリキのように強張《こわば》ってしまいますぜと忠告をしたが、なあに大丈夫だと言いながら三千枚すっくり壺から出して陰干しにした奴を靴屋に分けて売った。みんなで六万円になった。

「どうだい俺の腕は、とても先祖からの牛殺し共が敵うもんじゃあるまい」

と威張って、また空《あ》いている壺に新しい三千枚の皮を漬けた。

三十日間薬に漬けておくのが定則だそうだ。一日でも早く引き揚げる発明が出来たら皮一枚について十銭だけ余分に儲かるんだった。儲かるから板亀が思い切ってやったんだろう。

彼は頗る得意であった。二度目に染剤《くすり》へ投げ込んだ革はもっと早く引き揚げて、まだ濡れているうちに、売り飛ばしてやると意気込んでいると、三千枚の牛皮を買った靴屋が突然結束して押し寄せた。

　代表者の一人が、

「あの革で露助の長靴を造って、露助の検査官に見せたら、念のため一足無駄にするからと言って、ナイフで出来上った一足をズタズタに切った。切り口を見るとちっとも薬が滲《し》み込んでなくって、真っ白だったから、露助は怒って戻した。翌日靴の注文をやめるからと、日本のお役人を通して言ってきたんだ、どうしてくれる」と温順《おとな》しく理由を語った後で、牛殺しの本性を表して、板亀工場を打《ぶ》っ壊せと騒いだ。工場は打っ壊されずに済んだが、板亀は三千枚の牛皮を棒に振った上に「露助の長靴」から絞りそこねた儲けを板亀から取れるだけ取って、漸く黙り込んだ。

　板亀工場は翌日潰れて、俺は残った生《なま》の牛皮を二、三枚内証で売り飛ばしてそこを引き払った。

　板亀が芝居好きの妻君を絞殺して、彼女の屍の前で咽喉を突いたのは、工場に捨て置いた革がぽつぽつ盗まれる翌々日であったと思う。

　だから、俺は、皮の話が出来る。革屋を始めようという人があったら、壺の中へは三十日漬けなさい、欲ばって二十一日で引き揚げると大変なことになりますよと、教えてやろうと思う。その時分俺は牛殺しもやったが大学にも通っていた。学校は、ついこの間止《よ》した。成業の見込みがなくて、月謝が滞って、学校の門を潜《くぐ》るのが辛かったからだ。

そのうちある官吏が西伯利亜《シベリア》へ行かぬかと言って来た。西伯利亜は一度汽車で素通りしたことがあるんだ。

「西伯利亜へ行って、何をするんです」

と問うた。すると、

「戦争が始まっているから、どさくさ紛れに金鉱でも占領するんだね」

「金鉱なんて、そんなに手やすく奪《と》ってもいいものかね」

「ああいいとも、過激派の露助に荒らされて、持ち主は逃げちまったそうだ」

と、その時は自分の疝気《せんき》を他人にゆずるような、たやすい話だったたから、

「それじゃ、行こう」

とうっかり返事をしたら、

「本当に出掛けるつもりかね」

といやに念を押し出した。

「行くとも、そういう訳だったら行く。しかし命に別状はないだろうな」と今度は俺が駄目を押した。するとその男が、俺の真剣な様子を眺めて、ハハハ、大丈夫だよ君と、肩を叩いて笑った。

この官吏がどこから、どう話を持ち込んだものか、間もなく俺はある会社から西伯利亜へ出張を頼まれた。無論俺ばかり行くんじゃない。その会社の重役が、こんど西伯利亜に支店を建てるについて俺を通訳者としてお供を命じたんだ。

いよいよ出発する日に、官吏が来て、

「きっとうまいことがあるぜ。あったら、俺も仲間に入れてくれ」

と言ったから、よし承知した。ごたごた最中へ飛び込んで行くんだから、何かあるとも、あったら知らせるから出て来るがいいと答えて置いた。

すると、東京駅で、汽車が動こうという間際まで、見送り人の中に、きちんと、澄ましていたこの官吏が、汽車がゴトゴト動き出すや否や、慌てて飛んで来て、窓口に摑まった。

何か言うことを忘れたように、口を動かしていたから、

「何だい、あっちへ行かんと危ないぜ」

と注意すると彼は細い声で、

「別に用はないんだがね。西伯利亜へ行くと靴の裏に砂金がくっついて、歩いているうちに動けなくなるそうだから、用心をしろよ。動けなくなって、凍えちゃおしまいだからな」

と心配そうな顔をした。そんなに砂金があったら、少々動けないで、少々凍ってもいいと、嬉しがったが、今年東京へ戻るまで、靴の裏には一粒もくっつかないでしまった。お蔭で凍らずに済んだ。

俺には年老いた祖母がある。西伯利亜へ行くときお三輪に預けて置いた。

俺が過激派に殺されずに舞い戻った時、俺の顔を見て、

「妾が息のあるうちに、とても、よう戻って来んともとったばい。よかった、よかった」

と、ぼろぼろ凋《しぼ》んだ眼から涙を零しながら、もうどこへも行くなと言うから、もうどこへも行かないと答えたら、また、よかよかと言った。

俺の原稿が売れるようになったのは、西伯利亜から帰って来てからだ。あるときある本屋に小説を売りに行って二人の客に出会《でっくわ》した。一人の男は狆《ちん》のような顔をしてい

た。これが生方敏郎《うぶかたとしお》さんで、今一人の方は布袋様《ほていさま》のようだったが、これが田中貢太郎だった。その時貢太郎が俺の小説を見てうまいうまいと続けざまに赤い舌をべろべろと二度出した。

労働者時代

一

喧嘩も考えものだ。

儲けるつもりで喧嘩する訳ではないけれども、喧嘩する度に損をするから嫌になる。高等学校にいるころ月謝が滞って会計係が三日に一度は催促をするのだ。初めのうちは頭を掻いて謝っていたけれども、あんまりくどいから終《しま》いには癇癪を起こして、除名をするなら勝手にするがいい、俺みたいな貧乏人の月謝くらいはどうでも胡魔化せるんだ、それが出来ないような貴様だから会計係で一生終るんだろうと、怒鳴りつけてやったら翌日退校にされたから意外だが、考えてみると俺の方が無理だった。

それから東京へ来て石川島造船所に十四円で雇われた時もやっぱり喧嘩で馬鹿をみた。喧嘩の相手は性《しょう》の悪い技師だ。原因は独逸語《ドイツ》とキャラメルだ。監督の技師が俺に向かってこう言った。「独逸語をかじった職工は生意気で家風に合わない上に、お前は就業中にキャラメルを食いどおし食っているから仕事がちっとも捗らない。元来鋳物工の分際でキャラメルとは僭越だ」そこで俺もむっとした。「独逸語はお前達が知らないからそんな嫉妬《やきもち》を言うんだ。職工がキャラメルを食えばどこが僭越だ。お前達は知るまいが、こうやって博奕《ばくち》打ちの職工を相手に鉄《ツク》の煮え湯を浴びながらやる仕事に、キャラメルでも食わなけりゃ、やり切れるものか」と怒鳴りつけた。ところがこれが気に食わないとみえて、「そのお前達とは一体全体誰に向かって言う言葉だ」と技師も怒り出した。行きがかりだから仕方がない。「お前のような痩せギスのことだ」と出放題の啖呵《たんか》を切ってやった。すると日頃から技師共に虐待されている職工共が嬉しがって、「毛唐！　やれやれ、やっつけっちまえ」と応援に来た。「喧嘩なら器用にやれ」と言い出したかと思うと、「構わねえから野郎を捕まえて釜ん中へぶち込んじまえ」と俺に味方を始めたものだから、鋳物工場を監督している技師が怖気《おじけ》づいて、どんどん逃げ出したのは痛快だったが、翌日馘《くび》られて大いに悲観した。

学校を追い出されても食うに困るようなことはなかったけれど、女房を貰って赤ん坊が生まれたばかりの今度という今度は、息のつまる程困り果てた。女房が勝気で意地っ張りときているから、頭ごなしにがみがみやり込める。「あなたはなぜそう喧嘩っ早いのでしょう」と終いにはおろおろ泣き出した。俺もたまらないから、部屋の中を半日行ったり来たりしていた。いつも恨めしい喧嘩なんだが、明日から私達はどうして食べていくんでしょうと女房の三輪子が、重ね重ね愚痴っぽくなると、いよいよ口惜しくなってくる。方法がないから女房の前に両手をついて、俺も喧嘩は懲り懲りだ。今日っきりやめて口を探すから安心しろと言うた。そしたら三輪子が、「後生ですから、何卒《どうぞ》そうしてください。子供が可哀想ですからね」と口説くのだ。このくらい陰気な喧嘩があるものか。その晩から三日ばかり鬱《ふさ》いでいると、三輪子が心配して、東京でたった一人の親類へ就職の相談に行ったものとみえて、木挽町《こびきちょう》から板亀がやって来た。

板亀というのは板倉亀次郎の符号で石灰《いしはい》の問屋をしている女房の義理の伯父だ。しみったれな親爺で俺とは余り反《そ》りが合わぬからろくろく物を言ったことがない。その板亀が浅草に工場を建てて豚の皮を草履の裏に仕立てているから手伝いがてら、留守番に来ないかと言うのだ。石灰は本職だから家でやるし、豚の皮は内職だから外でやるんだという話だが、世間とはあべこべだ。「そんな仕事が私にやれるかしら」「やれるもやれないも現に素人の私でさえ楽々やっているくらいだし、それにぼろい儲けがあるんだから面白いぜ」と言う。なるほど儲かる当人は面白いかもしれないが、こんな猾《ずる》い親爺にこき使われていれば、また腹の立つくらいが関の山だろうと思ったので、折角三輪子が引っ張って来たんだけど尻ごみしていると、「仕事は豚の皮で草履の裏を拵えるのだが綺麗なもんだ。儲かる月は一割くらいの分け前も出せるがどうだい」と言うのだ。すると三輪子まで一緒になって、「いい塩梅に出来た口ですから是非浅草の方へ行こうじゃありませんか。でないと、なかなか急に仕事は見つかりませんよ」と勧める。嫌なはずはないけれども、相手が古狸のような板亀だから躊躇する。しかしこの際だから結局は承知しなければ仕様がない。現金過ぎると思うかもしれないが、念のためだから、「一体いくら月給をくれるんですか」とあたってみた。すると板亀が「奮発して十円出そう」と嘯《うそぶ》いた。大抵その辺が落ちだ。すると、「ただし、一割の分け前は別だよ」とつけ足した。それにしても恐ろしく見倒したものだ。俺は足元を見すかされているのを我慢して、よろしいやりましょうと答えた。「では、今晩でも引っ越してしまおうじゃないか」と急《せ》き立てる。だから俺は浅草へ家族を連れて行ったのだ。

「浅草の工場へ移ってしまえば、第一家賃が浮いてくるし物価がべらぼうに安いぜ」と板亀が三輪子に吹き込んだ。それも引っ越す動機の一つだ。この通り浮いてくることばかり考えている親爺だから俺と反りが合わないのだ。そんなことはどうでもいいとして、事が余りに早急だから、皮の工場が浅草の何《ど》の辺にあるんだかろくに聞きもしなかったが、いよいよ引っ越してから腹の立つほど驚いた。何のことはない牛殺し町だ。もっともこっちが牛殺しになりさえしなければ構わぬ訳だが、これから寝起きする工場というのが隅田川に漂着したような焼木杭《やけぼっくい》で拵えてある粗末な掘立小屋ときた。いくら何でもこんな家に恥ずかしくて住めるものか。俺が「これはひどい！」と言うと三輪子までが気の毒そうに、「随分だわね、今夜からここに寝るんでしょうか」と悄然とした。すると板亀が洒々《しゃあしゃあ》と構えて、「これでも丹念に掃除すりゃ結構住めるよ。何しろ今まで寝泊まりに来てくれる者がないから荒れているんだ」と落ち着いたものだ。そうだろう、誰がこんな破屋《あばらや》に来るもんか。これでは小説にも問題にもならぬ。思い切り悄気《しょげ》てみせると板亀も人間だから、多少きまりも悪いとみえて、「今夜は引っ越し祝いに天丼でも食って一杯やろうじゃないか」と胡魔化しながら荷物を運び込んだ。この小屋の中で丼なんぞ抱えて焚火でもしたら、上州あたりの山賊と間違われるだろう。部屋が一つにあとは土間だ。剝いだばかりの生皮が小山のように盛り上げられ、片隅に直径一丈ばかりもある台湾のような大甕《おおがめ》が二つほど据えてある。覗いてみると紫色の明礬《みょうばん》臭い水が富士山から見た河口湖のように光っていた。名ばかりでも東京市内にこんな馬鹿馬鹿しい所があるかと思うと不思議で、親子三人が妙な顔を並べながら尻ごみしていると、「この際お互いに辛棒が肝心だ。細く長くじりじりやっていくうちには、きっと運が向いて来るから、しばらくここで稼ぐさ」と板亀が慰めた。この際だろうがあの際だろうが、肝心だろうが朝鮮人だろうが、人の弱味につけ込んで置いてこんなみっともないところでも威張って連れ込むから癪に障ると言うのだ。万が一、間違って運が向いて来たら直ぐ恩に着せる考えだろう。第一、お互いにと言うことは、こっちばかり嫌な目を見ることではないだろう。だまされて来たんだと思うとこのまま飛び出したくなる。けれども、毎度のことに懲りて無鉄砲な真似は出来ないし、今に仇をとってやるから覚えていろと諦めた。三輪子が済みません、済みませんと言うた。しかし妙なものだ。この塩梅では、とても三日と辛棒が続かぬ、続かぬとこぼしながら、ずるずるべったり一か月暮らしてしまった。毎日口を探すつもりで起きぬける。するとたちまち仕事が待っている。そのうちに木挽町から板亀がやって来る。製革屋の牛殺しが車力で運んでくる豚の皮の毛を毟《むし》り除《と》って薬で染めたやつを板に釘張りする。張って干し上げた皮を機械《プレス》にかけて草履の型《かた》に断つのだ。花川戸あたりの履物問屋が風呂敷を担いで買いに来る。牛殺しではないぞと威張りながら、毎日毎日牛殺しの仕事をやった。

俺の話は双六の骰子《さい》みたように、先へ行くかと思えば逆戻りする流儀だ。世智辛い世の中に、真っ直ぐばっかり行ってもおられぬ。そこで取り敢えず牛殺し小屋の描写に移る。描写と言う程仰山《ぎょうさん》なものではない。道案内だ。面倒でも雷門から南千住行の電車に乗って、山谷堀吉野町で降りたつもりだ。左が吉原大門で右が助六寺になる。ここで左へ行くのが粋な筋で、右へ出るのが俺の野暮臭い話の手順だ。寺へ突き当たるまで右の方へ行ったつもりだ。寺の門前へ着いたつもりだ。そこから右へ広がっていく一帯の窪地が獣と親類の牛殺し町で、亀岡町という。俺の小屋は助六寺の裏に滞っている溝の淵にあった。小屋の左隣が中山小納言から三代目の孫の住居だ。名前が笠原で屠牛場の部屋頭だ。右隣が印伝屋《いんでんや》三左衛門の寓居で庭一面に下駄の爪皮《つまかわ》が干してある。その裏に靴工の大久保藤八が巣食っている。それから小屋の前が草原で、小塚っ原から持って来た供養塔が土に埋《うず》もれている。物さえ見れば直ぐ売りたがる頃だから、塔の下に鼠小僧や頼三樹《らいみき》三郎《さぶろう》の首が埋めてあるという話を聞いた時に、そいつを掘り出して綺麗に洗って売り物にすれば、東京には馬鹿の金持ちが多いから直ぐ買手がつくだろうと思ったこともある。

これは後のことであるが、もう一生喧嘩はやるまいと決心してから一か月目に、今度は板亀と衝突して工場を飛び出した時、行き場に困って印伝屋三左衛門に一時置いて貰ったことがある。そこへ中山小納言の笠原がやって来て、食うに困るなら俺の仕事先へ稼ぎに行かないかと勧めるから、牛殺しは真っ平だとも言えなくて、何分よろしくお頼みしますと、なるべく逃げようとした。すると小納言が本気になって、「よろしい俺《わっち》が引き受けやした」と即座に引き受けてしまったから驚いていると、自分の小屋から皺だらけの半紙を持って来て、「こいつにお前の履歴を一つ淡然《あっさり》とやっつけてくんな。早い方がいい」と言いながら、迷惑している俺にとうとう否応なし書かせて置いて、手に取って眺めたかと思うと、俺の肩をどんと突いた。俺は不意を食らって仰向けに引っくり返った。何が気に障ったのかと思うと、「どうでえ！　見ごともんじゃねえか！　お前《めえ》の手筋は通っている」と叫んだ。荒っぽい賞め方があるもんだ。「お前は毛唐みたいだが、一体どこで手習いを覚えたんだい」と言うから俺も恐れ入ってしまった。すると印伝屋三左衛門が感心して、「話を聞いてみりゃ、この人はオロシヤ大臣の坊っちゃんだとよ。手習《てなれ》えくらいは仕込んでらあね」と説明する。オロシヤ大臣が面白い、中山小納言の孫が牛殺しの隊長する場所だから、オロシヤ大臣の坊っちゃんが三左衛門の居候になり済ましたところで釣合いはとれるだろうと思って、有難うと礼を言っておいた。この調子だと、大久保藤八も彦左衛門から五代目くらいの旗本に当たりそうだから可笑しかった。この三左衛門の破屋《あばらや》へ置いて貰う前の日のことだ。

木挽町から通って来る板亀が、風邪を引いたので今日一日休むけれども仕事は遊ばずにやってくれと手代《てだい》がわざわざ言いに来た。その日が晦日《みそか》で、俺の月給日なんだ。俺は甕の中で、手足が千切れそうに冷たいのを耐えながら、液《くすり》の中に膝まで浸《つか》っていた。豚の皮は厚いから足で踏まなければ充分浸《し》まない。板屋根の上を朝の木枯が助六寺の方から飛んで来る。恐ろしく凍《い》てつく日だ。三輪子は子供を背中にくくりつけて甕の水を櫂の先で掻き回していた。こうしないと媒染剤《くすり》が鉱物質の酢酸クロームだから、寒さに合って結晶して困るからだ。板亀の手代が呆れて見ているから、「どうしたというんだろう！　自分が出て来なけりゃ、俺が手足を伸べて遊ぶんだと考えて使いを寄越したんだな。畜生」と怒鳴った。すると三輪子が、「随分人を馬鹿にしているわね。誰が今時十円くらいの端足金《はしたがね》で真っ暗がりから水の中へ浸るものか。身内だと思えばこそ出来るんですよ。だから心配になるようだったら、止《や》めてくれと言えば明日からでも止めて乞食になったほうがましだと、お前さんが帰ったらそう言って頂戴」と怒り出した。手代が「承知しました」と嫌な笑い方をする。「それはどうでもいいが、お前さん月給は持って来たかい」「いいえ」「板亀は何とも言付けしなかったかい」「いいえ」「仕様がないじゃないか」すると手代がごもっともですと言う。此奴まで人を食ってやがる。忌々しいから、「店へ戻ったら直ぐ金を寄越せと板亀に言ってくれ」とまた怒鳴ってやった。主人を捕まえて、板亀板亀と呼び捨てにする権幕に怖がって手代が這々《ほうほう》の体で逃げ出したから小気味がいい。「人の使いようも心得ないくせに旦那面をしやがって、左団次め月給はどうするつもりだろう、風邪が治るまで放っとくのかしら」

板亀がほろ酔い機嫌だと、「私の顔は左団次に似ているってそうだ。そうかね？」と嬉しがる癖があって困る。左団次は見たことがないけれども、板亀の人相は、仲見世の隅に胡座《あぐら》をかいている粂平内《くめのへいない》そっくりだ。

「一体今日を何日だと思ってるんでしょう。板亀が寝ているなら今の男に持たせてくれるのが当然なのに、解らない人だわね。こんなことなら始めから来るのではなかった」

それから俺に向かって、また、すみません、すみませんと謝ったり、妾が進んできましたから、妾が責任を引き受けて、これから京橋へ一走り行って金を貰って来ますと力んだりする。三輪子が心配するのは可哀想でも、金のことは仕方がない、外は寒いけれど、俺が留守をしなければ客が来るとかたがつかぬから出掛けて貰った。ここで白状するのも変だが、実のところ板亀は三輪子のお袋の姉の亭主だから、早い話が伯父だろう。その伯父がこの有様だからやり切れないではないか。世間の伯父はどんなふうだか知らない。どうせ出来合いの伯父だ。誂えて拵えたのではないから気に召さぬことは解っているけれども、板亀に至っては言語道断だ。木挽町へ出掛けた三輪子は二時間ばかりたつと、鼻の頭を燕みたいに赤くして帰って来た。三輪子は俺の顔を見ると、唇をぶるぶる震わせた。そして今にも時雨《しぐれ》そうに見えた。彼女の話によると風邪を引いて寝ているはずの板亀が汽車に乗って、たった今どこかへ行ってしまったと言うのだ。どこへ行ったか細君の伯母さんも知らない。けれども遠からず帰ってくるだろうから待ってくれと言うのだ。乱暴な奴だ。伯母さんにそう言って月給を借りて来りゃよかったんだと言うと、ええ、それも頼んでみましたけど、晦日の払いをしてしまったので家には現金が一文もないと言うんです、と情けない顔をした。晦日の支払いを知ってるくらいなら俺の分だって取って置きそうなもんだ。不人情な伯母ではないか。すると三輪子が、袖の中から餅を五つばかり出して、「伯母さんが子供にやってくれって、くれました」と言いながら、土間に突っ立ったまま、とうとう泣き出した。俺も何だか悲しくなってきたが、構わない心配するな、何とかこっちで工夫をしようと言うと、それは妾がしましょうと三輪子が申し訳がないというような顔をした。

それにしても三輪子は餅に縁のある女だ。話は例によってずっと先に飛んで行くが、牛殺しの足を洗って本郷へ引き移った頃、俺が右の親指をナイフで傷《いた》めて紙で括ってうっちゃって置いたら膨れ上がったことがある。何しろ痛くてかなわないから、夜《よ》半《なか》に目を覚まして痛い痛いと怒鳴っていた。すると表を通りかかった天理教が、痛いと仰有るのはこちらかと言いながら入って来た。親指の怪我は命にかかわるから、明日から私の家へ日参しなさい。そうすれば助かると脅かしたものだ。天理教が神様のような手つきをして悪《あ》しきを払ってくれる。三日ばかり通うと、今度は親分が現れて、近いうちに世の中の立て替えをする。その前に改心しないと天誅を食うぞと解らぬことを言う。一日欠席すると直ぐ呼び出しに来るのだ。そのうちに指の傷は膏薬《こうやく》の効き目で治った。天理教が、ご覧なさい、教理の功力《くりき》はそれほど験《あらた》かです。そこで神様に何でもいいからお上げなさいと、ますます妙な手つきをするので忌々しいから持ち合わせの煙草を上げた。すると天理教がよろしい神様がお受け取りになるでしょうと挨拶したが、天理教の神様も不良少年みたいに秘然《こっそり》煙草を喫《の》むとみえて感心した。傷が治らぬうちは仕事が出来なくて月末に行き詰まったから、筋は違うけれども、どうせ人助けには違いないと苦しまぎれに天理教へ金を借りに行った。俺ではない三輪子だ。するとと神様へ金借りに来るのはあんたが初めてだと呆れ上《あが》って、可哀想だからこれでもお持ちなさるがいいと餅を三つくれた。借りに行く方も間違っているだろうが、世の中の立て替えをするくらいの神様だからたまには小遣い銭の立て替えもしてくれたってよかろう、それっきり神様の方でも来ないが俺も行かない。両方で愛想をつかしたんだ。俺はその時分かけだしの原稿屋だった。

三輪子と俺は間もなく相談を始めた。貧乏人に泥棒はつきものだとみえて、相談の方角は自然にそっちへ向いて行ったから争われないもんだ。俺が板亀の豚の皮を二束三文で草履屋へ売り飛ばして金を拵えるよりほかに方法がないと言った。それで板亀に知れたらどうしますか。早晩解ることだから、三輪子が心配する。それは大丈夫だ、履物屋から買いに来たので売っちまって代金は月給に鋳潰《いつぶ》したと言えば文句はあるまいと言うと、それもそうですがと煮え切らずにいるから、お前は板亀の手前体裁つくることばかり考えているんだ。どうでも勝手にするがいいと言い捨てて、左隣の三左衛門の小屋へ飛び込んで行った。三左衛門は一間に閉じ籠って頻りに印伝を拵えていた。印伝というのは爪皮にする豚の内皮で、彼はその皮に漆を塗っていたが、俺の顔を見ると板亀が月給を持って来たか、あいつは悪漢だから油断が出来ないぜ、隣の工場を買う時も金を出し渋って持ち主が困ったってえからねと言う。三左衛門は俺のことも板亀のこともよく呑み込んでいる。だから、俺が現在の事情を訴えてやると、それ見ろ、彼奴《あいつ》のことだから、やりかねるものか、お前さんもあんな悪漢に使われているより、屠牛場へ行ったほうが儲かって呑気だよ。悪い智慧は貸さねえから、そうなせえよと勧める。俺は板亀を解らず屋だと言うが、三左衛門は悪漢だと考えていた。もし板亀と喧嘩して飛び出すような事件が持ち上がったらよろしくお頼みしますと返事をした。俺はこの男に仕事の口を頼みに来たのではない。三輪子が意気地ないのと、工場にいれば晦日の掛け取りが押し寄せて来るから避難に来たのだ。すると三左衛門が、「そうかい、それは結構だ。していつ頃喧嘩をするかね」と喧嘩を待つ様子だから気が早い。「月給日に逃げ出すくらいだから、いずれ喧嘩になるでしょう」「そうしたらお神さんや子供を連れて俺の家へ来るんだよ。俺はこのとおり独り者で始終外へ出てるから窮屈なことはねえ。解ったかね、なあに心配はないよ」と俺に同情して親切気をみせてくれる。「有難うございます。いずれその時は」と言うと、「早くやっちまいねえ」と催促するから弱った。まさかここへ世話になろうとは考えぬからいい加減な挨拶をして置いた。知らず識らず牛殺しに近づいて来たせいかもしれないが、華族や士族や平民より牛殺しのほうがよっぽど親切で開けている。縁も由緒《ゆかり》もない俺をいろいろ蔽《かば》ってくれる兄弟分のような気がして、心《しん》から嬉しかった。頼もしい三左衛門だと思う。

やがて三輪子が俺を呼びに来たから行ってみると、工場の土間に客が立っている。二、三辺、豚の皮を買いに来たことのある花川戸《はながわど》の千疋屋《せんびきや》だったから、おやおや三輪子の奴、仕様がなくて客を呼んで来たんだなと思っていると、三輪子が俺の耳っ端へ来て、「思い切って千疋屋さんを連れて来ましたから百足ばかり売ってください。その代わり安くしないと買いませんよ」と蒼褪めた時には、俺も流石にどきんとした。いよいよ泥棒になるんだから、金の方は助かるけれどもあまりいい心地はしなかった。

安くしなければ、こっちで頼んだ取り引きだから買わない理屈も解っている。一足二十銭の皮裏を六銭であげましょうと言った。千疋屋が「ご冗談でしょう」と俺の顔を見てゲラゲラ笑った刹那には、俺は背中も腹も汗だらけになった。「いえ、構いません。何卒お持ちなさい」と一生懸命だ。そうしたら千疋屋が喜んで、「もう百足ください。なかなか安い」と言った。こうなると、もう買って貰いたくない。お蔭で二十円余り出来たから、ほっとした。泥棒も骨が折れる。苦労も並大抵じゃない。それで掛取りの始末はついた。

人間というものは横着なもので、首でも縊ったら、いくらか楽になりそうだと悄気《しょげ》ていた俺も三輪子も、金を見るとがっかりして、「家にいると板亀が来そうで怖いから、一層のこと久しぶりで浅草公園へ行ってみたいわ。花屋敷に台湾坊主が生け捕られて来てるんですって」と言ったので即座に「よかろう」と賛成して出掛けた。道化るような格好をして花屋敷へ行くと、花屋敷の中で人足のような説明者が、池の中をステッキの先で指しながら、「これだ、これだ。台湾坊主はこれだ」と水面を叩くと、大きな泡が、水の底からぶくぶく浮き上がった。その泡の中から小さい赤ん坊みたいな黒い頭が、ぽこんと現れた。見物人が目を皿のようにして眺めているところで、「さあ、皆さんに台湾坊主の正体をご覧に入れます。ええ、正体だ、正体」とステッキの先で坊主の頭を持ち上げたら、底に管のついたゴム細工だから驚いた。すると説明者が、「世の中の物は皆こんなものであります。うっかりしているとだまされやす」とは不埒なことをする奴だ。この調子だと今にナポレオンの幽霊が出やした出やしたと人をだまして木戸銭を取って見せるかもしれない。浅草公園も恐ろしい所だと思った。皆憤慨して出てしまった。俺も行き所がないから気味の悪い工場へすごすご引き返してしまった。横着なことは俺よりずっと上手《うわて》だ。

翌日板亀が夕方頃やって来た。そして、「変わったことはないかね」と言いながら、小屋の中を疑り深い目つきで、ぐるぐる見回していた。豚の皮を売った話はこっちから言い出したものか、尋ねられてから実はそうだと白状したものか思案にくれているところへ、「昨日は有難うございました。仲間に見せると大変安いのでまた少しばかり分けて貰いに来やしたが、あれじゃあんたの方もご損だろうから、一足についても う二銭奮発しましょう」と言って千疋屋がズカズカ入って来た時、俺も三輪子もとうとう最後のどんづまりへ突き当たってしまったように、返事もない。板亀の顔ばかり見詰めていた。運の悪い時はこんなものかもしれない。黙っている訳にもいかないから、事情を簡単に饒舌《しゃべ》った。体内が火のように熱くなった。そうしたら俺に負けないように板亀が熱した額に、みみずのように筋を立てて怒鳴り出した。事が露見しないうちは、始終ハラハラしたが、こうなると人間は案外肝が据わって落ち着くものと見える。「風邪を引いても家に引っ込んでいられないほど忙しい用があって、ちょっと浜へ行ったんだ。俺が戻るまで待っていればいいじゃないか。お前達の食いぶちくらいなら一日や二日待ったって構わないだろう」「構わないことがあるものですか。この辺は京橋あたりとは違って何でも現金なのを、やっと頼んで月末払いにして貰って、その月末に一文もないと言えるか言えぬか考えてご覧なさい。それにあなたがどこへ行ったのか、いつ帰るのか解らないような話だから無理はないでしょう」と我ながら珍しいと思うくらいまくしたてた。すると板亀が一層怒り出した。「そんな馬鹿なことがあるものか」「あるもないもあるものか」すると三左衛門が飛び出して来て、「そりゃ板亀さん、あなたの方が無茶だ」と言いながら、やれやれとけしかける様子をした。三輪子は怖いと見えて外へ出て行った。「お前さんは一体ここへ何しに来なすった」と板亀が凹《へこ》まされた口惜しさに今度は三左衛門に食ってかかった。三左衛門もこれには参ったとみえて「あんまりやかましいから来たんだ。ちっと静かにして貰わぬと家には病人があるんだから迷惑する」と言ったから、余っ程苦しいとみえた。それから、のそのそ出て行った後で、「そんなに一日や二日くらいの勘定があるのか」と板亀が聞くから、見せたくはないけれども、米屋と酒屋の勘定《つけ》を出して見せると、「十七円六十銭というのは酒か」と目を見張った。「酒と醬油、酢と塩です」「それにしても多過ぎるじゃないか、好きなものをよせとは言わないけれどもこれじゃ多過ぎる。月給よりも酒代の方が多いじゃないか」板亀は悧巧な奴だ。酒代を盾に取って俺をやり込めようとするのだ。卑怯な男だ。俺は談判が下手な上に気が短いから、同じことを何時《いつ》までも冗々《くだくだ》と繰り返しておられない。「豚の皮を無断で安く売ったのは重々悪いと思っております。そしていずれ損害は賠償するつもりでおりますが、酒でも飲まなければ、こんな埃溜《ごみため》に一時間だって生きていられやしません。飲んで悪けりゃ、今日限り暇を貰います」ときっぱり言ってやった。「暇を貰うのはお前の勝手だが、ここを出てしまえば行き所もないし、食うに困るだろう。そんな焼け糞なことを言うもんだからどこでも失敗《しくじ》るんだ」と飽くまで癪に障る奴だ。「大きにお世話様です。行き場がないか食うに困るか、見てお出でなさい」と言いながら、荷物を掻き集めて三左衛門の小屋へ駆け込んだ時は、無我夢中だった。追っかけるようにして「お前は本当に出て行くのか！　それは約束が違っている。あんまり無責任だ！」と土俵際で面食らっていた板亀が叫んだのも、ぼんやり覚えている。

三輪子はもう一足先に三左衛門の小屋に落ち着いて子供に乳をのませていたから手回しのいい女だと思った。三左衛門は昔の軍人だから「万歳！」と叫んだ。手足がわくわく震えるのを我慢して三左衛門に礼を言ったり、改めて世話を頼んだりしていると、壁越しに板亀が、ぶつぶつ、ぶつぶつ何だか口走る声が聞こえて夜になった。すると三左衛門の小屋の入口までやって来た板亀が恨めしそうに俺を見て、「出るなら出るで構わぬから、今夜一晩だけでも留守をして貰わないと困る」と言うのだ。「大丈夫です。豚の皮なんか誰が盗みに来るもんか」と言ったら、もう駄目だと諦めたらしかった。「いずれ、この処置をつけるから」と言い残して行ってしまった。京橋へ戻ったのだろう。いい気味だとは思ったが、後から何となく板亀が可哀想にもなったし、俺達の立ち場を考えてみるとまた心細くもある。これも因縁だから仕方がない。俺は物ごとに深い考えを持てない質《たち》だ。そのかわりどんなことでも直ぐ諦める。「お前の着物も子供の着物もこの分じゃ急に買えないぜ」と言うと、三輪子が「ええ、着物なんかどうでもいいんです。古いので間に合わせますけど、これから仕事が決まるまで、あなたも大変だし、こちらも厄介なことでしょう」と涙ぐんでいた。そしたら三左衛門が「心配がいるものかい。お前さんは明日から屠牛場へ行きゃその日から金になるし、お神さんは橋場へ鼻緒のツボ縫いに出りゃ小遣いくらい楽にとれるさ」と呑気に構えてくれた。

こんな事情で、俺は未だかつて俺の先祖が試みたこともなければ予定した話も聞かぬ牛殺しになるべく余儀なくされた。俺は宿命論の信者だから、何でも因縁だと諦める。水素と酸素と化合して水になるのも因縁だ。酒代が十七円になるのも前世の因縁だ。俺の思想はかくの如くに簡単であり明瞭である。元来貧乏人にそう大して込み入った考えがあると思うのが間違っている。朝から晩までどうしたら腹一杯になるように食えるかと言うことばかり考えている。どんな金持ちがその邪魔をするか、どうしたらその金持ちを叩きのめすことが出来るか。ただ、そんなことばかり考えている。思想と言えば、後にも先にもこれだけだ。しかしながら、それは俺自身の思想で、他人の哲学ではない。本なんか読んでいる奴を見ると、彼奴《あいつ》は何だって、ああ馬鹿だろうと可哀想になるくらいだ。俺は三左衛門の小屋で牛殺しになる覚悟をした。三輪子が、今度もまた済みませんと言った。牛殺しの得度式は中山小納言がやってくれることになった。けれども悪漢の板亀との関係はなかなか切れないのだ。こっちにも板亀にもまだ未練があった。この妙な未練は、彼が豚の皮でひどく損害をして、一、三万円の借金が、どうしても返せないと決まった晩に、工場の中で咽喉を突いて死ぬまで続いたのである。それは、まだ大分先のことになる。

二

印伝屋三左衛門は妙な男だ。厄介になった晩に俺と二人で冷たい酒《やつ》を茶碗で呷っているうちに、三左衛門が酔っ払って「道は六百八十里、離れて遠き満洲に」と軍歌を唄い出した。彼は上等兵である。歌がすむと日露戦争の手柄話を始めて、盛んに露西亜の兵隊をやっつけている。「露助が、露助が」と、まるで子分みたような扱い方をする。それからこれは俺《わっし》の秘密だと言って古い行李を押入れから引き摺り出して見せた。何が入っているのかと思うと、李鴻章《りこうしょう》の寝巻きと二尺ばかりの大きなピストルだから少々意外だった。これが戦利品だそうだ。日露戦争に出掛けて李鴻章の寝巻きを土産に持って来るほど彼は時代を超越しているのである。ピストルに至っては種ケ島と寸分違わない。それでも手柄になったとみえて白色の桐葉章と百円の恩給証書を見せてくれた。察するに殺したり殺されたりする方の係ではなくて、奉天や旅順あたりの後掃除を担当していたのかもしれない。その時どこかで見つけたものだろうが、李鴻章の寝巻きにしては小さい上に地が真っ赤で腹の上にシューマイみたいな太鼓判が捺してあるから、多分李鴻章が小学校時代に着たものだろう。それが済むと今度はお前さんも景気よく何か唄いなせえ、板亀が肝を潰すようなデカいものを一つ聞きてえなと所望をする。

俺は元来が芸なし猿で人がやるのを聞くのは好きだが、自分ではやれない質だから一寸困った。もっとも追分やステンカラージンくらいなら、曲がりなりにやれないこともないけれど、相手が在郷軍人で道は六百八十里しかないのだから、なまじっか艶っぽいところを聞かせてお前らしくもないと笑われては面目にかかわる。だから俺は思案した。板亀の言い草ではないけれども、この際俺の立場として三左衛門を喜ばせるに限ると考えた。俺は向こう見ずで喧嘩っ早い弱点こそ持っているが、時にはこうした殊勝な心掛けもある。しかしどんな時に喧嘩して、どんな時が馬鹿に温順しくなるのか自分でも見分けがつかぬ。多分虫の居所によるのだろう。そこで俺は三輪子が赤い顔をしてくすくす笑っている前で、大声を張り上げて「黄金鎖礫素糸変、一貴一賤交情見」と唱った。

するとと三左衛門が「勇敢だね！」と拍手したかと思うと、その文句はどういう意味かと質問する。だから俺は「人間は貧乏してみなければ、他人の友情なんてものは解るもんじゃないということです」と説明してやると、「そうだとも、お前さんはなかなか苦労人だ。だがその文句はお前さんの発明かね」と妙なことを言い出したから、俺の句じゃない駱賓王《らくひんおう》だと答えたら、「そうだろう駱賓王だろう」と友達のような気安い挨拶をした。「要するに人物だね、なかなか隅に置けない」と駱賓王を無闇に賞める。そうかと思うと、お前さんの仲間かねと言うから持てあました。冗談にでもそうだと返事をすれば、この流儀で、それじゃ、俺にも紹介してくれと言うかもしれぬ。駱賓王が喜んで唐詩選の中から礼を述べるだろう。

この三左衛門の家に来た翌日から、中山小納言に引っ張られて本当の牛殺しになってしまった。屠牛場というところも初めて見たが、一口に言うとフランスのバスチョンを手軽に行ったものである。森羅万象すべて已に異なるものは是を疑うと禅の本に書いてあったが、なるほど、禅坊主もたまには本当のことを言うと思って感心した。詩人が歌よみを捉えて貴様は文人でないぞと言うように、小説家が詩人を捉えて貴様は文学者でないぞと言うような塩梅に、牛殺しの牛殺し共が俺を見ると、手前みたような生っ白い奴の来る場所じゃねえ、というふうに構えてろくろく物も言わなかった。それが二日ばかり通っているうちにだんだん獣臭くなってきた。だから俺も牛殺しになり済ましてやったのだ。

いい道連れが出来たと思って、小納言が毎朝印伝屋に俺を誘いに来る。屠牛場へ行くには吉原土手を抜けて、箕輪の終点へ出て、そこから田圃《たんぼ》づたいに五、六丁ばかり北海道の方へ向いて行くと、右側に黒塗りの門があるから直ぐ解る。牛殺し町からおよそ一里もある道中を、小納言が頻りに饒舌ったり小便をしたりするが、何のことだかさっぱり解らぬ。俺の言うことも小納言に耳遠いらしく思われた。屠牛場の近くまでやって来ると、四方八面から牛の洞声《ほらごえ》がモウモウと聞こえる。田圃の中をぞろぞろ曳かれて殺されに行く畜生が俺達を恨めしそうに睨むから怖かった。牛の鳴き声は長閑《のどか》なものだと俳句の本に書いてあるが、あてにならぬと思った。右からも左からも牛飼いに引っぱたかれて集って来る牛が、屠牛場の入口でひと暴れ暴れる。それからすっかり観念したようにすごすごと入って行く。すると人夫共が片っ端から尻に焼印を捺すのだ、俺と小納言はバラック式の控場で、血糊と脂でドロドロに汚れた襯衣《シャツ》と、黒光りのする股引をはいて、鋭い尖《さき》の鉄の棒を一本さげてセメント塗りの池へ行く。池と言ったところで、水も何もない四角四面の窪みだ。池の周囲に焼印のついた牛が引き出されて並ぶように出来ている。屠られた牛の首と手足とが池の中に落ちて直ぐ一杯になるけれども、翌朝行って見ると、この通り綺麗に磨き立ててある。小納言は部屋頭だから何にもしないで煙草ばかりふかしている。しかしながら有難いことには、小納言のお蔭で俺は一番たやすい仕事をしているのだそうだ。俺の仕事は牛の命を絶つことだ。「お前さんの役が一等楽だぜ」と小納言は口癖のように言うから、もっと恐ろしい役割があるのかと思って驚いたことがある。俺は何が怖いったって人間でも牛でも、殺すことより怖いものはないと信じておったが、ここへ来るとこれが一番楽なのだそうだ。

池の前に立っていると、古参の仲間が牛を引き摺って来る。嫌な臭いがするものだから、牛でも感づくとみえて一生懸命に逃げようとする。十人ばかりの牛殺し共が飛びかかって行って、無理往生に押さえつけたかと思うと、瞬く間に棒杭《ぼうぐい》へ縛りつけてしまうのだ。その手際の鮮やかさにも感心したが、自分の前に回されて来る牛が、よぼよぼの年寄りだと、何だか国においてある祖母のような気がして、張り詰めている力が抜けてしまう。屠牛人が揃うて牛が並ぶと、小納言が旅団長のような顔つきで号令をかけるのだ。その号令で鉄の棒の一斉射撃が始まる。頭の上に振りかざしている二貫目ばかりの鉄の棒に五臓六腑が引っくり返るほど力をこめておいて、畜生の眉間に打ち込む。牛の方では死んだ気になっているだろうが、やっつける俺の方でも生きた心地がない。牛の眉間に鉄砲の弾《たま》のような穴があいて、二分間ばかり血だか何だか見分けのつかぬ真っ黒い温湯《おんとう》が毛の根を分けて俺の体に飛びかかって来る。眼をつぶっていると、額から首へかけてベトベト流れてくるが、世の中にこのくらい気味の悪い商売があるものか。とてもじっとしているわけにはいかないけれど、逃げ出すこともならぬから、わくわくしていると、大抵の牛は目がくらんだ拍子にセメントの上にドウと倒れる。倒れる時、妙な目つきで俺を見ていくのが一日忘れられぬ。あっちでもこっちでも倒れる音が聞こえる。その度に屠牛場の屋台骨が地震のように揺れるから凄いものだ。そこへ大隊長格の仲間が鋸《のこぎり》を持って来て、牛の首と手足をごりごり斬り放して池の中へ蹴込む。次に腹を突き破って、ジリジリ、ジリジリと乳房から肛《しり》へ引き裂くのだ。

「さあ仕事は済んだ。一つ手際よく皮を剝いでくれ。少しくらい肉をつけとかないと土産《みやげ》が出ないぜ」と来るのだ。首と手足のない胴体ばかりの牛の前に、がっくり膝をついて、腕捲りしながら、首元から背中へかけて、厚さ一寸もある肉付きの毛皮を剝ぐのであるが、終いには手の指が利かなくなって、死んだ牛の前で、何だってこうまで厄介をかけるんだろうと泣きたくなる。人間は食えなくなると色んな発明をするものだ。小納言の説によると、皮を剝ぐのが楽しみだそうである。毛皮に赤い肉がくっついてくる。それを削って秘然《こっそり》家へ土産に持って帰ると女房や子供が喜ぶし、余った奴を土手のめし屋に売れば吉原へ一晩泊まってこられるそうだが、妙な役得もあるものだと思った。俺に、「こいつも馴れねえとやっぱりうまくいかねえもんだ」と笑ったが、こんなことに馴れてたまるものか。人間もこの辺まで悟ってしまえば大したものだ。世の中に汚いものや恐ろしいものも無くなってしまうだろう。俺はこんな修業を三日ばかり無理にやったら、手の指がまるで利かなくなって、茶碗も箸も持てなくなった。

その三日目に、七兵衛が控え所で、俺が体を洗って戻るのを待っていた。七兵衛というのは、三河島の靴工場の親方で、内職に屠牛場の取締もやるから、毎日ここへ通って来る。牛殺しの仲間内でも顔役らしい五十年配の欲の深そうな男だ。その七兵衛が俺を捕えて「済まねえが丸の内の帝国ホテルまで行ってくんねえか。困ったことが出来たんだ」と敷島を一本くれた。大体、丸の内の帝国ホテルという柄ではないのだ。「お前は露西亜人だったたっけな、そうだったたっけ。そこで一つ頼みてえんだ」と出し抜けに独りで饒舌った。何のことだか、落ち着いて訳を聞くと、帝国ホテルに泊まっている露西亜の将校があって、露西亜政府が日本の政府へ軍用の長靴《ながぐつ》を注文するための出張人だそうだ。その長靴製造の下請けを七兵衛が命ぜられたに就いて、一度注文主の将校に会って先方の希望を充分聞いておかないと、拵え上げてから兎や角ケチでもつけられちゃ往生だと言うのだ。「何しろ俺の工場で引き受けた数だけでも二千足あるんだからね」と言うのだ。そこで俺を引っ張り出して通弁させる魂胆《こんたん》らしい。「一つ俺と同道して貰えめえか。礼はするよ」とまた敷島を一本くれた。狂犬ではないけれども何か来たら食いつこうと構えている矢先だから、行かないこともないと勿体つけた。すると七兵衛が、ニコニコしながら、「有難え。これで助かった。礼はするよ」と念を入れた。それで七兵衛と一緒に出掛けるからと小納言に断って帝国ホテルへ行った。

髭武者の将校に会《お》うたら「お前が靴屋か」と俺に言うのだ。面倒だから「そうです。この人が主人で私が職工です。今度は有難う」と言った。将校と俺と七兵衛が玄関から突き当たりの箱庭みたいな飾りつけの前に長椅子を引き寄せて俺を真ん中に三人は座った。目の前に、日光で見た陽明門のような奇妙な社《やしろ》が造ってあった。将校が何か言う度に、此奴は一体どこの人間だろうというふうに俺の顔を不思議がって眺めた。靴の話を一々書いていれば日が暮れるから止める。もっとも鼻から尻まで他愛もない話ばかりで、この将校も露西亜政府の代表者のくせに、靴の知識は俺の半分もないらしいから可笑しかった。お終いになってから、「お前の工場には職工が幾人いるか」と言う。七兵衛に取り次いでやると、「そうだね。百人くらいだと言ってくんな」と言うから、百人でございますと答えると、「それは珍しい。露西亜には職工を百人使う工場は一つもない」と感心した。その旨を七兵衛に通ずると、「ああそうか、見かけによらねえ国だな」と呟く。俺があんたの工場には本当に百人いるのかと聞くと、

「そうさな、二十人くらいは、いるだろう」と平気な顔をした。大きな法螺《ほら》吹きだ。「俺ンチの靴は五二共進会で一等賞を取ったから、出来は確かなもんだぜ」と七兵衛が自慢をする。古い共進会だ。将校はそれは結構だと喜んだ。「兎に角出来上がったら一応検分に行くから、その時は試験のため靴を切って見るが、一足くらいなら構わないか」と言う。「一足くらいなら仕方がねえ」と七兵衛が浮かぬ顔をした。

物言う度に、この毛唐が、毛唐がと言うから癪に障る。礼儀のない親爺だ。そうかと思うと、今度は将校が俺に向かって「靴なんぞ拵えないで、俺の所へ通弁に通って来ないか。その方が余っ程割がよくて綺麗だよ」と言った。「私はこんな汚い風采こそしているが、まだ通弁やタイコモチはしません。七兵衛とは知り合いだから親切に来てやるのです」と言いながら、ホテルの玄関に立ちん坊然と構え込んで、西洋人が引っかかるのを待っている商売人の通弁共を、顎の先でしゃくって見せたら、妙な顔をしたが、揃いも揃って失礼な奴ばかりだ。俺はかつて一度京都で困った時にも、お前さんは神戸で通弁になるがいいと勧められたことがある。よくよく通弁面に出来ているいると見えるから悲観する。帰りがけに七兵衛が須田町の交叉点まで来ると、みよしのの汁粉を奢った。俺は甘いものが嫌いだ、遠慮していると、「お前《めえ》にも似合わねえ。

どんどんやりねえよ」と意地の悪い気前を見せる。それでも、あとで勘定したら五杯食っていたから損はないと思うと大違いだ。今にくれるという礼をくれるだろうと、実は心待ちにしていたのだ。いくらくれるか知らないが、三輪子と子供の袷くらいはそれで出来るだろうと、そればっかり考えていたらどうしたのか牛殺し町へ戻るまで、うんともすんとも言わない。

俺はひどく気を揉んだ。いよいよ七兵衛は三河島へ、俺は亀岡町へ別れる吉野町の停留場まで来ると、「いやどうもご苦労だった。こっちへ遊びに来たら、俺ンチにも寄ってくれな」と言い出して、さっさと行こうとするから、もう黙っていられなくなって、「渡辺さんすみませんが、こまかいものを五円ばかり貸してください。今困ってますから」と一生懸命で言った。お礼の催促するのは、これが生まれて初めてだから、自分でも浅ましくてならなかったが仕方がない。まるで乞食だ。ところが、七兵衛は、ちょっと立ち止まって、これは慮外《りょがい》だ、と言うふうだったが、「あ、そうかい。お安いご用だ」と気安く五円札を一枚出してくれたから、救われたように喜んでいると、「じゃ、いつでもいいから証文を書いてくんな」と言うのだ。貸せと言ったから、本気に貸すつもりだろうかと思った。「受け取ったと書けばいいんでしょう」「いや借用仕候と書いて判をつくんだよ」と言う。「だって返せる見込みがないんですぜ」「それは構わないよ。屠牛場の方から給金で差し引いとくから」いよいよ足運び賃は握り潰してしまう気だから、俺は五円札をいきなり地面《じべた》に叩きつけて、「馬鹿。お前は嘘つきだ」と怒鳴った。通行人が喧嘩だと間違えてぞろぞろ集って来る。七兵衛はシャムから渡って来た象のような目をぐるぐる動かして呆れている。恐ろしく察しの悪い奴だ。こんな意地汚い喧嘩は俺の方で御免蒙りたいが、相手が相手で、人をだまして知らぬ顔をするから止むを得ないのだ。

「どうしたえ?」「どうするもんか、体が疾《わる》いので三河島から帰ったら寝ようと思っているところを、ただではないと言うから辛棒して一緒に行ってやったんだ。でなければ面白くもない、誰が行くものか。もう金はいらぬ。そのかわり、これから先どんなことがあったって、お前の用なんぞ足してやるものか。ざまを見ろ」と俺は人を分けて、さっさと牛殺し町へ駆け出した。体は痛いし、腹は立つし、涙がぽろぽろこぼれて、一日腹が立って仕様がなかった。悪い奴に引っかかったものだ。七兵衛のような乱暴な男がいるから牛殺しは人に嫌われるのだ。しかしながら、あれほど手酷く言い込めてやったから、いくらか殊勝気を出して、小納言に金でも言付けてくれるかしらという気もしたが、とうとう小納言は五円持って来なかった。あんまり馬鹿馬鹿しいから、みっともなくて三輪子にも話が出来ない。言って聞かせれば、それご覧なさい。あなたは人間が軽々しいから、そんな奴にまで舐《な》められるんです、とあべこべに冷《ひや》かされるだろう。

金を借りに行って断られたことは何遍もあるから左程痛切に感じないが、こんなふうに一杯食わされると何事によらず腹が立つ。俺の記憶もあんまり当てにならぬけれど、だまされたのは七兵衛を加えて合計三度になるようだ。一々挙げて説明するのも業腹《ごうはら》だが、先ずこうである。俺が尋常一年生の時分に、鎮守祭があって縁日が始まった。縁日の露店に玩具屋があって十五銭の鉄砲を売っていた。それが欲しいから、今国元《くにもと》に残っている祖母にねだって買ってくれと言った。俺の家は代々貧乏なのだ。それに拘わらず祖母は俺の願いを聞き届けてくれて、縁日の露店まで来てくれた。玩具屋の亭主がぺこぺこ頭を下げたから得意になってみせると、祖母は、「これか、これか。よしよし」と言いながら袂から金を出すふうをしたかと思うと、その鉄砲を逆様に持ち替えて、俺の尻をまくるや否や、続けざまにピシピシ引っぱたいたから、見物人も亭主も俺も呆れて物が言えなかった。もう一つは京都にいる頃死んだ母親の命日に一人の西国巡礼と出会った。それは五十歳くらいの男だった。母親は俺を生んだために死んだのだから、気の毒のあまり命日だけは謹んで禁酒する位だ。俺は巡礼に、「お前さんはこれから四国へ回んなさるのか」と尋ねた。「そうだんね」と巡礼が答えた。「本当かい」と、も一度念を押した。「ほんまだんね」「それじゃ、すまないけれども、お前さんにお賽銭を言付けるから道中のお寺に上げてくれないか。宝養明露信女南無大師遍照金剛と言って拝んで貰いたいんだよ。そのかわりお前さんに草鞋銭を上げる」と言って一円札を一枚に五十銭を一つ付けたら、「ようおます、引き受けまほ。安心しなはれ」と言ったから安心したが、三日ばかりしてから京極の近辺を電車で通ったら、この男が橋の上を荷車曳いて歩いていたから驚いたことがある。馬鹿をみたものだ。巡礼すると金が溜るという話を聞いたが、なるほどこれじゃ儲かるはずだと思った。

三輪子は三左衛門の肝いりで、橋場へ鼻緒のツボ縫いに通って、夕方になると頭から足の爪先までエナメル臭くなって戻って来る。それで女だてらに五十銭の稼ぎになるから偉いと言うと、「子供がなければ、一円五十銭くらいは楽なものですがね」と慨嘆する。「それじゃ俺もそっちへ行こうか」と言うと「男の手じゃとても駄目ですよ。針で鼻緒を縫う仕事ですからね」と笑って受け付けない。

　この晩、板亀は来ないと見えて、隣の工場はひっそりしていた。俺は「アンマ膏」を体一面にぺたぺた貼りつけていた。次の部屋は三左衛門が出たっきりでまだ戻らぬから寒気が張っていた。三輪子は六畳の部屋に赤ん坊を寝かしつけていた。俺も三輪子も口を利くのが大儀で黙っていた。そのうちに三輪子が、「あなた、ちょいと赤ん坊の襟を見て頂戴。白い水玉のような粒々が、綺麗に列をつくっていますよ」と目を見張る。なるほど、粟粒ほどの玉が数珠つなぎに赤ん坊の襟から着物の胸まで並んでいると思ったら、虱《しらみ》の卵だから驚いた。虱の親は見たことがあるけれども、卵は初めて拝見する。「こりゃ虱だよ、大変大変」と言うと三輪子が鉄砲の弾のように丸くなって跳び上がった。

　話がごたごたして解り難《にく》いと思うから乞食の達磨爺《だるまじい》のことをわざと省いておいたが、どうでもこの爺さんにこの辺で出て貰わないと筋が通らぬようになってしまった。突然でも乞食の老爺《おやじ》を引っ張り出すことにする。この乞食は大久保藤八の表口の草原に莫蓙《ござ》敷きの世帯を持っている七十あまりの達磨みたいな虱だらけの老爺だ。朝から晩まで仕事がないから虱ばかり取っている。風が吹くとその虱が振り落とされて空に舞い上がるのだ。この老人が虱の卵を爪の先で、ぷつぷつと潰しているのを毎度見受けていたから、俺はそうだと気がついたのだった。卵に取りつかれたのは全く以てこれが皮切りである。

「一体どうしたらいいでしょう」と三輪子が泣声になるから、「一つ一つ潰してしまえ」と言った。一匹残らず殺してしまうまでに三十分かかったから馬鹿にならぬもんだ。しかしながら、考えてみると、いくら血を分けた虱でも、姿を見ると憎らしいが、卵は流石に可愛いものだ。詩人に見せたいものだ。詩人が見たらきっと詩をつくって虱に捧げるだろう。崖の上から悩ましげな首を垂れた妖女の瞳が碧い淵の水底に映っている。投げ槍の如き瞬間の閃きよ。銀蛇の如き震える光よ。おお我憧れの優曇華《うどんげ》の蕾か虱の玉子《たまご》よ。などと言うかもしれない。願わくば我が首に来り縋りつけと終いには虱の卵と心中するかもしれないほど、麗しい光沢のある楕円形の滑らかな玉だ。

三輪子が赤ん坊の方を退治している。俺は自分の着物を調べたが幸いにして一匹もいなかった。「どこからついて来たのでしょう」「さあ、ひょっとしたら家の大将かもしれないぜ」「困ったもんですね」「仕様がないよ、牛殺しになった証拠だろう。牛殺しになって虱がついて、今に赤ん坊が大きくなって牛殺しの家から嫁を貰えば、三拍子揃って目出度いぜ」すると三輪子が「冗談じゃありませんよ。いつまでこんな所にいるものですか」とむきになった。いつになったら泥足が洗えるか今のところまるで見当がつかぬと思っていた。ところが、妙なきっかけから、その晩原稿を書きたくなった。「豚の皮で草履をつくる金儲けの法」という原稿なんだ。どこかの雑誌屋へ持ち込んで買って貰おうと思った。後で考えると、この原稿を五円で買ってくれた『空業之世界』の背の短い口髭のちょんぼりした男が野依秀一《のよりひでかず》だったから可笑しなもんだ。

その晩、三左衛門が酔っ払って戻って来た。俺の顔を見るや否や、「景気はどうだい」と肩を怒らせてみせた。「どこで飲んだんです」「三河屋さ、あすこの親爺は物が解ってるよ。何しろ軍人だからね。俺が今朝勲章を質入れに行ったら、質屋の野郎話せねえ奴で、今までこんな物はお預りしたことがごぜえませんからお断り申しますと吐《ぬ》かしやがるじゃねえかよ。癪に障ったから手前《てめえ》たちゃこの勲章を何だと思ってやがるんでえ。命と引き替えにお上から貰ったんだ。流すようなことはねえから取ってくんねえ。でないと資本《もとで》が切れて仕事が出来ねえと言ったが、やっぱり預ってくれねえから、畜生覚えておれと言ってやった。一日ぶらぶら遊んで、さっき表の酒屋の前を通ったら飲みたくなったが、文なしだから勲章を質《かた》に一杯貰いてえと言うと、お前埒《らち》もねえ、勲章が何だと、あべこべに向こうから剣突食わせやがった。三河屋も一つ持ってやがるんだ。それで酒が飲みたけりゃいくらでも飲んで行け。お互いに戦争じゃ生きて帰らねえつもりだったじゃねえか。命があって見りゃ拾い物だ。お前の命も俺の命も拾い物だとよ。遠慮はねえ、兄弟分だ、と吐かしやがってこのとおり、あすこの親爺は偉《えれ》えだろう」と言ったかと思うと伽藍堂《がらんどう》の部屋に引っくり返って、勲章は土間へ放り出したまま寝てしまった。

「酒呑みってこんな気楽なものでしょうか」と三輪子が感心して眺めていた。「大将、仕事の金を飲んじまってやり繰りがつかないものだから、勲章まで持ち出したんだね」「妾達に金があると何とかして上げるんだけど、この有様ではあべこべだからね」ここで発奮して、この恩人の三左衛門を助ける考えでも起こせば、形だけでも新派の芝居になりそうだが、生憎《あいにく》そう面白くいかないから困った。今に三左衛門が寒さに震え上がって目を覚ましたら、思い切って七兵衛の一件をぶちまけて、五円でも二円でも七兵衛から引っ奪《たく》れと勧めるつもりで、火のない火鉢にしがみついているうちに、ふっと、原稿を拵えて売る気になった。そして三輪子には内証で、とうとう夜明かしで半紙に十枚ばかり絵入りで書いた。「金を儲ける法」というのは後で『空業之世界』がつけ加えたのだ。俺の原稿はただ「豚の皮の新考案」というのである。今に目を覚ますだろうと思った三左衛門は、呑気そうに風邪も引かずに夜明けまで鼾《いびき》を掻き通しに掻いていた。屠牛場の方は体が痛いのを口実に一日休むことにした。そして、三輪子にも三左衛門にも断らずに、原稿を懐に入れて有楽町まで歩いた。

板亀は工場に来ないようだ。

牛殺しの原稿だから『空業之世界』なら買ってくれるだろうと思ったが、元来こんな商売に経験がない。博奕打ちには博奕打ちの礼儀作法がある。猿廻しには猿廻しの礼儀作法がある。原稿を書けば文士になるが、文士の礼儀作法を弁《わきま》えぬから『空業之世界』へ行ってから、さて何と言って談じ込んだものか道々考えた。考えないと智慧が出るが、考え込むとろくな智慧が出て来ない。原稿を売るのに智慧も才覚もいらないではないかと言う人もあるだろうが、なかなかそうではないのだ。俺のような無名の男が、正体朦朧とした文章を見ず知らずの人間に押しつけて売るためには、何とか然るべき挨拶をつけて罷り出なければ、端《はし》から受け付けないことが解っているのだ。食えば多少でも腹の足しになる飴を売るのでさえ、朝鮮人は馴れぬ日本語で磯節の一節も唄って聞かせるではないか。況《いわ》んや、世の中に何が不用だと言ったところで、文士の作文ほど不用な代物はないと考えているものを、誰が、おいそれと引き受けてくれるものか。そこで向こうへ行ったら、せいぜいお世辞を並べて置いて、俺の原稿が金になるような饒舌《しゃべ》り方をするに限ると考えたが、俺はお饒舌りが生憎へたである。饒舌ることがへただと自慢をするわけではないけれども、兎も角へたであることは大正八年になってやっと世間が認めてくれた。

ある時早稲田大学の学生がやって来て、学校で講演をしてくれと言うから、よろしいと一言の下に承知した。ところが、その出掛ける前の日に少々飲み過ぎたために、演壇に立って「諸君」と言ったら目が回って、いきなり吐いてしまった。すると五百人ばかりの聴衆が余程気に入ったと見えて一斉に拍手した。講演はそれでお了《しま》いである。吐くのは苦しいが、お蔭で拙い話をせずに事件が落着したかと思うと嬉し涙が零れたことがある。俺はそのくらいお饒舌りが不得意である。

だから心配するのも無理はなかろう。止むを得ないから有楽町の郵便局で電報の紙を貰ってその裏に用件を書くことにした。「拝啓　この原稿は先人未発見の頗る奇抜なるものにして、興趣湧くが如き中に、行読《ぎょうどく》自ら世益《せえき》を増進すること夢疑いなきのみならず坊間にありふれたる類と選を異に致候」として、だから是非買う必要があるような文句をつけ加えた手紙を『空業之世界』社の受付に頼んで編輯者へ渡して貰った。女給仕が「ちょっとお待ちください」と言う。戦々兢々として待っていた。すると学問のなさそうな洋服の男が出て来て、「やあ、あなたが大泉さんですか。僕は小田呑《どん》舟《しゅう》です。何卒二階へお上がりください。ご用件は承知しました」と言う。背が低いうえに気も尻も軽そうな男だが、小田呑舟とは人を脅かした名前だ。しかし十中八九が体よく断られて、三里の道を浅草へ逆戻りの憂き目を見ねばなるまいと覚悟していたところだから、二階へ上がれと言われたときは流石に嬉しかったり面食らったりした。

原稿が物になりそうだ。ところで話はいささか贅沢のようであるが、この寒空《さむぞら》に足袋も穿《は》かずに羽織も着ずにつんつるてんの袷一貫で、編輯者へお取り次ぎもないものだというふうに給仕共が顔を見合わせて、よろしければ何時《いつ》でも噴《ふ》き出しそうな目つきをしながら俺を眺めている。その給仕共が年頃の娘ときたから工合が悪いのだ。何が役に立つか解らぬという言葉があるだろう。よく出来たもんだと思った。七つ八つの頃祖母に連れられて乳母の家へ遊びに行くために汽車に乗ったことがある。何しろ人並み外れて脚が長いほうだから、汽車賃も大人並みに取られると思った祖母が、出札口で「もちっと踞《かが》め」と言った。その辺は俺のことだから百も二百も心得ている。

そのとおり踞んでいたら後ろに立っていた巡査に怒られたことがあった。けれども、こんな時は脚の長いのも調法だ。梯子段を一度に五段ばかり跨いだら、二度目には二階へ上がっていた。

二階は二間ある。一つが編輯室で一つが応接室になっている。応接室の中央に三千年以来の宝物といったような卓子《テーブル》が一つ据えてある。卓子の下には食い荒らされた弁当箱が賽の河原みたいに転がっている。「さあ、こちらへお掛けなさい。社長にも話しましたら、結構だろうと言うことです」と俺に椅子をくれる。その拍子に賽の河原から一匹の黒猫が飛び出した。「あ！　また来てやがる」と呑舟は猫が嫌いと見えて蹴飛ばそうとすると、黒猫は呑舟よりも悧巧に、隣の屋根へ窓から逃げてしまった。その時気がついた。呑舟の靴下に穴があいて芋のような指がはみ出ていた。愛嬌のある靴下だ。「大変有益なものだと思いますから是非頂戴したいですが、今原稿をお持ちですか」と言いながら、俺が慌てて懐から摑み出した有益極まる原稿をもっともらしく読んだ。「なかなか作文がうまい」と感心しながら、ポケットから葉巻を一本出して咬えた手際はなかなか躾《しつけ》がいい。呑舟面《づら》にもよく似合っている。俺の作文がうまいことは今始まったことではない。頻りにうまいうまいと言う。終いには「一体これはあなたがお書きになったんですか」と怪しからぬ質問をするのだ。その時はかしこまって自分の作文であることを冗々《くだくだ》説明したものだが、後になって考えてみると、この男は洋服を着て葉巻を喫《す》ってるくせに、土台、文字もろくすっぽ知らない男だと解ったから可笑しい。「お希望は？」と聞くのだ。原稿料のことだろう。もうシメたと思ったが、もともと牛殺し迄なり下がる体《てい》の俺だから、皆目相場が解らないし、一文でも余計に貰いたいので行き詰まっていると、「どうでしょう、五円では？」と切り出した。五円という声が大砲のように響いた。「結構です、手を打ちましょう」と言うと、呑舟が変な顔をした。変な顔をして笑っても、実費は一銭二厘くらいだから、踏み倒されたほうではないと考えて、「毎度有り難うございます」と言うと、「実は会計がまだ出勤しないのですが、明日でも僕の家へ取りに来てくれませぬか」「明日で沢山です」「ではそうしてください。僕の家《うち》はここですから」と言いながら安っぽい荷札のような名刺をくれた。名刺に従えば呑舟は谷中《やなか》の功徳林寺《くどくりんじ》にいるらしい。「功徳林寺と書いてクドクリン寺と読むのですから、そのつもりで訪ねて来てください」と俺の方で教えてやりたいようなことを仰々しく説明する。

話がないから黙っていると、編輯室から「おいおい、君一寸《ちょっと》」と背の低い声がした。

呑舟がヘッヘッと蛙みたいに飛んで行ったかと思うと、先刻《さっき》の声が「君いくらと言ったか?」と聞こえるようだ。「五円と言いました」と答えるようだ。「それは高い!」と聞こえるようだ。「でも有益な記事だと認めたものですから」と答えたようだ。「それにしても高いね」と聞こえるようだ。そのうちにだんだんこのケチ臭い問答が俺に関係あるように思われてきた。こうなると、例の痩せ我慢が頭を擡《もた》げてくる。ええ糞とか、馬鹿にするなとか、ともすれば俺の損になるような駄々っ気が起こってきて、そんな水臭い話ならこっちでご免を蒙るばかりだ。ここで買いそうなものなら『空業の日本』だってどこだって歓迎してくれるのだと蔭でひやひやしながら力んでいたら、じゃ、まあそれで買いたまえと聞こえたようだ。それが当然のことだ。俺の原稿には筋金が入っている。少しくらい高いのは知れたことだとまた力んだ。しかし内心ではよく買ったもんだと感心した。そのうちに先刻の猫がまた窓口へやって来て、弁当を睨まえながら、一方では俺の動静を窺っている。どんどんやって来い。俺はこう見えても、悪人ではないのだ。猫でも貧乏すると気がいじけると見えて容易に近づかないからいい、いい、いい、いじらしい。弁当の箱を一つ窓際へ出してやったら、夢中になって逃げ出した。その時考えたが俺を世間並みの人間だと思ってくれて、尊敬を払って逃げるのはこの猫くらいなものだろう。

『空業之世界』社を得意になって外へ出た俺は、今度は何を書こうかと考えながら亀岡町へ戻って来た。牛殺し町が馬鹿に汚く見えた。殆んど腹の皮がたるむほど、ひもじいのも忘れていたのだ。「俺の牛殺し時代」を書こうと思い立ったときは、原稿売りの場面をこう長々と物語るつもりではなかったのであるが、何しろ、ここで知り合った小田呑舟とはこれが腐れ縁で、これから先もお互いに行ったり来たりするようになって、話の先でまた出て来るのだから、態《わざ》とこうだらだら書いた。中山小納言が見たら、面倒だ、一つあっさりとやっつけてくれと苦情を言うかもしれない。

三左衛門は妙な男だと前にも言ったが、妙な男だ。俺が有楽町から戻って来ると、「おお、どうした？　どこをうろつき回っていたんだい」と言った。「お前さんを待っていたんだ。そこに立ってないで上がんなよ」と言った。「話があるんだ。俺の部屋へ来ねえ」と言った。俺を待ってくれる人間もあったんだ。「家内は仕事に行きましたか？」「ああ、お前さんが出てから間もなく行っちゃったよ。昼も仕舞わないで、お前さん腹が減ったろう」俺はそうだと答えた。全く腹が減っていたのだ。すると三左衛門はやはり親切だ。「だからお前さんの帰りを待ってたんだ。一文なしで出て行ったという話だったが、おい、稲荷鮨があるぜ」と戸袋の中から竹の皮包みを出してくれた。「誰の散財ですか」「板亀だよ」「板亀?」板亀がどうして仇みたような三左衛門に稲荷鮨をくれたのか解らぬ。けれども三左衛門の手銭で買ったのではないと言うから、遠慮なしにがつがつ頬張ったら「お前も女房が可愛けりゃ、お神さんに残しときな」と言った。俺は腹が減ると時々女房や子供のあることを忘れて困る。

「どういう間違いで板亀が、稲荷鮨を持って来たんです?」

三左衛門が親分面《づら》をして注釈をするまでは、全くどういう訳だか解らなかったのだ。

「実はな、板亀の野郎が先刻ここへ来やがって、お前さんに今一度工場へ戻ってくれと言うんだよ。初めのうちは俺も相手にしなかったが、だんだん様子を聞いてみると、俺の口から無下に拒《は》ねつける訳にもいかねえ。お前さんが飛び出してから誰も工場へ行き手がなくて、仕事は出来ないわ、注文の催促は食うわ、まごまごしていると、儲けはさておいて、デケエ損をすると言うのだから、儂《わし》から頼んで戻るように勧めてくれと言うんだね。そこで俺は承知だがお前さんがどうだか、聞かねえうちは確かな返事も出来かねるじゃねえか。すると板亀が、ぺこぺこお辞儀をしやがって、そこのところをあなたが一つ無理に何とかしてと言うから、了いには気の毒になって、ようがす、引き受けやした。明日から工場へやりましょうと言ったが、どうだろう、一つ我慢をして工場へ逆戻りしてくれめえかなあ」という話だから、稲荷鮨は文句つきだった。

「弱るな、断ってくれればよかったんですがね。あなたの方でここにこうしているのが邪魔だということだったら、行先の当てはなくっても出て行きますがね。大体あいつは得手《えて》勝手な男だ。もっとも出ることはこっちから進んで出たんだがね。そんなことなら稲荷鮨も食わずにいればよかった」

すると三左衛門が困ったものだから「嫌だと言うなら無理に勧めやしねえ。俺が邪魔になるから言った訳じゃねえよ。稲荷鮨なんざ買って返さあね。しかし彼奴も可哀想だからこの際月給を上げて行くことにしたらどうだろう」「行かないこともないが、何となく気まずいなあ」「そこは俺が間に立って万事うまくやっつけるさ」ともう一人で呑み込んでしまった。喧嘩の催促をするかと思うと仲直りの取り持ちをする。恐ろしく捌けたがる男だ。俺も癇癪持ちで怒ったり笑ったりするが、三左衛門は夕立みたようだ。そこで三輪子が夕方戻ってから、板亀の工場へ今一度行かないかと出し抜けに言うたら、「そうですね、行ってもいいわ」と気のありそうな返事をした。「そう先方から折れて頼みに来ることなら、もともとそれでこっちへやって来たんですから、月給の五円も上げて貰って行こうじゃありませんか」とだんだん乗り気になって来る。裏で働いていた三左衛門が「そうなせえ、そうなせえ。そうして置いて鱈腹《たらふく》と食ってやるさ」と意地汚いことを怒鳴った。人間は素直でも根が牛殺しだから、そこへ行くと何となく浅ましい。すると三輪子が低声《こごえ》で「だから言うわけではないのですけど、実はおすよさんも妾も今の仕事場を今日っきりで止めてほかへ行こうと相談をしたんですの。仕事場の親方が、妾達を捕まえていやらしいことばっかり言うんです。先刻《さっき》もしばらく後を跟《つ》けて来ましたから駆け出して戻ったんですが、こんなことをここの親方に聞かせると、あそこへ怒鳴り込んで行くから、黙っててください。賃銭を上げるから長くいてくれと言うんですけど、嫌ですからね」と嫌な顔をした。

おすよというのは助六寺の境内にいる可愛らしい娘だ。「それにおすよさんは近いうちにいよいよ吉原へ勤めに出るんでしょう。だから妾一人であんな仕事場へ行くのは怖いんですもの」と訴える。「そんなところだと、もっと早くやめてしまえばよかったんだ。三左衛門でなくったって怒鳴り込まあ、不都合な奴だ」だからいい塩梅にやめて板亀の方へ行く事になった。

「今日はどこへ行ったの？」「金儲けだ」「へえ」と言うかと思うと物にならぬ顔をした。この、人を冷笑《わら》うような顔が、後で五円という金を確実に持って来た時「あなたにそんな腕があるようでしたら、板亀の工場も止しましょう」という顔に変わったのだから現金な女だ。「五円取れるんだぜ」それでお前の着物と子供の着替えを一枚ずつ買うのだと言うと、妾はいらないから、赤ん坊には是非拵えてくださいと答えた。考えてみると女房も子供も月島海岸の自動電話で百二十円あまり拾った時に、落とし主から貰った三円の端足金で都合した古着を縫い直して着ているのだ。どちらも垢だらけの豚臭いメリンスである。大体百二十円の謝礼に三円は桁が違うから嘘だと言う人があるかもしれない。

牛殺し町へ引っ越す一月《ひとつき》ばかり前に、造船所にいる俺に用があって三輪子が自動電話をかけようとしたのだ。その時、汚い草履袋が落ちていたから、拾って中をあけたら現金が一杯詰まっていたので、三輪子はぶるぶる震えながら、電話の用事も忘れて、金袋を摑んだまま、十町あまりの所を俺の仕事場へ夢中になって駆け込んだのだ。彼女は俺の顔を見るとろくに口も利けないで、ただ早く帰って来いと、俺の袖を引っ張るから、職工共がくすくす笑っていた。帰る途中で話が漸く解ると、今度は俺も一緒になってそわつき出した。「どうしたらいいでしょう、このまま隠していられないでしょうか」とそればっかり相談するのだ。交番へ届けるのも残念だから、紙に字を書いて自動電話へ貼りつけることにした。落とし物は拙者が預っているから安心してお出でなさいという意味の札なのだ。その札を三輪子が貼り出しに戸口を出るのと、落とし主が巡査を連れて俺の家へ入って来るのと殆んど同時だったから、俺は跳び上がるほど仰天した。

　自動電話の直ぐ後ろに交番があって、そこの巡査を三輪子は知っていたからよかった。兎に角落し主が落とした場所を覚えていて交番へ尋ねると、この辺でよく電話をかける家は俺ともう一軒あるから、念のために訊ねてみようと言うことで、先ず一軒の家へ行くと戸締りがしてあるから、俺の方へお鉢が回って来て、この有様だから、落し主は喜んで憤慨した。拾うのは差支えないが、隣の交番へなぜ渡さないのだ。そんなビラが何の言い訳になるものかと真っ蒼になって罵るから手も足も出なかった。この人達は貧乏こそしているが、他人の大金を盗むような性質でないからと巡査が落し主をなだめるのだ。まるっきり盗みたくないわけでもなかったが、正面からしかも顔見知りの巡査の前で、目から火の出るような露骨なことを、がみがみ吐き散らされると、一層のこと金袋を海の中へ放り込んで、警察へ駆け込もうかとまで思った。

落とし主は熱海町の藪医者で、細川侯爵の邸へ殿様の御機嫌伺いに来た帰りに月島へ寄ったのだそうだ。伊豆から来ようが、熱海から来ようが、細川の家来だろうが太川の家来だろうが、失《な》くして惜しい金なら始めから落とさぬがいいだろう。太い奴だと藪医者の方では呆れたかもしれないが、俺はまた俺で冗《ひど》い爺《じじい》だと舌を巻いた。巡査が間に立って兎や角言うから、このくらいで切り上げたのだろうが、さもなければ、摑み合ったかもしれない。あっさりしない奴だ。俺の前で、金を出して勘定しないうちは安心しないで、袋の中には金よりも命よりも大切な書状が入っているのだ。そいつでも失くされちゃ、先祖に対して腹でも切らなければ申し訳が立たないと、いきり立ってごそごそ探した。何だろうと思うと、細川侯爵から貰った石版摺りの感状書だから一寸意外だった。してみると、此奴の命も安いものだと思っていると、俺の前で「どうだい俺の身分を見たか」と言わぬばかりに拡げて見せる。負け惜しみを言うのではないけれども、俺は余り華族などとは交際しない。だからちっとも驚かない。貧乏していると、華族共や華族の家来共は一向怖いとも思わぬ。女房の方が余っ程恐ろしい。その時、いらないと何遍も突っ返した三円を、巡査が俺に同情して押しつけたから、着物を拵えてやった。後で考えると、藪医者も強情だが、俺も少し図々しかった。着物の由来が先ず右のとおりである。話がようやく真っ直ぐに行ったかと思うと、とんでもない方向へ迷い子になって相済まぬが、何しろこんな事情で拵えた着物であるから、一日も一時間でも早く脱がせて、俺の稼いだ金で買った物を着せたいから、始終色々工夫していたが、曲がりなりにも今度は思わくどおりに行きそうだ。三輪子も頻りに喜んで、終いには、要らぬと頑張ったくせにどんなのがいいでしょうと言い出した。女というものは、こんな調子のものかしら。ところが、一日会わなかった中山小納言がその晩「どうしたえ、どうしたえ?」と寒そうな格好をしてやって来た。

「お前にちょいと七兵衛の工場へ来て貰えてえと言うんだが、どうだろう。この間の骨折賃《ほねおりちん》はくれてやるそうだが」と小納言は七兵衛に頼まれて来たのだ。先だっての話は俺の口から小納言に言うていたから知っている。俺はきっぱり断ってやった。「あなたには随分世話になっているんですが、七兵衛には懲りてますから勘弁してください」「露助が靴の検査に来るんだと言うから行ってやったらいいじゃないか」「ええ、その露助も小面《こづら》憎い奴ですよ。兎に角今度だけはご免を蒙りたいのですから悪しからず」金なんか要らないような顔をして強情に構えていたら、小納言も駄目だと考えたらしい。「そうかい、そんな訳だと仕方がないやね。だが、お前は明日から板亀の工場へ舞い戻るってえじゃないか」俺が「ええ、また行きます」と言うと、「行くのは俺も賛成だが、用心しねえと、まただまされるぜ」と言った。「今度は俺がついているから大丈夫だよ」と三左衛門が小納言と三輪子を顧みて得意になる。小納言は間もなく帰った。無闇に冷える晩だ。

翌朝俺の家族は板亀の工場へ引っ越した。五分間で人間も荷物も片づいてしまったから、早くて便利な世帯だ。昼頃板亀が京橋からやって来て、ニコニコしながら牛肉と酒を三輪子に買わせた。それから仲直りの祝いに隣の三左衛門と、屠牛場を早退《はやび》けに戻って来た中山小納言と、時々物を言いに来る大久保藤八を呼んで振る舞った。俺ではない板亀の財布だ。三左衛門が紋付を着て来る。人がいいから、威張っていればいいのに不見識にも左団次に向かって「偉《えれ》えご散財をかけましたね」とペコペコ頭を下げる。これだから馬鹿にされるのだ。小納言も年に何遍手を通すのだか解らない羽織を引っ掛けて改まっていると、朝鮮人の飴売りが「ララハア、ララハア」と亡国の唄を歌って来た。三左衛門が腰を据えて「道は六百八十里」をまた始めた。小納言が茶碗を二つ並べて箸で叩きながら「一つ積んでは父のため、二つ積んでは母のため」

とやった。板亀が笑った。ネロだってヘラクレスだって笑うだろう。小納言が調子に乗って「この世の声とも思われず」と続けたが、この世の酒盛りとも思われぬ。

ストライキが余程利いたと見えて、板亀が以前よりも丁寧にする。薄っぺらな左団次だ。つくづく愛想がつきる。最初「お前さん」とか「君」とか、酷いときには「お前」と呼び捨てにした奴が、「あんた」に変わった。機嫌のいい拍子には、どうかすると、「あなた」と吐かすからくすぐったい。今一例を挙げると「花川戸の履物商組合から、春物の裏皮を二万足ばかり注文に来たから、直ぐ引き受けて手付金も取ってしまいましたよ。そのかわり、暮までに出来なければ、こっちで五百円罰金を出すんだから、一生懸命で働いてください。春の小遣いに百円くらいはあなたにも上げることが出来るんだからね」と言う時の「あなた」である。「だって、どう贔屓目《ひいきめ》に見てもこの工場では一日百足が一杯なのに、暮までにあと三週間もないじゃありませんか。今のうちに約束を取り消して小規模にぼつぼつ商いをやったほうが安全ではないでしょうか」と言えば、気に食わぬものだから「いや大丈夫請負ってみせる。それに少しくらい成績が悪くても、この際だから結構通るよ。だから、あんたもその気で一つ掛かってくれたまえ」と言う時の「あんた」である。恐ろしく感情の機微に触れた言葉の使い分けだと思った。板亀は狡《ずる》い人間だから、直ぐ血迷うのだ。俺の隣同志の牛殺しと飲んでいる間でも、餓鬼のような目つきで、工場の中をうろうろしていた。考えてみるまでもなく、彼《かの》板亀は、裏皮二万足の注文を引き受けて手が足らぬから、稲荷鮨を携えて俺を釣ったわけである。人間も欲にかかると、これほど無謀になるものかしらと思った。板亀の左団次は背水の陣を敷いて牛殺し共と汚い戦争を始めているわけだ。

俺は左団次の手下になったようであるが、それはただ手と足だけで、心は上野の谷中に飛んでいた。谷中にも頼もしい呑舟がいる。俺は呑舟に申し込んで文士になろうと思い立った。何となく、ときめいてくる。停電中に蠟燭を一本貰ったような心強さを覚えた。蠟燭の灯が消えないうちに、電灯が点くだろうと思うと心強い限りである。

板亀とお客さんが引き揚げると直ぐ夕方になった。俺は谷中へ金を貰いに出掛けた。功徳林寺は谷中天王寺の墓地を背負って、川上音次郎の銅像の脇から入ると、突き当たりの寺だ。その寺の境内に一軒ぽっと小さい家が建っていた。建っていたと言うよりも、二百十日の大風で品川あたりから飛んできた家がここに落ちたばかりだというふうに覚束なく歪んでいる。そこに呑舟がおった。彼は独り者だ。

三

呑舟が俺の顔を見ると、「やあ、よく解りましたね」と言いながら、自分の座蒲団を引っぱずして俺に敷かせた。蒲団とは形ばかりで、雑巾のように薄いから呑舟の尻の温みが裏まで通っていた。財布の中から五円の札を出して惜しそうにくれたあとで、「今あなたは何をして食っていますか」と言うから、豚の皮で草履の裏を造っていると答えると、「やっぱりそうですか、それは珍しい商売だ」と言った。ところが、呑舟の商売は更に珍しい。「失礼ですが先生はご著述ですか」呑舟の机の上には、女文字の手紙が束に括って積んであった。「えへへ、まあ著述です」「文学でしょうね」「えへへ、まあ文学でしょうな」はっきりしない人だと思ったら、お終い際になってから「実はね、現代婦人の艶書を編纂しているんです。なかなか骨が折れますよ。現代婦人と一口に言うけれども、下は浅草の淫売から貧民窟の娘などがあるし、上は華族の令嬢から富豪の妾《めかけ》が、役者や運転手に送った奴を実物について研究するのだから困難でしてね。ことに貴婦人のラブレターとくると、なかなか手に入りませんよ。しかし僕の社では『娘之世界』という高級婦人雑誌を発行しているから、どうかこうか、やっていけますが、いや、なかなか以て」と頭を掻きながらのべつに饒舌《しゃべ》り立てる。『空業之世界』で逢った呑舟とはまるで人が違うようだ。それから艶書の講義を聞かせてくれたが聞いていく一方から面白くて忘れていくと、突然、「あなたは材料をお持ちになりませんか」と途方もない事を言い出す。質屋の札なら年中切らしたことはない。残念ながら艶書とくると一枚もない。国にいる時分、近所の子守から貰ったことがたった一度ある。文字が汚いから今一遍清書をしてくれないと読めないと言って返したら、子守が腹を立てて、もう上げませぬと言った。それっきり今日に至るまで艶書には縁がない。しかし何が役に立つか解らぬものだと思ったから「それでも大切に取って置けばよかったんですがねえ」と生憎そうな顔をして見せると「どうも子守の艶書ではねえ」と呑舟が俺の顔を見てげらげら笑った。子守の艶書は値打ちが少ないとみえる。三輪子は俺の女房となるくらいだから艶書の一つもくれそうなものだが、考えてみれば、結婚する時分忙しかったから、うっかり忘れたのだ。「だが、もしそんな物が手に入りましたなら、是非一つ提供してください。ご迷惑になるような気づかいはありませんから」と頼まれた。承知しました。せいぜい注意しましょうと返事はしておいたが、注意の仕様がない。「こういう研究はお好きですか」「はあ、まだやったことはないけれども文学は好きです」「そうそう、あなたは作文がうまいから文士になっちゃどうです。僕も尽力しますぜ」頭の疽《かさ》でも、賞められれば嬉しい。作文の方も悪くはない。「何分よろしくお引き立てください」「雨川亮造という『東京毎晩』の記者が今ここへやって来ることになっていますが、そいつはまた飛び切り作文がうまい。是非紹介をするから遊んで行き給え」と言う。それは有難いが、言葉がだんだんぞんざいになってくる。「遊びに来るんですか」「ええ、僕の知己で、じきそこの鬼林館という下宿屋にいるんだ」

俺は牛殺し町へ帰って早く三輪子を喜ばせたいが、雨川という男に逢えば直ぐ文士に取り立ててくれそうな様子だから、気がもめるけれども待っていると、案の定雨川が大きな図体を抱えて「弱った、弱った」と心細いことを言いながら入って来た。面白そうな男だ。顔が作文みたようだ。何が弱ったのかと思うと、「大変な失敗をやっちゃったよ」と俺を見てぺこんとお辞儀をした。俺はここだと考えて頭を畳に摺りつけてやった。「部長に頼まれて飯能という埼玉県の町の状況を一段抜きで書いたんだよ。大体土地へ行って見りゃよかったんだが、その暇もないので想像に任せて、真っ盛りの紅葉、山を繞《めぐ》って清潭《せいたん》迸《ほとばし》り、松茸は都人士《とじんし》の来遊を待つこと久しく、摑み放題取り放題、都の風流人よ行け行け、行って遊べと書いたら、牛込の小学校が団体で出掛けたそうだ」「遠足ですね」「ええ、そうです。ところが飯能という町には紅葉山がないんだってね。校長が社へ談判に来て僕と部長が大弱りに弱ったぜ」すると呑舟が「それじゃ、もう散ってしまったんでしょうと言って追っ払えばよかったんだ」と言った。

「ところがその校長がこう言うんだよ。あなたの新聞では、この間の天長節の観兵式が、例の如く青山原頭《あおやまげんとう》で盛大に行われて、黒山の如き人垣を築いたと大見出しで書いてありましたが、観兵式は今年から代々木練兵場でやることになったんですのに、奇妙ですね。兎に角あなたの新聞ばかり青山原頭で行《や》っているのだから、ハッハ。と言って帰ったが、一時は途方に暮れたよ」と首の汗を拭き直している。

「そんな新聞だから君、飯能町に紅葉山があって、松茸があっても構いませんと、やり込めてやればいいじゃないか。大体『毎晩新聞』を買って読む奴が不心得だ」「君は呑気なことを言うが、僕は首が危ないいんだ」と情けない話になってきた。「君なんか幸福だぜ、有楽町へ満足に出勤もしないで内職が出来るからね」と羨《うらや》ましそうだから、初めて出会った人でも気の毒になった。したがって俺が文士になることも難しそうだと思って、間もなく俺は浅草へ引き揚げた。帰りがけに、「これをご縁に僕の下宿にも遊びに来てください。また面白いこともあるでしょうから、お宅は浅草のどの辺ですか」と尋ねるのだ。これには閉口した。うっかり本当の所を教えてしまえば、やって来るかもしれない。だから「いずれ近いうちに、私の方から出向くことにしますから」と胡魔化《ごまか》しておいた。雨川も呑舟も、話をしている最中に俺が袂から巻煙草の吸いかけを出して喫《や》っているのを不思議そうに眺めていた。喫う奴喫う奴が、どれもこれも敷島やバットの吸いかけだ。俺が道端に落ちていたのを拾ったんだと思って内心笑っていたかもしれない。

ところが、五円札の効力《ききめ》は験《あらた》かに現れて、工場へ帰ると三輪子が喜んで吉原土手へ素見《ひやかし》にいそいそ出て行ったが、吸いかけの煙草は俺に祟り出した。大久保藤八の小屋の横手で、藤八と三左衛門とが、乞食の達磨爺を捕まえて暴れていたから俺は行ってみた。達磨爺は草原に七輪を据えて馬の腸《わた》を煮つめている。藤八がそこに突っ立って「俺は乞食の煙草を泥棒するように落ちぶれちゃいねえんだ」と怒鳴っている。俺は跳び上がるほど驚いた。「手前《てめえ》がいつもこの辺をぶらつくから手前の仕事に違《ちげ》えねえと言うんだ」「俺は手前が拾って来た吸いかけの煙草を吸いたけりゃ買って喫《の》まあ。馬鹿にすると承知しねえぞ」「承知しなけりゃ、どうするてんだよ。二口目には乞食の達磨のと吐かしやがるくせに、手前の家を見ろ。畳を一枚ずつ売り飛ばしやがって、床の上に寝てやがるじゃねえか。自体手前は牛殺しの分際で生意気だ。穢《けが》らわしいぞよ。穢らわしいぞよ」と言いながら達磨爺が飲みかけの焼酎を瓶の口からぐいぐい呷った。すると今度は三左衛門が火のように怒り出した。「何だと？　牛殺しだと？　おお俺は牛殺しだ。ここは牛殺しの町だ。手前は牛殺し町の厄介になっててよくそんなことが言えたな？　この髌《くたば》り損ない奴《め》！」と七輪をいきなり蹴飛ばした。馬の腸が一間ばかり先へ飛んでいく。達磨爺は呆気に取られて、体をぶるぶる震わせた。「手前の娘が東京市長の妾だの、奥田博士の囲い者だのと大きな法螺を吹きやがって、俺達が知らねえと思ってやがるが、千束町の花菱屋の格子から首を出しやがって、旦那ちょいと、旦那上がってらっしゃいと俺の袖を引っ張りやがった化物は、ありゃ手前の何だい」と言い出した。集まった群衆がどっと笑った。達磨爺は、気を抜かれてしまった。「手前が毎朝巻煙草の吸い殻を貰いに行くと、花菱屋の姐さんが、『お父さんたんとお持ちよ』ってなことでくれるだろう。その姐さんはお前の娘じゃねえか。娘に地獄を稼がせるのと牛殺しとどっちの位が上なんだ」群衆が今度は手を叩いて笑い出した。達磨爺はまだ黙っていた。すると「手前のような奴はこの辺に置けねえからさっさと行っちまえ」と藤八が莫座《ござ》の端を摑んで乞食を引き倒した。老爺《おやじ》はころころと転げながら、起き上がったが、とてもこの手合いにかかっちゃ敵わぬと観念したように、正直そうな手つきで、覆《くつが》えされた七輪と鍋を起こして、また泥まみれの馬の腸を煮《た》き始めた。そして残っていた焼酎を一息に飲み干したかと思うと、莫座の上に引っ繰り返って、「さあ、どうでもしろ。殺すなら殺せ。手前達や知るめえが、若い者は年寄りをいたわるもんだ。俺を酷めて、どんな功徳《くどく》になるけえ」

三左衛門も藤八もこれで腹癒《はらい》せが出来たと考えたのか、「手前がこの辺にいるうちゃ、毎日邪魔しに来るからそう思ってろい」と言い捨てて、表通りへ行ってしまった。

俺は初め彼等の側《そば》で喧嘩を見物していた。そのうちに乞食にも牛殺し二人にも誠に相済まないことをしたと思うと、怖くなって工場へ秘然《こっそり》引っ込んだが、やっぱり気にかかるから、窓口で眺めているうちに、俺は新しい敷島を買って乞食に戻さねば、黙っていられなくなった。その夜、俺は煙草を一箱買って、老人の隙を見て、莫座の上にこっそり置いて来たら、罪ほろぼしが出来たような気がした。十時頃目を覚ますと、「お江戸日本橋七ツ立ち」と乞食の唄が枕に通《かよ》うて来た。起きてみると、草原には誰も居なかった。老人が莫座の上に座って俺のくれた煙草を喫《ふ》かしている煙が見えた。老人と背中合わせに盛り上がっている露を帯びた無花果《いちじく》の葉と青白い星の光が美しく輝いていた。俺は安心して寝た。すると夢を見た。一文なしの男が乞食の煙草を盗んでいる夢である。その疑いを受けた二人の牛殺しの夢である、夢だから三輪子は何にも知らない。翌日、乞食は一日草原に戻って来なかった。莫座もなかった。七輪と鍋と馬の腸が、霜に濡れたり埃を浴びたりして、主人の帰るのを待っているが、達磨爺はそれっきり姿を見せなくなってしまった。そこで俺はまた心配した。

ある日藤八が「達磨爺が浅草観音堂の床下から出て来るのを見たが、奴め、あそこへ住み換えやがったんですぜ」と言うから行って見た。観音堂の床の下を覗いたら若い男と女の乞食が幾群も呑気そうに寝ていた。達磨爺はいない。それからまたしばらくして小納言のお神さんが、達磨爺と小塚っ原の刑場跡で出逢ったから、「この頃どこにいるのか」と尋ねたが、ひどく弱って返事もしなかったという話を聞いた。だから俺はまた小塚っ原へ行って、その辺の堤にいる乞食に聞いたら、「この頃はちっとも来ない」と言った。乞食の老爺《おやじ》は、俺が巻煙草の吸殻を盗んだばっかりに、住み心地のいい供養塔の草原にもいられなくなったのだと思った。そして転々として寝場所を探し回って、まだ見つからぬのだと思ったら可哀想になってきた。冗談半分に盗んだわけでないけれども、こんな結果になろうとは思わぬから、ひどく後悔したのだ。ずっと後のことになるが、板亀が死んだとき拵えた金の幾分を割いて、売春婦《いんばいふ》のおてつを訪ねて行って、乞食にやって貰おうと考えた。ただ考えただけでとうとう俺達は本郷へ引っ越してしまったから、もうそれっきり忘れた。時々思い出して、罪なことをしたものだと良心に責められることがある。

俺の労働者時代もだんだん詰まって来た。したがって、「労働者時代」も終りに近づいてくる。達磨爺がいよいよこの辺にいなくなったことが解る頃、工場の仕事は半分の半分も片づかずに、十二月がじりじりと大正七年に向かって進んだ。板亀の工場には職人が新しく三人も雇われた。皆通い牛殺しだ。一人は「納骨堂」の中で生まれた「綱《つな》公」というにきびだらけの男である。一人はかつて他人《ひと》の自転車を乗り逃げして監獄を見て来た女房持ちである。今一人は工場へ来て、自分の被っている帽子と下駄とを買ってくれと泣きついた浮浪人である。そして彼等と一番よく話の合う俺達夫婦である。十二月三十日は忙しい日だ。板亀の工場へ、ぞろぞろ、ぞろぞろ借金取りが来る。豚の皮の催促が来る。「綱公」が吉原から馬を引っ張って来る。そして出来上がった草履裏の表面と裏面が上出来で板亀が雀躍《こおど》りした。草履裏の芯《しん》が生皮のままで、ちっとも薬が浸《し》んでいないことを発見すると、板亀は二万足に近い皮の山に凭《よ》りかかって、皺だらけの咽喉を、鋭い皮切庖丁で縦横に斬って死んだ。俺達夫婦が正月の買い物に吉野町へ出た後である。人間はもろいものだが板亀の左団次は、あんまりもろ過ぎる。左団次の死骸の前に立っていた小納言が、俺を捕まえて「お前に言いてえと思って、つい忘れてばかりおったが、七兵衛の工場も潰れかかっているんだ」と蒼褪めていた。俺に通弁をしろと言うた将校が、靴を切りに来たと言うのだ。その靴も芯が生皮のままで染薬を倹約して罰《ばち》をかぶったんだろうと言うと、小納言はニヤニヤしていた。出来損いや粗末な品を片っ端から摘み出されて損をしたのだと言うのだ。冗談のようで、いい気味だと言うのも馬鹿馬鹿しい。見かけによらぬケチな工場だけだ。板亀は気が小さいから自殺したんだろう。七兵衛は横着だから、酒でも飲んでいるだろう。勧善懲悪の小説家が今時分生きていたら、最後に「欲の深い金持ちはこのとおりだ。目出度し目出度し」と結ぶだろう。

板亀が往生してから二日目の元日に、俺は牛殺し町を出て本郷に引っ越した。それは俺が先だってまで、家主にいじめられていた本郷座の横手の家である。引っ越しの晩に雪が降った。皮工場の窓から眺めていると、瞬く間に乞食の七輪と土鍋が埋もれてしまった。食うことばかり考えているものだから、天の川から無礼講に落ちてくる雪が大きくて大福餅みたいだ。「恐ろしう降りやがるじゃねえか」と小納言が吉野町の停留場まで俺達を見送りに来てくれた。「またいつ会われるか解らねえから、俺は本郷まで行こう」と三左衛門がついて来た。汚くて臭い牛殺し町でも、住み馴れると懐かしくて、出る時は三輪子が涙を零していた。俺も辛かった。引っ越すことは出来たが、依然として職業がない。原稿を書いて持ち回るが、どこでも買ってくれないから困った。俺は拵えたばかりの羽織を雪の中で泥だらけにして歩き回った。そして、一度訪ねたいと思っていた雨川の下宿へ、ある日出掛けようと考えて湯島天神の切り通しにかかると、ぱったり出会《でっくわ》したのだ。「どこへ?」と言うから、本郷へ引っ越して口がなくて、いい話はないかと思うからお宅へ行こうとするところですと言った。「そりゃちょうどよかった。僕は昨夜《ゆうべ》宿直で、今、社から戻るところです。社の方なら今一つ口がありますから、月給が安くてよければお世話しましょう」と親切に言うてくれたから、俺はもう月給を貰ったように丁寧な礼を言うた。「どうです、これから呑舟を引っ張り出して、僕の所で一緒に晩飯でもしまおうじゃありませんか。僕もしばらく逢わないんですよ」と誘うた。だから呑舟の家へ廻り道をしながら行って見ると、戸が締っている。戸袋に一枚の紙が貼りつけてあるから、引っ越したのかしらと思うと、雨川が「ああ、太いことをしてやがる」と叫び出した。戸袋の貼紙には福助が両手をついてお辞儀している絵が書いてあるのだ。その福助の頭の上に「此度《このたび》は都合により北海道石狩国ピバイロ山へ転居致しました。日頃厄介に厄介をかけました家主殿をはじめ米屋酒屋の各位に何とも申し訳がありません。けれども、世の諺《ことわざ》にも、百両の質《かた》に管笠一介と申すこともあれば、右の各位は置いてけぼりの品物を御遠慮なく各自にお持ち帰りくださいますように、福助相代り一重にお願い申し上げます」と、一字一字六朝式に書いてあるから驚いた。そして日附が今朝になっている。

「乱暴な奴だね」と雨川が呆れた。全く呆れ甲斐がある。その足で鬼林館に行ったら、雨川の夜具を引っ被って呑舟が寝ていた。呑舟の話によると、艶書の研究が完成するまで当分雨川の部屋に落ち着くのだそうである。「北海道へいらっしゃるように書き残してありましたが、よくそんな場所をご存じですね」と言うと、「僕は石狩川の下流で生まれたんだよ」と鮭みたいな顔をした。艶書の研究に凝り過ぎて社へ出なかったら、向こうから、もう出なくともいいと言って来たそうだ。家賃も米代も払わずにいたらしい。もっとも、家賃は一度払うと癖になって翌月また取りに来るから、一層のこと最初から払わずにいたのかもしれない。「さあ、これから浪人だ」と物騒な顔をした。俺みたいな人間もいるかと思うと、呑舟のような男もいるから心強い。「君は夜逃げの天才だが、一体今度で何回目だい」と雨川が顔を顰《しか》めていた。呑舟は澄ましている。雨川の下宿が、こんな無職業者の集会所になったのはその時からである。「倶楽部を拵えようじゃないか」と雨川が発起したら、「何のための倶楽部だい」と呑舟が解らない様子をした。「無名文士の交遊機関さ。たまには原稿の世話もするんだ」「ふふん、御当人の原稿がろくに売れないで、世話するも凄《すさ》まじい」だから立ち消えになるかと思うと、「コスモス倶楽部」という名刺が鬼林館の戸口に張り出された。「コスモス倶楽部」はそれから引っ越しばかりしている。だから「コシマス倶楽部」の方が適当だろうということになる。その頃、雨川の保護を受けていた美術学校を出たばかりの龍造寺道雄《りゅうぞうじみちお》という未来派の絵かきが、房州を食い詰めて雨川の所へやって来る。龍造寺美梅軒《びばいけん》と言えば知っている人があるかもしれない。名前を聞いただけでは、伊賀の上野で荒木又右衛門に討ち洩らされた鎖鎌の名人と間違えそうである。雨川は面白い男だからこんな雅号をつけてやった。「龍造寺之《りゅうぞうじの》絵《え》未嘗売《みしょうばい》」だから君、未売だ。未売は無風流だから美梅だ、即ち美梅軒だと妙なところからこじつけたものだと思ったが、本人それでも喜んでいた。「どうです、僕の名前は何となく画家らしいですね」と言うから「全く馬鹿らしいですね」と真似をしてやった。そこへ宮《みや》地《ち》嘉《か》六《ろく》が鶯色の帯を締めてやって来るところも一寸見ものだ。俺は新聞社に勤めたわけではない。相変わらず貧乏して、いつも飯を食ったような顔をしていたのだ。俺はこんなふうに牛殺しになって、また牛殺しをやめた。困ったらいつでもやる。

文士開業時代

一

世間には閑人《ひまじん》が多いと見えて、俺の書いた物がどうのこうのと勝手なことを言うてくる。

二回目の自叙伝が出た時に、「また黒石《こくせき》張りですか」とハガキで挨拶を寄越した男があったが、黒石張りも真鍮《しんちゅう》張りも無闇に小売りはしないのだ。業物《わざもの》なら村正《むらまさ》だ。気をつけろ。

何の祟りで文学者になったのか知らない。

兎も角も自叙伝を書いて、米屋と酒屋に面食らわせた時は痛快だったが、何しろ家《うち》がぼろぼろで取り壊すから立ち退いてくれと、前々から追い立てられていた矢先に金が入ったものだから、家主につけ込まれた。そしてとうとう追い出されてしまった。

やむを得ないと思って、俺は東京中を一日駆けずり回ったけれども空家は一軒もない。桃太郎の鬼ケ島も正直爺さんの雀のお宿も、行きさえすれば当てがあって外《はず》れっこないが、俺の家探しは暗がりで鉄砲うつように見当がつかぬ。コロンブスだって嫌になるだろうと思った。

そのうちに雑司ケ谷の墓地に迷い込んだ。忌々しいから石塔に腰掛けてポケット・ウイスキーを呷《あお》っていると、その時分、墓地の側《そば》に住んでいた艶書学者の小田呑舟《どんしゅう》が散歩に来て俺の姿を見つけて寄って来た。

「なあ呑舟、三界に家がなくっても、女は亭主にくっついていりゃ大丈夫だが、東京に家がないとしてみると俺は飯の食いあげだ。人間は不自由なもんだと蝸牛《かたつむり》が笑うだろう。どうだい家はないかね」

「ないこともないが四十円出せるかい」

「恐ろしい家賃だね。本郷の家みたいに八円くらいのところはないもんだろうか。家賃ばかり出世したって仕様がない」

するとと呑舟が、

「有名になったから四十円くらい造作はないさ」

と俺を煽《おだ》てて、とうとうそこを借らせてしまった。

　俺は後で悔んだが、安い家《うち》へ引っ越し直すのもみっともないから、も少し辛抱しましょうと女房に見栄を張られて、苦しくて堪らないけれどもまだ動かずに頑張っている。何だか俺の家みたいな気がしなくて、家賃公爵の別荘番のようだ。毎月三十日になると家賃公爵がやって来る。俺は家来だから頭ばかり下げている。雑司ケ谷で黒石の邸はどこだと尋ねれば直ぐ解る。三条家と背中合わせに偉大なる冠木《かぶき》の門があるだろう。門の内に物凄い大銀杏が、サガレン半島から押し寄せて来る空っ風と腕押しをしながら、北斗星を脅やかしているはずだ。その枝に赤ん坊のおしめが干してある。それで解らなければ、去年の七月から家賃を一度も払わぬ家はどこだと聞けば大抵解る。もう以前のように楽々と夜逃げも出来ない始末だから往生だ。ここへ来てから、雑司ケ谷という村は俺のような夜逃げが出来ないで困っている文学者が、有名無名にかかわらず、ばらばら住んでいることを発見した。小田呑舟はその旗頭だ。俺の家は雑司ケ谷の入口にあるから、文士村の玄関番だ。こんなことを呑舟以下の文学者が聞いたら、怪しからぬ奴だと怒るかもしれないが、相手が俺だから勘弁してくれそうだ。

　こうしたはずみで引っ越した翌月から『黄夫人の手』と『恋を賭くる女』に取りかかろうと考えた。一つは『中央私論』に一つは『大阪夕日』に出すのだ。ところが朝起きぬけに妙な法衣《ころも》を着た一人の坊主が「大泉さんはお宅か」と例の偉大なる門からのそのそ入って来た。一寸《ちょっと》断っておきたいが、俺は華族と坊主には余り交際しない性質《たち》だ。名刺を見ると「仙台市芭蕉辻　出獄人保護会附教誨師　管原蒼海《すがわらそうかい》」とある。不思議な蒼海もあるもんだ。

「どういう御用ですか?」

「この人をご覧になれば事情は自ら釈然とします。さあ、音吉《おときち》さんこっちへお出でなさい」

と後ろに隠していた男を俺の前に引っ張り出した。

と、それが音吉だから驚いた。

音吉というのは俺の女房の伯父だ。北海道で鉄道工夫をしているはずの伯父だ。

「ええ、私は」と蒼海禅師が説教を始める。「仙台唐福院の住職でありますて、仙台監獄を出て東京へ戻る人々を昨日送って来ますた。こう申す上げると、この音吉さんが収監されたように聞こえますが、収監ほどの大罪を犯すたのではない。北海道を逃げて東京へ帰る途中、仙台市外は吉岡町へ差すかかる頃俄かに降り出す雨、ふと見れば、傍らなる農家の壁にかけたる古簑があった。その脇に一丁の鍬《くわ》があった。これは弥陀が守護有難やと音吉さんは押すいただいて身に纏い、鍬を担いで、仙台さすて行くうちに、雨は晴れたがそのまま市中を徘徊する。そこを東通りの交番巡査に怪すまれて捕らわれたのが運のつき、白状すれば右の始末であるから、窃盗罪で三日間警察に留め置かれますた。今度東京へ放たれる囚人があったのをついでに、身寄りのこちらさんまで送り届けますたから、よろしくお引き取りくださいと言うのだ。音吉がにやにや笑っている。坊主は俺が承知しましたと言うと安心して引き揚げた。「どうしたんです？」「いや、酷い目にあったよ」「何だって鍬なんぞ担いで仙台の町をうろついてたんですか」「実は少しでもいいから東京へ帰る路銀を拵えたいと思ってね。売り飛ばすつもりで奪《と》ったんだが、へっへ」「呆れたね」

音吉はまた、にやにや笑った。音吉の告白によると、北海道へは浅草公園で誘拐《かどわ》かされて行ったのだ。行った先は札幌から三里ばかり山の中で、仕事が辛い上にろくろく食う物も食わせないし、だんだん寒くなるばかりだから命がけで逃げて来たんだ。

札幌を出てからもう一か月になるんだそうだ。音吉は昔の一等卒だ。一等卒になるほどだから人間が薄のろで兵隊をやめてからもろくな仕事にありつかなかった男だ。内務省の小使いを拝命して十七円四十銭貰った歴史もある。深川の糧秣《りょうまつ》倉庫に人夫をやって梯子から墜ちた経験もある。女房のお袋の死んだ妹の亭主なんだ。俺が牛殺しを稼ぐ時分に、北海道へいい口が見つかったから行くと言って別れに来た。それっきり逢わないのだ。俺の親類というのはこの呑んだくれの音吉と、音吉とは兄弟の血を分けた大阪の封助《ほうすけ》の二人っきりだ。話を聞いてみると、世間の文学者は揃いも揃って上品な紳士と淑女ばかりを親類縁者に持っているそうだが、俺の方は音吉と封助だ。音吉は暇さえあれば『現代富豪の財産しらべ』を香具師《やし》から五銭で買って来て感心したり、酒を飲んだりして生活する無学者だ。弟の封助は梯子を担いで年百年中、大阪の道頓堀をぐるぐる回っている梯子売りだ。たまに金のある奴に出逢うかと思うと板亀だ。事件が起こって親族会議を開くと、貧乏徳利を持ち出してカマボコを摘みながら、「そうなっちゃ割に合わねえぜ。俺の身になってみろやい。五銭の損だ」などと言う手合いだ。一年に一度くらい大阪から封助がやって来る。品川の木賃宿から手紙を寄越して相談があるから是非来いと言う。行ってみると背中に灸を据えながら「実はな、旅費が足らんよって、名古屋まで歩いて来よった。それから三等に乗りよったんだっせ」という調子だ。そのほかにまだ利《き》いた風な奴がいくらもいるが、俺の顔を見ると直ぐ逃げるんだ。

この音吉が印半纏《しるしばんてん》を引っかけて、書斎のソファに悠々と納まっていると女房とお袋がやって来て、何だってそうだらしのない真似をしてくれるんですか。少しは妾達の名誉ということを考えてください。昔の大泉じゃないんですからね、と一時間ばかりのべつに小言を食わせていたが、にやにや笑っている音吉が「昔の大泉でなけりゃ何時《いつ》の大泉だい」と怒鳴った。やれやれ、昔の俺だ。晩になると音吉が「すまねえが、二分《ぶ》出してくんな。久しぶりで湯に入《へえ》って、モッキリを一杯《ぺえ》引っかけてえんだ」と言うから五十銭やると、俺が寝るまで戻って来なかった。「ねえあなた、あの人は気が変ですよ。始終口の中でブツブツ言いながら、にやにや笑ってますよ。妾《わたし》何だか怖いわ」と女房が眉をひそめる。「何とか言って追い出してしまったらどうだろうか」とお袋が心配する。「ほっとけ、ほっとけ。大将は酒さえ飲んでりゃ極楽なんだ。今に仕事を見つけてどこかへ行っちまうさ」と言ったが、俺達の内証話が聞こえたように、その晩戻って来なかった。翌日も帰って来ないのだ。お蔭で仕事が出来ると思って喜んでいると、また妙な奴が舞い込んで来た。文学者の看板をかけて、原稿の販売を始めてから、いろんな人が毎日二人ばかり俺の顔を見に来る。顔の見物は差し支えないが、仕事の邪魔になるのだ。「面会お断り」という札をかけていると、「こんな札が落ちておりました」とわざわざ引っ剝がして闖入に及ぶ奴がいるから始末が悪いのだ。

遠方の有志家は正体の解らぬ原稿を送って俺を悩ますことばかり考えている。その中でも一番念の入った杉尾《すぎお》一菓子《いっかし》という男が翌日九州からやって来た。顔の真ん中に、芋虫みたいな、ぼてぼてした鼻が坐禅をしている。鼻ばかりの顔だ。一菓子という名前からして人を馬鹿にしている。この男が満洲から手紙を寄越して、文学をやるから先生のお宅の書生に置いてくれ、それが嫌なら口を世話してくれと言って来た。とんでもない不心得な男だと思ったから、文学をやるのは乞食を志願するのと同じことだ、食えないこと請け合いだから止めたらよかろう。それでも来るというなら仕方がない、同郷の交誼《よしみ》に、何とか奔走しようと返事を出すと、有難い、そのうちに行きますと言って来た。この鼻の男の説によると、彼は俺と同じ町の生まれだそうだから、同じような不良少年だろうと内々警戒していると、ずっと後でやって来て、俺の留守に座敷へ上がり込んでいた。この男には散々ひどい目にあって手古摺《てこず》ったが、人の顔を見て、バッタのようにぺこぺこ頭を下げる奴と、あべこべに後ろの方へのけぞる奴は油断が出来ぬ。

この鼻男が俺の家へ初めて来た時、玄関に両手をついて鯱鉾《しゃちほこ》立ちのようなお辞儀をしたのは珍な光景だ。お辞儀で拝み倒す魂胆だから浅ましい。「なぜ満洲の会社をやめたんです。馘《くび》られたのですか」俺は新聞でこの会社が一万人あまりの社員を放逐した消息を読んでいたのだ。「へい。そうですたい」「これからどうするつもりです」「差し当たり十白楼《じっぱくろう》さんの所へ厄介になろうと思いますたい」十白楼というのは俳句の宗匠だ。「あなたは俳句もやるんですか」と尋ねると鼻男は異様な口をあけて、げらげら笑った。生肉を舐《しゃ》ぶったように赤い口だ。

鼻男が十白楼の家へ行くと入れ違いに小田呑舟が来て「あいつは何だい。君の信者か？　家守《やもり》みたいな感じのする男だね」と言う。「どうだい原稿は出来るか」「一枚も書けない。君のラブレターはその後どうなったかい」呑舟は澄ましている。どうして食っているのだか解らぬ男だ。呑舟は時々やって来るが話がないものだから、「雨川が来たら、俺の家にも遊びに来るように言ってくれ」などと言い残して直ぐ帰る。「あの人は尻が早いのね。来るかと思えば直ぐ帰るのね」「変な男だ」「呑舟さんも変ですが、家の床の下も変なのよ」と狐につままれたような格好で「子供の下駄がなくなると思えば、皆床の下へ行ってるんです。そのほかにゴム鞠や玩具の靴まで、あなたの尻の下ん所へゴタゴタ溜ってるんです」と気味の悪い女房だ。「嘘だと仰有るなら畳をめくってご覧なさい」と目の色を変えている。「子供の悪戯だろう」「そうでしょうか」と女房は腑に落ちぬふうだったが「それはそうと伯父さんは一体どうしたのでしょう。昨日も姿を見せなくってよ」「浅草の貧民窟に馴染みがあったからそこに潜《もぐ》り込んでるんだろう」「そうね、何だか風みたいな人ね。あんな無頓着者でもやっぱり家《うち》に居づらいとみえるわ。妾あの人が東京へ戻って来たことを大阪の封助さんにハガキで一寸報せておきました」「止せばいいのだ」「だって心配してるんですもの」「兄貴が戻ったら会いに行くなんて来られちゃ厄介だ」すると翌日封助から返事が来た。

「兄貴を頼んます。皮屋をやめてからあんたの景気も悪かろよって、音はんをつれてこっちゃへ来なはれや。じっき近所に汽車会社が出来なはって人夫を募集してはるさかい、いつでも雇うてくれやす。母貫島《ぼかんじま》町封助出す」流石は封助だ。親切に俺を人夫に取り立ててくれる。せっかくの厚意だから人夫になって稼ぎたいが生憎黒石張りで忙しいから駄目だと折り返してやった。封助は俺が文学者に早変わりしたことを知らないのだ。

返事を認《したた》めているところへ「御免！　御免！」と烏《からす》みたいな声が玄関に聞こえたか

と思うと、中庭へ明治大学の角帽を被った書生が忽然として現れた。この角帽が出し抜けに「や！　黒石先生！　相変わらず傑作のご執筆ですか。僕は先生の自叙伝を読んだが、その運筆の具合が何となくロダン味を帯びていますね」と言うから女房が驚いて台所へ逃げ込んだ。「先生は天才の閃きがありますぜ。今度是非一つ創作を願いたいですね。元来日本の文壇なるものは」と黙っていればいい気になって饒舌るのだ。天才の閃きが華氏五十度くらいの創作を書くものか。大銀杏の枝に吊るしてある女房の腰巻が、三条家の屋根越しに吹いて来る高貴な風に嬲《なぶ》られて、角帽を被った「元来日本文壇」の頭にポタポタ雫《しずく》を垂れているのも知らずに「先生の出現は近世の一大驚異です」と梅毒の広告みたいなお世辞を言っている。近世はちと大きい。今月で沢山だ。あんまり不思議だから念のために「貴殿は一体何です」と尋ねた。すると角帽が慌てて「や！　失礼」と漸く脱帽に及んだ。失礼は当たり前だ。他所《よそ》の中庭へ勝手に入って来る奴がどこの国にあるものか。

「僕は近所の健闘社です」「健闘社って何だろう。普選運動の秘密結社ですか」「いえ」「革命屋の代理店ですか」「いえ、牛乳屋です」と頭を掻きながらハガキ大の名刺をくれた。大袈裟な牛乳屋だと思うと「私は健闘社の主人です、管原と申します」と名乗った。言うことがこのとおりなもんだから、一旦隠れた女房がクスクス笑いながら出て来て「おやおや、あなたが主人なの？」と聞く。「もちろんです！　そのほかに健闘的配達もやります」荒っぽい配達だ。さぞ瓶が壊れるだろう。「へえ、すると配達夫じゃないの？」「へへへ、実はそうなんですが、僕は生活に困ってやってるんじゃないのです。僕は例の女流運動家として有名な篦塚秋子《へらつかあきこ》さんの片腕です。隠れたる宗教学者仙台唐福寺の管原蒼海氏は実に僕の叔父です。先生や奥さんも『禅海要諦』をお読みになったでしょうが、あの著者です」

そんなものを読むものか。篦塚秋子の片腕も奇抜だが、仙台さして行くほどに雨は晴れたがと言って音吉を連れて来た坊主が隠れた宗教学者になって、健闘社の叔父に当たって来たから意外だ。世の中には叔父が多くて困る。蒼海禅師の光来が、何だか健闘社の前触れみたようだ。そう言おうかと思ったが止めた。そんな学者だと知っていたらもっと丁寧に挨拶するはずだったが影のように隠れてしまうものだから仕方がない。しかしよく饒舌《しゃべ》る男だと思うと、「先生は呑舟をご存じでしょう。あいつは僕の親友でして、お宅は目下文名流行中だから牛乳くらいは召し上がるはずだから是非勧めて来いということで実は一合だけ取って頂きに来ました。一つご贔屓を願えませんか。自慢ではないが乳質はゼルシーで脂肪の比重は約三コンマ二です。水と糖分の百分比例《パーセンテージ》も至極合理的に調理されてしかも他店より一銭高いだけですから、大局から通観すると大変な利益です。黒石先生いかがです」と来た。

いよいよ滔々たる性質を帯びて、臆面もなく俺を凹ませに取りかかろうとするから感心は感心だが、余りうるさいから好い加減にあしらってやると「や！　どうも有難う！　呑舟もさぞ喜ぶでしょう」と言うのだ。秋子女史を親分に奉《まつ》り上げた腕で呑舟を親友にしたのだろう。この分では俺のことを、「あいつは僕の家庭教師だ」くらいに触れ回るかもしれない。

俺の話は、毎々《まいまい》言うようだが双六の骰子《さい》なんだから、そのつもりで京都の方へ飛んで行くが、ずっと後で大阪見物に出かけたことがある。その時、筑風童子《ちくふうどうじ》が京都駅まで俺を迎いに来た。筑風童子と俺は三年ばかり前浅草の赤本屋で一枚二銭の探偵小説を書いていたことがある。その筑風童子が、どうした物の行き違いか、松之助の脚本主任に出世して大島絣を着て現れたから驚いていると、役者の松之助を捕らえて「こいつは俺が昔から面倒を見ている乾児《こぶん》です」と言いながら俺を乾児扱いにして紹介した。文学者の俺もこれには閉口した。

健闘屋の様子では呑舟と共謀《ぐる》になって儲けを折半しそうな形勢だ。「御用がありましたら遠慮なく僕を使ってください」と言う。健闘的にやるのだろう。中庭をぐるぐる見回していたが「奥さん、床の下に坊ちゃんのカッコとおクチュとボールと便器《おまる》が入ってますが、寝小便の呪《まじな》いですか。おやおやこんなものが」と言いながら、床の下でも掃除する気で、片っ端から引き出した。一番終りに血だらけの手拭いが一筋泥だらけになって現れた。俺と女房は顔を見合わせて、恐ろしい暗示を受けたように黙り込んだ。健闘屋の管原が頭に引っ掛かった蜘蛛の巣を払い落としながら帰った後で、俺はたちまち不安に襲われた。人殺しの行われた家に幽霊の出るのを待っているような気持ちだ。俺は血糊のついた古手拭いを怖々《こわごわ》摘んで塵箱に捨てた。女房は便器と履物を井戸端へ持って行った。そこへ例の呑舟が手ぶらでやって来た。「君が牛乳屋を寄越したのか、やかましい男だぜ」呑舟が呆気な顔をして「何だい」と言う。「健闘屋を俺の家《うち》へ寄越したのは君だというじゃないか」「冗談じゃない。俺が知るものか。彼奴《あいつ》図迂図迂《ずうずう》しい奴だな。俺が紹介したと言って来たのか」「君は知らないのかい」「いや知らないこともないが、彼奴の牛乳はとても飲めたもんじゃない。まるで米の汁だ。怪しからんね」と呑舟が躍気《やっき》になった。「それに彼奴は変態色情狂だから危険だよ。俺ん所へ女から貰ったと言って色んな艶書を持ち込んで参考にしろといっぱしの色男みたいな顔をしやがるから見てやると、君、皆拵えもんなんだ。自作のラブレターじゃないか。山本のお貞《さだ》さんを知ってるだろう」「あの女流小説家か？」「そうそう、死んだ夏堤《かてい》の嬶《かかあ》さ。お貞さんが天ぷらを食ってビールを飲んで、俺の家で恐ろしい下痢をしたことがあるんだ。俺が薬を買いに出た留守に彼奴がひょっこりやって来て、お貞さんの腰を揉んだり背中を擦ったりしたそうだ。それはいいが、終いにはおえ貞さんの足の裏を犬みたいにべろべろ舐めやがったと言うじゃないか。考えて見たまえ、いくら女の足が綺麗だって君、ひっきりなしに便所へ通ってる最中だぜ。汚ねえ色狂いじゃないか。お貞さんが、あんな嫌な奴はないといって、俺が帰って来ると、いきなりプンプン怒るんだ」「へえ、そんな男かい」女房がクスクス笑った。呑舟もゲラゲラ笑った。「だから今度来たら、きっぱり断るがいい」「あの面相でそうかね」「それが娘と人の細君の見境《みさかい》なくやるから物騒さ。君、あいつを近づけちゃいけないぜ」

呑舟も能弁家だから幕なしに並べる。呑舟の主張に従えば、牛乳屋を始める前に煮豆売りもやったそうだ。明治大学の帽子は被っているが、大学がどこにあるんだか知らないのだそうだ。そして放牛閣の搾乳を五升ばかり分けて貰って、それに米の汁を混ぜて得意先を回ったり、秋子女史の片腕になったりして生活《くら》しているのだそうだ。三人で散々笑っているところへ、十白楼の家から一菓子が鼻を見せに来た。いつ見ても目障りになる鼻だが、今日はまた態《わざ》とテカテカ磨き立てている。物を言うたびにこの鼻がダンスをやる。

鞍馬天狗が内職に造ったような鼻と赤い口をパクパク操って「あれから、十白楼さんの家を出て女子大学裏の陰陽亭に宿をとったが、何しろ一文なしで国を出たんですから、明日からでも稼ぎませんと、えへへ」と言うが無謀千万な男もあるものだ。「そこでさっそく拙作の小説をお目にかけますから是非どっかへお世話願いたいと思って来ました」自分で拙作というくらいだからさぞ拙作だろう。「これから直ぐ筆で飯を食おうてんですか」「はあ、勿論その覚悟で上京したのです。国の方は嬶と親爺が酒屋をしていますから、私は当分有名になるまで一人口を稼げばいいのです」呑舟が呆れたような顔つきで「しかしお書きになった物が直ぐ売れるかしら、僕の力作さえ容易に捌けなくて弱ってるくらいだからね」すると一菓子が「失礼ですが、あなたのお名前は?」と尋ねる。「小田呑舟だよ」「お顔を拝見していますが、お名前は初めて承ります」似たり寄ったりの男だ。兎も角もその拙作を見なければ返事が出来ない。俺にしたところで四、五日前になったばかりの文士だから、世話する点は構わぬけれども、雑誌で買ってくれるかどうか保証は出来ないと言うと「そこを同郷の友誼《よしみ》で一つお尽力ください。ええ、何にも土産《みやげ》がありませんから、これでも納めてください」と言いながら、大風呂敷に包んだ長崎古文書を山のように摑み出し、そんなに沢山いらないと断っても聞かないと、呑舟が商売気を出して「どうです、古代艶書はありませんか」と首を出した。すると百年の知己を見つけたように、「艶書がお入用ですか」「僕の専門だよ」「実は私も同好の士ですよ。あなたとは話が合いそうですね。お宅はどちらですか、結構ですね。私は艶書や性欲のデカダン芸術崇拝家でして、その方の文書の売買なんかよくやったものでさ。しかしその筋がやかましいので往生ですよ。豊国《とよくに》の絶品を友人に一度売らせたところが、肝心の売上代金を其奴《そいつ》に着服されて、物が物だけに訴える訳にもいかないで泣寝入りした経験もありますよ。これから私が進んで行く方面がつまりこのデカダン芸術の奥の院でさ。この方面の猛者《もさ》に佐藤春夫や谷崎潤一郎がありますな。先ず日本一でしょうな」と達者なもんだ。佐藤や谷崎が聞いたら喜ぶだろう。「僕はどうです」「えへへ、まだまだ」と鼻の先で扱《あし》らった。それに俺に原稿を頼む魂胆が太い。そのくせ何分よろしくと言って帰る奴だ。古文書を引っくり返している呑舟が「おやおや、明治八年の読売新聞まで入ってるぜ、妙な奴だね。俺の名前を初めて聞いたと吐《ぬ》かしやがる。俺の『艶書大観』を知らないのかしら。妙な奴だと言えば龍造寺美梅軒が昨夜無心に来やがったが、何でも質に入れたカンヴァスと絵の具が流れると言って騒いでたっけ」「雨川に出して貰えばいいんだ」「そうそう出してくれるものかい」「ああのらくらしてないで真面目に絵でも描きゃよさそうなもんだ」「描くだけ無駄だよ。何しろ先生の絵とくると、真ん中に道路があって両側が堤と相場が決まってるんだ。どこへ旅行しようが狙いどころがそこよりほかにないんだよ。その道路が道路に見えて堤《どて》が堤に見えれば、まだしも買い手はあるだろうが、困った画伯だよ」呑舟は、さようなら今に大将がやって来るぜと言って帰った。打ち切りのいい男だ。

ところで本当に美梅軒がやって来た。『黄夫人の手』を五枚ばかり続けて、『恋を賭くる女』を三枚ばかり片づけたら「弱った。弱った」と美梅軒が鬼子母神の方から、ふらついて来た。「昨夜《ゆうべ》からどこにいたんだい。呑舟が先刻《さっき》まで君の悪口を並べていたぜ」美梅軒はカタ附の黒絣《くろがすり》の上から一つ紋の羽織を引っかけて油絵の具で汚れた袴の裾をまくりながら座り込んだ。「戯曲家のアマノジャクさんのところに泊めて貰ったんだよ。大分寒くなったね。呑舟が何て言ったかい」よく見ると秋の末というのに襯衣《シャツ》も着ていない。これは前の話の中にも一通り述べておいたが、美梅軒は美術学校を卒業した江戸っ子である。江戸っ子といえば幡随院《ばんずいいん》長兵衛や、め組の親分みたように勾配の早い連中が揃って、年中啖呵を切っているんだと思ったら、美梅軒のような男もいるから妙だ。俺が知っている江戸っ子と言えば、この男を筆頭に辻潤《つじじゅん》と坂本紅蓮洞《さかもとぐれんどう》がいる。いずれも先祖は江戸の真ん中で篦棒《べらぼう》を食ったり食わされたりしているのだそうだ。「カンヴァスと絵の具が流れそうだって言うじゃないか」「そんなことは大した問題じゃないよ。あいつも意気地がない。僕の顔を見るとまだ何にも切り出さぬうちから金がないと言うじゃないか失敬だよ。貧乏したって芸術家だ」「そうそう先祖は江戸の旗本だ」「だが、もっと失敬な奴がいるから驚いたよ」「僕だろう」「アハハハハ、君みたいな田舎者じゃない。同じ江戸っ子だ」「誰かい」「渋沢男爵さ」と言うから今度は俺の方が驚いた。渋沢男爵の自動車が、美梅軒の大切な紋付に泥でもハネて逃げたかと思うと「せっぱ詰まってどうにもこうにも動きが取れなくなったから、渋沢に五百円貸せと言う手紙を慇懃《いんぎん》に認めて出したところが、返事が癪に障る」「渋沢男爵は君の何だい」「無論他人さ」と当たり前のような顔をした。「あなたみたいな人が毎日幾人も来るから一々応じ兼ねます。といって執事の名で体よく断って来るじゃないか。しかもその返事が鳥の子紙に全文印刷してあるんだ」「すると君のような怠け者が世間にはいくらもあるとみえるね。五百円はいい思いつきだ」「しかし君、芸術家に対して甚だ失敬じゃないか」どっちが失敬だか解るものか。俺が文士になり立てに、女房共を安心させるつもりで米を一俵に酒を五升買いしめに行くと、米屋も酒屋も本当にしなかった。いよいよ確実に買い上げた日に大学の門前で美梅軒に出会《でっくわ》したから「君にも少し分けてやろうか」と親切に言ったところが、まるで相手にしなかったものだ。そんな了見の小さい奴にこんな大それた芸当がよく出来たものだと思ったから「冗談だろう」と笑ってやった。「本気だよ、本気だから腹も立とうじゃないか。僕は呑舟みたいに酔っ払って質屋の看板を外したり、村役場の窓ガラスを打ち壊して持って帰るような悪戯はしないからね」と他人の言いそうなもっともらしい弁護をするのだ。

話をしている最中に、台所でコソコソ働いていた女房が絞め殺されるような悲鳴をあげながら、子供を抱えて逃げて来た。どうしたと尋ねても震えながら蒼褪めているばかりだ。すると茶の間にミシミシと足音がした。てっきり空巣狙いに違いないと思うと、俺の右の手は自然に机の上の支那甕《しながめ》を鷲掴みにした。三円五十銭で屑屋から買い取った支那甕だ。こっちへ来たら一息に投げつける覚悟で、唐紙の隙から茶の間を覗くと俺は胆を潰した。泥棒でも幽霊でもない。音吉が血だらけになって茫然《ぼんやり》突っ立っている。「君、俺は失敬する」と美梅軒は中庭から慌てて出て行った。いい幸いだ。これが俺の義理の伯父だと知れてみろ。たちまち美梅軒に触れ回られてしまうのだ。

俺は音吉の姿を発見した刹那に、何と叫んだか自分でも覚えないが、兎に角馬鹿のような格好で佇んでいる音吉を長火鉢の前に座らせて置いて、どうしたの、どこから来たのと繰り返して訊くが、相手は唖《おし》のように黙っているから訳が解らぬ。そのくせ髪の生え際から油汗が一杯滲み出ている始末だ。「お母さんはどこへ行ったんだい」「早稲田の終点までお茶を買いに行ったんです」「お茶なんぞ飲まなくっていいんだ」「もう帰りますよ」そしたら鬼みたいなお袋が戻って来たから三分の二くらい助かった。お袋が仰天して、ひどく責めつけたら、漸くしどろもどろの話を始める。話というよりも中気病みの片言《かたこと》だ。それをつなぎ合わせて判断すると、音吉は三日前から床の下に蹲《しゃが》んでいたらしい。俺はこんな目にあったことがないから驚いた。蹲みたければ外に幾らも蹲むところはあるのに、何が不足で床の下なんぞへ潜り込んだのか、本人に聞いても解らぬそうだから、俺にはなおさら解りっこない。人を驚かす音吉も大概にするがいい。こんな伯父がくっついているから、新進作家の生活が台なしになるのだ。吃驚《びっくり》した後で無性に腹が立った。魂の抜けたような凹《へこ》んだ眼つきで、四辺《あたり》をぎろぎろ見回すことからして陰に籠って物凄い。俺は塵箱の中へ捨てた古手拭いを思い出した。彼は茶の間の床下に隠れて飲まず食わずにいたのだ。そして堪らなくなったから、台所のハメを外してのそのそ出現に及んだ様子だ。茶の間の床下は真っ暗だから健闘屋が覗いた時も見つからずに済んだらしい。仕方がないので俺の古袷と着替えさせて、鮭の缶詰に冷酒一杯やったらむしゃむしゃ食ったかと思うと、横なぐりに寝込んでしまった。それからが一相談だ。「言わないことじゃない、早く封助んとこへ送りゃよかったんだ。今更どうするったって始まらぬ話だが、この人は精神に異状があるんだ」

するとお袋が「気が狂う訳もないし、この人はこれが持病なんだよ。いつぞやも寒中に淀川の浅瀬をザブザブ渉《わた》っていたし、天下茶屋の鉄道の真ん中に、仁王立ちになって汽車の来るのを持っていたことがあるんで、しばらく起こらないから心配はしていたんだけどね。アルコール中毒の報いさ。放っとけばやがて正気になりますよ」と案外楽観している。

高い金で飲む酒だから、中毒したら今少《もうすこ》し洒落《しゃれ》た茶番でもして見せりゃいい。忠臣《ちゅうしん》蔵《ぐら》の九太夫が見栄《みえ》を切るのは舞台の縁の下だから左程堪《こた》えまいが、俺の家の床の下と来ると、地球の表面だか何だか解らぬ。年中じめじめしているから弱るはずだ。「時間が経って正気に返るとしても、兎に角何とかしないと度々やられちゃ降参だ」本人のためにもよくないだろう。仙台の町を鍬担いで悠々と去来して捕まったのもこの手だなと思った。警察が手を焼いて蒼海禅師に託したのかもしれない。音吉との交際は二、三年来のことであるが、こんな事件はこれが皮切りだから狼狽したのだった。

翌朝、音吉が夢の覚めたような面つきで、「これから浅草へ行くんだ、電車賃をくんな」と言うのを聞いたならば、読者諸君だって人を食っている奴と思うだろう。いかさま脅かした狂言だ。しかし相手が頗る真面目だから怒る訳にもいかない。浅草といえば牛殺し町のことだ。「手放していいかしら」とお袋に聞くと、「気儘《きまま》にさせとくさ、治ったようだね」という返事で、音吉を浅草へやったらまた一日戻って来ない。行先は馴染みの労働者の家《うち》だとは解っているけれども、この際いくらなんでも放って置けない。だからお袋に様子を探らせると、助六寺の尼堂に入り込んでいたそうだ。尼堂の順貞《じゅんてい》さんがこれから四国遍路に出掛けるので、俺も一緒に連れて行って貰うのだと一人で決め込んでいたそうだ。「この人の病気は四国を一回巡って来ると直ぐ治りますから、是非出しておやんなさい。ちょうどいいところですよ。南無大師遍照金剛。南無大師遍照金剛」と勧めたそうだ。吉原の地回りは廓《くるわ》の中を一めぐり巡ると眠れるそうだが、床の下へ蹲む病気は四国を一回巡ると治るということはたった今知った。お袋が飛んで帰った。「いい具合に押しつけて来たよ。五十円もあれば済むことだから都合してやったらどうです」「都合はするけど、四国遍路なんて、そう楽々出来るものかね」「順貞さんに跟《つ》いて行くんだから大丈夫ですとも。それに大阪にも近くなるしね」その方が伯父さんの身の薬になっていいわよ、と女房まで賛成する。

その晩八時頃飯を食ってると、音吉が順貞さんに連れられてやって来た。助六寺の近所にしばらく住んでいたけれども、あまり尼さんなんかに用がないものだから初めて顔を見るのだ。五十余りの巡礼然とした頑丈そうな中婆《ちゅうばあ》さんで、万事呑み込んだようにに「音吉さんは引き受けてお目にかけます。妾《わたし》は毎年秋の暮には道連れを拵えて出掛けますがな。桜過ぎに戻って来る時は二百両からの預金が出来てるから恐ろしいもんじゃありませんかな。南無大師遍照金剛」と自慢をする。そんなに儲かる商売なら文学者は廃業して俺も一つお供をしたくなった。音吉がいそいそするはずだ。「それで貴尼《あなた》は何日《いつ》おたちです」「あなたのご都合は？」「もっともだな、二日ばかりのうちに金の工面をしましょう。しかし支度が大変でしょう」「いいえ、簡単なもんでさ。経帷子《きょうかたびら》一枚に笈摺《おいずり》が一つ。そのほかに観音経と御詠歌と管笠と杖が一本あれば、あとは平常《ふだん》のままで沢山です。頭陀袋《ずだぶくろ》や判を貰う帳面は先で買いますからね」音吉が出《で》鱈目《たらめ》なお経を並べて米を施して貰う形はさぞ滑稽だろう。芭蕉が行脚《あんぎゃ》の跡には芭蕉の碑が残る。音吉が歩いた跡にはバットの吸《す》い殻《がら》一つ残るまい。途《みち》に落ちてる物は片っ端から拾い上げる男だ。しばらくしてから「では何卒《どうぞ》お頼みします。明後《あさっ》晩立《て》つことにしますから」と順貞さんは坊主頭に紫頭巾を被りながら音吉を連れて帰った。もう遍路さんになった気でいる。気まぐれな同行二人もあるもんだ。「一層のこと順貞さんと夫婦になっちまやあ世話がなくていい」すると女房が「およしなさいよ、あなたは妾の事なんか虫ケラみたいにお書きになるけれども、それはご自分の奥様だからご自分が人に笑われるばかりです。その調子で他人のことなんか迂闊に書くと酷い目に逢いますよ。兼ね兼ね言うようですけど、妾にだってても少し箔《はく》をつけてくださいな。

いくら妾が無学者だといってあんまりだもの。あなたの小説を見ると、妾、目から火が出てよ。いつかは怒ってやろうと構えているんですが、あなたの顔を見ると、噴き出したくなるもんだから」と剣突くってしまった。

女房の顔だって見ればいつでも噴き出したくなる。馬鹿にするな。うっかり口も利けない世の中だ。ついこの間もある女文士がある男文士と結婚した時に、俺が仲人《なこうど》の役を勧めたことがある。新郎も新婦もこの仲人の俺も貧乏者だから結婚の費用に差し支えを生じたのだ。俺は親切だから「参会者から会費を五円ずつ徴集したらどうだろう」と言うと、も一人の仲人が怒り出してしまった。「日本人は婚礼の式に会費をとるような国民じゃないです。お控えなさい」と恐ろしい古風な小言を食わせた。その時は恐れ入っておいたけれども、西洋人だってアフリカ人だって婚礼に会費をとるものかと憤慨した。どうにもならぬから提議した訳だ。

順貞さんと音吉が帰った後で金の工面に悩んでいると、一菓子が例の鼻つきで原稿を持って来た。読んで見ると鼻ほどもない小説だが、一番お了いの所に持って行って「この物語は未完なれども、江湖の庶士願わくば興味湧くが如き後篇を鶴首して待たれよ」と書き足してあるところが気に入った。しかもこの前篇というのが必死の創作と来ているから、俺は直ぐ『談語倶楽部』に宛て、一葉子の紹介状を書いてやった。彼は喜んで「明日『談語倶楽部』へ行きます」と言うかと思うと直ぐ帰った。そしたら翌日昼頃またやって来て「あれは駄目でしたよ。『談語倶楽部』の記者も解らない奴です。原稿を見せて、景気はどうです！と挨拶してから、さて一枚一円で買ってくださいと言いました。すると、私の原稿をたった二枚読んで、要りません、と断るのですよ。ひどいじゃありませんか。仕方がないから一枚五十銭でもいいから買ってくれと言うと、五十銭では気の毒だから、どこかほかの社へ行って一円でお売りになった方が得ですよ、と言ったっきり編輯部屋に引っ込んじまって再び姿を見せないというのは、一体全体私を何だと心得ている奴の礼儀でしょう」と嘆いている。

「それは残念だ。せめて最後の頁を一枚読んでくれたら、もっと挨拶の仕様もあったろうに！」と俺も同情した。この創作は「緑色の蜥蜴《とかげ》を舐《しゃぶ》る巫女《みこ》の話」という題だ。俺はそれを今度は『話之庫《はなしのくら》』へ紹介した。そこでも断られたと言って晩にやって来た。断られる度に「僕の芸術は非常な苦難を経なければ世に出ないのかもしれないです。何分常識文学とは毛色が違って奇怪なものですからね」と慷慨していく。その次にはもうどこにも世話してくれと言わなくなった。多分見切りをつけて諦めたのだろう。

そのかわり口を探してくれと言うから私の家から五、六軒先の『恋愛研究』へ訪問記者に世話した。手の焼けるくせに無闇と威張る男だ。俺は音吉のために五十円拵えねばならぬ。今まで柳原河岸の古着ばかりで間に合わせておったが、久しぶりに反物から仕立てる奴が着られると女房共が有難く待っている矢先に、書き上げた『黄夫人の手』と新聞の小説の原稿から抜き取ってやるよりほかに方法がないと悟るとがっかりした。『中央私論』から金を貰った帰りに、本郷三丁目の本屋で、お経の本を買うと何《なん》になさいますかと亭主が尋ねた。だから四国遍路をするのだと答えると、「それじゃ、黒谷和讃《くろやわさん》も必要です」と言う。そんな物を揃えて戻ると、朝日の下長根さんが見えて原稿料をくれた。暮を目の前に控えて一文でも余計な散材は堪えるが、五十円で怪物を南の方へ島流しにすると思えば安くもある。出発の晩に冷酒を奢ってやった。「もし大阪の川口で封助さんに逢えたら、お蔭様で食えるようになったから、当分汽車会社の人夫は見合わせたいと言ってください」と頼むと、「ああ、だがあんたも余りこの商売に深入りしねえように気をつけな。脳が悪くなるぞ」と音吉が忠告してくれた。そして「伯父といったところで根が他人の俺をこうして面倒見てくれるなあ、涙の零れるほど有難てえ」と握り拳で鼻っ柱をつるつる擦っていた。大分音吉も真人《しんじん》に近づいてきた。真人というのは真人間《まにんげん》の「間」が抜けたのだ。俺は順貞さんと音吉を目白駅まで送って行った。ベンチに腰かけていた早稲田の書生共がお互いに顔を見合って「あれだよ、あれだよ」と私語《ささや》いた。俺を指して「あれだよ」とは何だ。しかもこの異様な出立《いでたち》の俄か巡礼が俺の連れだと気がつくと、一層妙な顔をするから下等な奴だ。真っ白な経帷子《きょうかたびら》に管笠を被った音吉が墨染の順貞さんのそばに悄然として佇みながら、院線電車で西の方へ運ばれて行く姿を見送っていると、あのまま尼さんと二人で冥途へ駆け落ちする亡者のような感じがした。せめてもう五円も奮発してやればよかったと思った。可哀想な狂人だ。俺が引っ返して門口を入ろうとすると、「悪魔払いだ。悪魔払いだ」とお袋が頭から塩を振りかけた。何だか夢のような話だ。五十円棒に振ったのも夢になって、早く覚めてくれりゃいい。

新年号の雑誌に頼まれた原稿が総体で十種を飛び越えていたが、曲がりなりに出来上がったのは『黄夫人の手』一つだ。こうなると、一つでも多過ぎる。俺は草臥《くたび》れてしまった。

翌朝健闘屋が牛乳配達に来て、「ねえ、先生。こないだ空瓶を取りに来て、ちょいとお座敷を覗いたら鼻の高い男がいましたね。あの鼻之助が、今朝中島屋の暖簾《のれん》を潜っていましたぜ。しかも大きな夜具を担いで」と報告した。中島屋というのは質屋だ。呑舟や俺の書籍が置いてある。他所《よそ》に行く時は英雄のように構えて通るが、中島屋だけはそう威張れない。

そこへ陰陽亭の主人でございと断って来た老爺《じい》さんがある。「甚だ失礼でがすが、あの一葉子さんですな、お宅様の親類で、お宅様が一切の事を引き受けてくれるというので部屋をお貸し申したが、決まった仕事もないとみえて、毎日ぶらぶら遊んでいなさるから様子を見ていると、腑に落ちぬところもあるので、念のために一寸あの御仁の素性をお伺いしたいと考えましてな、お訪ねしましたのですが」とこの爺さんが怪しからぬことを言い出したから、あの男は俺とは赤の他人だ。十白楼の家を頼って来た酒屋の若旦那だ。万事を引き受けるなんてあるものか。俺は自分の事が手一杯だと言ってやった。すると陰陽亭が「それは話が違ってるですぞ。あの御仁は肥料問屋の坊ちゃんだという話で。これは不都合な」と慌てて帰った。

それから一か月ばかり後の話になるが、一葉子が下宿代を踏み倒したり『恋愛研究』を食い物にしたり、陰陽亭の同宿人に借りを拵えたり、八方塞がりになって、大阪へ走った時、俺に手紙を寄越して、復讐をするから覚えていろ、遠からず貴様と貴様の一族を撲滅する。日本中の文士に貴様の無責任を鳴らしてみせる。そのために俺は今大阪で百円あまりの金を費《つか》ってるのだと言うてきた。鼻の毒気にあてられて弱っているところへ、撲滅までされては迷惑だと思った。

「あんな正体の知れぬ人が、これからもやって来るに違いない。ですからご用心なさい。この原稿も手紙もあんな手合いから送って来るのでしょう」と言いながら、健闘屋が、俺のテーブルの上に積んである他人からの送り物を親切そうに検閲し始めた。これが俺の文学者になった忙《せわ》しい十日間である。これから二十年も三十年もこの商売をやっているうちには、またどんな物騒な奴が脅かしに来るかしれない。

二

狼の婆さんがとうとう死んでしまった。大体凶猛なくせに臆病で、毛だらけの顔に眼ばかり光らせて、年中空《すき》っ腹の俺を、世間では狼と言うのだ。狼にだってお婆さんはある。あるから死んだのだ。お婆さんの死顔をつくづく眺めていると何だか俺も死にたくなってきた。生まれ落ちてから今日まで、このお婆さんの手一つで育った俺は、一度だってろくな目に遭わせたことがないのだ。故郷の中学を出ると、先祖代々の家や道具を売り飛ばして、一生一代の運だめしにこの東京へやって来た。学生になったり、労働者になったり、やることなすこと失敗続きで、口入屋の番頭も知らないような商売のありったけをやり尽くしたドン詰まりに来ると、もうこの際俺に出来る仕事は泥棒か乞食か文学者だ。いくら資本いらずの商売でも、空巣狙いや紙幣の贋造は怖くて出来ないし、播州浪人の言い草ではないが、どんなに尾羽うち枯らした旅烏にしろ、元を糺《ただ》せば立派な家柄だ。先祖の位牌に泥を塗るようなことは滅多にやれないから乞食は嫌だときた。だから俺は文学者になったが、書くもの書くもの売れないから悲観した。しかし、今に金でも拾ったらまたどうにかなるだろうという気で、俺は着のみ着のまま、お婆さんは骨と皮、こうなりゃもう下りっこなし、矢でも鉄砲でも来いと、痩せ我慢を張りながら、強情に生き延びている。監獄にだって入る奴があるんだから、俺の家《うち》へ原稿を頼みに舞い込んで来る風変わりの客があるのは当たり前だが、生活《くらし》向きは相変わらずの綱渡りで、いつになったら少しは楽になるのか見当のつかないうちに、空《ひも》じ腹と根くらべをやっていたお婆さんは、金持ちになるのを諦めて死んだ。この塩梅だとまずは首縊る心配なしに食って行けそうだと思って安心したせいかもしれない。これでお婆さんが成仏するのは二度目だ。一度は酷く困った時お婆さんを死んだ体にして、東京にいる親類縁者から香奠《こうでん》を欺《と》ったことがあるのだ。いい具合に俺たちの住居が場末の裏長屋なので仏を拝みに来るものがなかった。親類共は揃って景気がいいのだ。俺は奴等の不人情が有り難かった。今度はいよいよ確実に死んだと、事情を打ち明けて見たところで、どうせ相手にしてくれないことが解り切っているから弱ってしまった。傲慢でしみったれで、懐に入るものならマラリヤ熱でも厭わないかわりに、出て行くものなら汽車でも嫌がる手合いだから始末が悪いのだ。生憎一文なしの俺は死人を抱えて途方にくれた。考えてみると人間の一生なんて厄介な道楽だ。生まれることが気まぐれな冒険なら、死ぬのは迷惑な悪戯《いたずら》だろう。お婆さんが寂滅したのは味気ないけれども、巻き添え食った俺の身にはなかなか災難だ。俺は一体どうすれば埒があくのだ。考えたところでろくな智慧は浮かばない。ただ無闇と悲しくなって、お了いにはむかっ腹が立ってきた。一層のこと放り出して逃げようか？権兵衛の種だから烏がほじくるんだ。拝火教徒の死骸だから印度《インド》の烏も食べるんだ。可哀想な話だが、八十に近い老婆の脱け殻なんざ宿なしの蛆《うじ》だってとりつくまいとは思うんだが、やっぱり俺のお婆さんだから、いくら常識のない狼にしろ、そんな無茶なことは出来ない。やろうったって行くまい。昔のナポレオンだから五十万の亡者をモスクワの田圃にうっちゃって突っ走ったんだ。雑司ケ谷で一番の業《ごう》つく張りで通っている裏口の百姓家主は滅多に俺を逃がすまい。情けなくて癪に障るとこんなことまで考えるが、世の中の妙なところはここだ。俺が一人でやけ糞になっていると、運の悪い人間の二人連れがやって来た。

一人は『野百合雑誌』で一人は『怪像』だ。俺の急場を見ると金を貸して原稿を書いてくれと言うから、こいつは大助かりだと言うと、いやそのつもりで一つ傑作を願いたいと吐かした。傑作を後回しにしてお婆さんの骨を故郷へ埋めに行かねばならぬ。仏の後始末がついて、溜っていた借金を払った残りを勘定してみると、大阪までしか行けないから困った。

しかし大阪まで行けば圭吉がいる。俺は京都の高等学校から追い出されたが、圭吉は首尾よく卒業したとみえて、この間俺に手紙をくれたときに、法学士松原圭吉と言えば、大阪の自動車倶楽部で知らぬものはないと書き添えてあったから、お前の顔が黒すぎて目立つのだろうと返事をやったことがある。この圭吉が京都の大学を出る時分に、古ぼけたバスケットを提げて雑司ケ谷の俺のうちへ突然やって来た。圭吉が大学で有名になったのは俺のお蔭なんだ。俺は彼奴《あいつ》のことを散々書いた。だから圭吉が大学青年会の理事になったからって驚くに当たらない。一体その理事は何をするのだと聞いてみると、圭吉はお前も随分わからず屋だ、寄宿所の賄い婆さんの監督をするんじゃないかと言った。なるほど、そのくらいのことならこの男にも出来るだろうと思った。その賄い婆さんの資格が非常に難しいのだそうだ。京都辺にはいないから、わざわざ東京の新聞に広告して置いて買い出しに来たんだと言ったが、東京がいくら広くても賄い婆さんの出物はあるまいと思っていると、翌日になって本郷の大学青年会館へ出掛けた圭吉がうまく見つかったと言って帰って来た。そして、これで一安心と、時にどうだい久しぶりだから、江ノ島鎌倉を二、三日奢《おご》らないかと言い出した。金がなければ少しくらいだと俺にもあると言いながら、古バスケットの中から風呂敷づつみを持ち出して俺の前でほどいて見せた。昔から金のないことで有名な男が、露西亜のルウブル紙幣を百枚も二百枚も持っているから俺は胆を潰したが、江戸川橋際《ぎわ》の両替屋に出掛けて当たってみると、一枚三厘くらいならお引き取りしましょうと言う。こうなると流石に獰猛《ねいもう》な圭吉も、馬のような歯をむいて悲しげに笑ったから俺はやっと安心した。それが本当だろう。圭吉の話を聞くと、京都の新京極で前の月に同値で買ったんだそうだ。相場って奴はなかなか上がらないものだなと溜息をついた。こんな法学士だから自動車倶楽部でもてるんだろう。俺は今都合が悪いから江ノ島はこの次にして品川のお台場はどうだと言った。すると圭吉は初めて東京へ来て大いに喜んでいたので、泳げるところなら品川でもいいと言った。お台場とお台場との間を泳ぎ渡りながら、江ノ島だってやっぱりこんなもんだろうと言う。多分こんなものさ、と俺は答えた。実は俺も知らないのだ。すると圭吉は単純な男で、名所なんかくだらんもんだよと断言した。家へ戻ると圭吉の故郷から、親爺が頓死したという電報が着いていたので、ひどく慌てだしたものだ。考えてみると俺が、品川のどぶの中につかっている時刻に親父が寂滅しちまったんだと、申し訳のない目つきで電報を見ていたことがある。そのとき俺の家に預けていった古バスケットのルウブル紙幣を掻き出してお婆さんの骨壺をおさめた。そして大阪の自動車倶楽部へ立ちよって、故郷までの路銀の工面を命ずるつもりで汽車に乗った。圭吉の商売は独立自動車株式会社の秘書役だから俺よりは楽だろう。ところが俺の汽車が京都へ着くと、窓際に腰かけていた俺を見つけて、俺の名を呼びながら飛んで来た奴がいるのだ。一旦東京へ来てそれから京都の高等学校に入った俺は物凄い貧乏で、学校を追っ払われて東京へ逃げ出すときは、家賃も米代も酒屋の勘定も永久に忘れるつもりで、命からがらだった。だから京都駅につくと内心ひやひやしているところへそいつがパッと現れたから驚いて見ると、家主でも米屋でもない高橋筑風なんだ。俺が浅草の貧民窟から本所の陸軍糧秣《りょうまつ》倉庫へ草担ぎに通っている頃、向島の日活会社活動写真撮影場を見に行ったときに、知り合ったあばた面の男だ。俺に松之助の脚本を見せて、このくらいのものだから自分の下請けをやりませんかと言った。講談の書き直しみたいなものだから、お説のとおりこのくらいのものなら雑作《ぞうさ》はありませんと答えると、それでは何か変り種をお願いしましょうかと言う。草担ぎに行って顔中傷だらけになるよりよっぽど割がよさそうだから、三日ばかりして「荒木又右衛門」の筋書をつくって向島の撮影場に持って行った。ところが筋書の題を見ると俺を馬鹿にするような調子で、こいつア駄目だよと吐かした。訳を聞くと「荒木又右衛門」はちゃんと出来たのがあるから困ると言うのだ。だから俺が言ってやった。「それじゃ、表題を宮本武蔵にとりかえちゃってはどうでしょう?」「なるほど、こいつは名案だ」と筑風が賛成した。俺の方がよっぽど話せると思って兎に角中を読んでくれと言った。その結果、筑風は俺の天才を無茶苦茶にほめるのだ。そうだろう本人の俺だってセルヴァンテスの『ドン・キホーテ』を焼き直しながら、これだと親分の松之助だって、見物の小僧だって喜ぶだろうと思ったんだから。「こういう筋は見たことがないねえ。自分で考えたんですか？」「いいえ、セルヴァンテスの傑作ですよ」と俺は笑いながら言った。「セルヴァンテスなんて小説がありますかね？　道理でうまいと思った」と筑風が言った。この男はセルヴァンテスを知らないのだ。後で話を聞くと筑風はもと縁日で英語の会話本を呼び売りしていたんだそうだ。松之助の乾児《こぶん》になったのは破天荒の出世らしい。だから、西洋の知識は英語の会話本で沢山だと思っていたし、拷問にかけたらトルストイの名前くらいは知っていると白状するかもしれない。だから活動写真の宮本武蔵が水車にひっかかって降参する場面はセルヴァンテスの智慧なんだ。二つ三つ書いた脚本を買ってくれた筑風は俺に断って二割ばかりの頭をハネた。親切な男だ。京都駅でこの男に出会うのは意外だから様子を聞くと、向島から京都の本店へ出世して脚本主任になりましたと得意がった。昔は随分小汚い風をして威張っていたが、大分垢抜けがしているから偉がるはずだと感心してやると、大将嬉しくなったとみえて、いつも家内とあなたのお噂をして羨ましがっていますよとお世辞を言うのだ。こんな男にでも羨ましがって貰わなければやり切れるものか。講談よりゃセルヴァンテスの方がずっと上等だ。するとあばたの筑風が追従笑いをしてどこへ行くのかと尋ねるから、故郷へ帰る話を聞かせたら、じゃ私も神戸の方へ出掛けるんですからお供しましょう。そういうわけでしたら、神戸の船会社に私の知人がいますからロハの切符を貰って上げましょうと言い出した。頭をはねるものでなければ世話しない筑風だったが、変わった心掛けだと思って礼を言った。お蔭で自動車倶楽部の名物男に無心を吹っかけないで済みそうだ。

俺の故郷は肥前の長崎だ。神戸から汽船で行けば一昼夜で着く。おまけに賄いは向こう持ちだから有難かった。松之助の乾児《こぶん》だって馬鹿にするな。船の会社に友達がいないとも限らないのだ。筑風は、神戸の六甲山の何とか渓に、滝の検分に出掛けるのだそうだ。新しい脚本の背景を物色しているんだが容易に見つからなくて困ると言った。筑風の書く物は三百年の昔だ。電信柱のない土地でないと狂言が出来ないと言った。「どこか格好な背景はないもんですかね」と筑風が尋ねるから「どうも格好な背景はないもんですねえ」というふうに相談に乗ってやるが、筑風の言うことは俺の考えることと時代が違うので、相手の説に相槌うって神戸に着くのは苦しかった。おまけに筑風が奔走してくれたロハの二等切符には「小児」という大きなスタンプが黒々と捺してあるのだ。桟橋から、その日出る船に乗ると事務長が切符を調べに来た。

「お部屋にご案内いたします」

と丁寧に事務長が言う。俺はこの金ピカの先生に導かれて暗いキャビンの廊下を上がったり下がったりしたりして小さい二等寝室に放り込まれた。

「切符を頂きます」

俺は恐縮しながら「小児」の切符を出した。

「ああ、あなたですか？」と事務長は何も彼も呑み込んでいるらしい。「何卒《どうぞ》よろしく」「神戸の――さんから電話で承知しています」「何分よろしく」「お窮屈でしょうが、ここでご辛棒ください」「何卒よろしく」「長崎までお越しになるのですか」「何分よろしく」ロハの切符と俺の顔を見較べて事務長はしつこく饒舌るのだから憔《やつ》れてしまった。俺は「何卒」と「何分」の使いわけで何遍お辞儀をしたか解らない。こうなると「狼」の文学者もかたなしだ。寝室に入ると小さくなる。食堂に行くと頭をかく。事務長に出会《でっくわ》すとお辞儀をする。船の居候はやったことがないから勝手が解らない。夜になったら落ち着くだろうと思っていると、上海行きの商人や芸者がいつまでも騒ぐので寝られぬ。いつもなら怒鳴りつけるが、気がひけて閉口した。こんな思いをするくらいなら圭吉に災難をかけた方がよかったと思った。船は瀬戸内海を過ぎて支那海に入るころ夜が明けた。俺はこの上海航路のしゃむ丸が五島沖にやって来るのを待って下甲板に飛び出した。そして船尾で働いている火夫たちの仲間入りをした。波が横着で風が頑固だ。水夫がビール瓶を一ダースも抱えて来た。皆口があいている。半分入っているのもあれば空っぽのもある。月を見ながら上甲板の籐椅子にひっくり返っていた二等や一等の客が飲み捨てのビールなんだ。瓶の外側には露が下りている。気のぬけた酒を喇叭《ラッパ》飲みにしていた。俺は筑風に貰った五十銭くらいのポッケット・ウイスキーをちびちび呻りながら、ウインチの陰に蹲んで海を見ていると、貧乏も居候もお婆さんの仏様も忘れて、成吉思汗《ジンギスカン》のような太《ふと》っ肚《ぱら》になってきた。支那の沖合いから、雲とも煙ともつかぬ波が走って来る。南洋諸島のような可愛らしい小波《さざなみ》が、船に近づくとまるでボルネオ島のように大きく持ち上がって、濠洲のような権幕で船の横っ腹に食いつくのだ。船の頭が東に向き直って、神ノ島と福田岬の間へやって来る時分には、もう揺れなくなった。こうして長崎の港に入るのだ。二等室のロハ客が月並みの嘘つきなら、そら涙を零してこう言うだろう。

「今、私を乗せた船は、俄かに悲しい汽笛をあげて、疲れ果てた港の桟橋に着いた。しずかに憂鬱な春の宵は、懶《ものう》く揺れる波の上から町をめぐる林の丘にかけて、青白い夢の翼に包まれている。昔、私の家がそこにあった、林の陰に瞬いている灯影を見ると、その頃の出来事が一どきに甦り群がってきた。私の心は波に浮く白い鷗の首のように、襲いかかる悲しみのために震え出した。両親に死に別れた私が、盲目の祖母に育てられた、あの白薔薇の垣を繞《めぐ》らした土蔵の家は残っているだろうか？　生垣の下を流れている渓川《たにがわ》や、美しい恋人の別荘はどうなったろう？　少女の飼い犬はまだ生きているだろうか？　私は忘れない、故郷を出て十幾年ぶりでお前のそばへ戻ってきた。しかし、今着いたかと尋ねてくれる人もいない。人々は私を見て一体どこから来たのだろうというような訝しい目つきをしている。私は忘られているのだと思うと、淋しい涙が溢れてくる」

こんなに哀れっぽくやっつけたら、田舎の娘にはもてるかもしれない。生憎、俺にはそんな生易しい思い出が見たくもないのだ。周りの生垣が白薔薇だと乙だが、困ったことには囚人墓地だ。三円くらいの家賃の家に土蔵もおかしいし、恋人の少女というのが近所の牛乳屋で、俺の顔を見るとすぐ乳代の催促をする膨れっ面だ。そこの飼い犬が狂犬になったとき俺が撲殺したことなら確かに覚えがあるくらいだから、涙のかわりに冷や汗なら出るだろう。何しろ俺は向こう見ずの乱暴者で通っていた。町の者が俺を忘れていれば幸いだが、覚えていられると殴られるかもしれない。乱暴者と聖人は故郷に入れられぬと本に書いてあるが、浪花節なら喜んで出迎える俺の町に歓迎されてたまるものかと思いながら事務長に挨拶に行くと、「いや、決してご心配なく、お金はいただきません」と吐かした。事務長は俺が金でも払いに来たんだと勘違いしたんだろう。金があるならあんなに気辛い思いをするものか。さようならと言って舷門から桟橋へ渡ると、波止場の前の「大黒屋」という安宿に泊まった。港に面した二階の隅の六畳に陣を構えて金の工面をしないうちはお婆さんの骨壺を片づけるわけにも行かないし、折角来たついでの追憶もゆるりと出来ない。故郷へ帰って寝た晩も「大黒屋」の二階では雑司ケ谷と同じことで、眠る前に金の心配を一通りやるのだ。旅空で金の苦労をするくらい面白くないものはなかろう。

俺は島田のところへ出掛けようと考えた。島田と俺とはこの町の中学を同期に出た仲間なんだ。自動車会社の圭吉とこの島田と俺が社会主義者と名乗りながら木下尚江の小説ばかり読んでいた。圭吉の故郷は四国の松山だが島田は土地の者だ。

港の場末に日見峠がある。峠の麓に小さい部落があるはずだ。麓の中川にそうて折れれば鶯の茶屋。お亀の塔。蘇鉄の寺に本河内の水車小屋と順に眺められたが、今は水車がなくなって、中川四景が三つになってトント殺滅《わや》だと、名所案内記にも書いてあるだろう。水車の部落は「米搗き村」で通っている。眼に入るものと言えばくるくる回る水車に、俵を背負って磧《かわら》をのぼる牛の群ればかりだった。渓《たに》のささやき。鞭の響き。鈴の音が風の都合によると町まで伝わってきたものだ。すると俺が中学の五年生の時分だ。「米搗き村」に水力電気の精米工場が出来て何とか式の素敵滅法な機械と技師がやって来た。それまでこの辺一帯の村々で刈りとる米麦の搗き上げを一手に引き受けていた水車小屋は仕事をとられてしまった。工場の方だと搗き賃が安い上に仕事がテキパキしているから村々の百姓がそっちへ搗かせるのはもっともな話だ。可哀想な旧式の水車はあがったりで、相当に生活していた部落の連中はたちまち食えなくなろうという騒ぎだった。初めのうちこそ躍気になって、工場に対してお得意の争奪戦をやったもんだが、勝負にならない。水車持ちは見切りをつけてぽつぽつ商売替えを始めた。車挽きになったり、駄菓子屋になったり、精米工場の人夫になるという調子で昔の名物は最期をとげた。

天《あま》の逆鉾《さかほこ》と俺の貧乏だけは先が見えぬけれども、あらゆるものには大詰めがあるとギボンのローマ史に書いてあるとおりだ。木曽街道は七十五次、忠臣蔵は十段目だろう。大阪城だって夏になると陥落する。孤塁落日、どこまでも諦めの悪い水車小屋の親爺がたった一人いた。それが島田の親爺だった。島田の親爺は頑固な男で、仲間がへこたれるのを見ると、すっかり憤慨しちまった。工場で搗いた米麦を一粒でも食ってみろ、中川水神さまに罰を食らって血を吐くぞと怒鳴り回ったもんだが、伜の島田が親爺によく似た無法者だ。いつも男のだか女のだか性《たち》の知れないボロ靴を履《は》いて、毛剃《けそり》久右衛門のような海賊面《づら》をして学校に通って来た。学校に来て何をするかというと、机の下に『火の柱』や『墓場』をひろげて読むのが仕事だった。俺とこの島田と圭吉とが集まると、小説は木下尚江だ。人間は社会主義だ。気に食わない奴は教師だろうが生徒だろうが片っ端からやっつけろという調子だったが、島田の腕っ節には俺も辟易した。何しろ俺はこの学校へ中途から入れて貰ったので、古参の島田がどんなたちの男だか知らなかった。

ところが五年になったばかりのとき、ひどい寒さでたまらないから波止場の古着屋で五円足らずのボロボロのオーバーコートを買ったのだ。俺はそれまで外套なしで押し通していた。それを着てみると膝坊主の上まである。これだとそんなにみっともなくはなかろうと思って学校へ着込んで行くと、流石《さすが》に異彩を放ったとみえて評判になったのはよかったが、それが島田の耳に入ったらしいのだ。二日目か三日目に教室の外の壁にかけていたオーバーコートが見えなかったから血眼で探していると、島田がやって来てちょいと運動場へ出ろと言った。何の用だと尋ねると何でもいいから出ろとまた言った。だから行ってみた。すると俺のオーバーコートが木馬の上に置いてあるからおかしな悪戯をする奴があるもんだと思って、やあどうも有り難うと礼を言いながら袖を通しかけた。すると島田が俺を睨まえて、貴様は日本人かと怒鳴り出したから驚いた。俺は日本人のつもりだが、お前にはそう見えないかと怒鳴り返すと、日本人は規則を守る人種だ、貴様は規則を守っていないだろうとぬかした。何の規則だか知らないが守っているつもりだ。ところが島田に言わせると、「お前の外套は校則に反したものだ。なぜこんな高価なものを買ったんだ」ときた。なるほど、俺のオーバーはボロだが、襟裏には英吉利《イギリス》のマークがついていた。だからこの学校の制服になっている巡査の外套とは違う。よっぽど洒落ているが日本だから着ていられるんだ、西洋なら乞食も貰わない安物だ。汽車は三等に乗る。三等に乗るのは四等がないからだ。もっと安い品があるならそっちにするから安心しろと怒鳴り返してやると、口ではとても敵わぬと見えて、貴様は生意気だと言いながら、いきなり俺の横っ面を殴りつけた。よっぽど飛びかかろうとは思ったが、相手の腕っ節を見るととても寄りつけそうになかったから、残念ながら、覚えていろ、月に一度は暗《やみ》の晩があるんだと、口惜しかったが我慢した。

俺はどうかして島田に仕返しがしたいのだ。凹《へこ》ます工夫をいろいろ考えているうちに修学旅行の日が来て、俺たちはこの町を出て福岡に行くのだが、小城羊羹《おぎようかん》の名所で有名な小城までやって来たら日が暮れて宿屋に泊まった。夜の外出は禁じてあったが、何分初めて来た古風なところだから、監督教師の目を盗んで飛び出した。暗い町のどこに何があるんだか解らないが、兎に角俺たちは酒を飲んで前途を祝福するつもりで、地酒の瓶をぶら下げながら小城の城跡へ道を聞いて出掛けた。石垣の上から蓮濠《はすぼり》を見下ろしながら、大いに浩然の気を養っていたら、石垣の後ろの草径《くさみち》を提灯つけて通りかかった土地の男と、仲間の一人が喧嘩を始めたのだ。俺たちの先祖は大抵が船泥棒か海賊だから、俺たちは気が太い。小城の人は葉隠れ武士の子孫だから鼻っ柱が荒くて、喧嘩ならいつでも引き受けるというのだから剣呑だと思っているうちに、提灯つけた男は袋叩きにされて逃げ出した。訳を聞いてみると、俺たちが腰をかけている石垣は城主の何とか公の墓だと言うんだ。無礼だから下りろと言った文句が大仰で気に食わないから張り倒したらしかった。なるほど俺たちは、勝手も知らない城跡にやって来て、わいわい騒ぎ回ったんだから、城主の墓くらいは踏みつけたかもしれない。そんなことはどうでもいいのだ。俺は俺でやることがあった。それは島田をやっつけることだ。酔わないときは島田に対する恨みを忘れているが酒を飲むと思い出して、島田が俺を運動場へ引っ張り出したように、俺も彼奴をどこかへ引っ張り出してやっつけてやろうと考えていた矢先に、先刻袋叩きにされて逃げた男が、十人ばかりの破戸漢《ならずもの》を連れて仕返しにやって来た。恨みは誰しも同じことだ。俺たちは散々な目にあった。石垣の端にいた俺は、背中を斬られて悲鳴をあげながら芝生へ転げ落ちた島田が、蓮池の方へどんどん逃げて行くのを見た。あいつをやっつけるのは今だ。あいつは手傷を負っているのだ。俺は石垣を飛び下りて島田を追っかけた。しかし、すぐ見はぐれて、妙な道へ出た。頭の上では入り乱れて殴り合う声がする。ふと俺は足元を見た。七曲りになっている路の折り目に鉢巻きをした男が隠れていたのだ。俺はその男が凶器を持っているのを見るとぎょっとした。引っ返そうとすると、迷子になった島田がひょろひょろと出て来た。うっちゃっとけば島田は殺されるかもしれないのだ。俺は隠れている男を後ろから夢中で突き倒した。それから先はよく解らないが、大分たってから気がつくと、俺は島田を背負ったまま、蓮濠の水の中にぼんやり蹲んでいた。島田はへとへとになっていた。これで水が深ければ俺も島田も土左衛門になったろう。島田の背中の傷を見た俺は震え上がった。それがために島田はしばらく寝込んでいたが、俺たちは港の町へ戻ってからも、授業時間に裁判所から折々呼び出しに来られて迷惑したものだ。喧嘩の相手は小城の博奕打ちだった。俺の仇打ちはこうしてお流れになり、骨を折って馬鹿をみたが、そのかわり島田は俺に頭があがらぬ。素《す》寒貧《かんぴん》の圭吉はその時学僕《がくぼく》をしていた。そして俺にありもしない金を借りるように、島田は俺にない智慧を借りに来る。俺が逃げ場に困って小城の蓮濠へ飛び込んだのを、なかなか沈着な計略だと感違いしているから、俺もなかなか沈着な顔をしていた。

俺たちが日見峠の精米工場に押しかけて行って、工場の窓硝子を滅茶滅茶に打ち壊したのも俺の智慧なんだ。島田が教室の壇の上に立って、一資本家が「米搗き村」の全生命を脅かしている事実を、滔々と説いたことがある。そのとき同じ級の者で、少なくとも木下尚江の小説の一つも読んだ奴は皆出て来い。水車小屋の貧民にかわって天誅を加えてやるんだと、卓を叩いて悲憤した。妙な天誅があるもんだ。多分親爺にけしかけられたのだろうと思ったが、打ち壊すことが痛快なもんだから、そいつは面白い。俺たちは無産階級の社会主義者だから、資本家どもの横暴を黙って見逃すわけにはいかないのだ。憚りながらあんな旧式な水車だってこの港の名所の一つになっているんだから、古跡保存の上から言っても、大いにやろうと賛成した奴の顔を見ると皆うす汚い貧乏人の伜だから感心したが、どういうふうにやろうかという相談になると皆駄目な男ばかりで、資本家を殴るとか、工場に火をつけるとか出来もしない議論を持ち出した。そんな無茶な相談を繰り返したって始まるものか。要するにあの工場の硝子窓を打っ壊せばいいのだ。二百円や三百円はするだろうからやり甲斐があると、俺が言い出すと皆敬服して舌を巻いたものだ。その晩、日見峠の工場に近い崖の上の水車小屋に、圭吉と島田と俺ともう二人で閉じ籠った。誰もいない廃《すた》った空き家だ。六畳の一間に腐ったぶくぶくの畳が敷きっぱなしになっていた。俺たちはそこで工場の職工たちが、退けて帰る時刻を待った。屋根の片側が剥げ落ちて、飛び出している真っ黒な肋骨の間から、水瓜《すいか》のような初夏の月が、ぽかんと出た。そこで俺たちは、中川の磧《かわら》に下って米の空き俵へ礫《こいし》をうんと詰め込んだ。崩れかけた水車小屋と精米工場との間に、若杉と櫨《はぜ》の入り乱れた小さい林がある。そこまで引き摺ってきた。こっちは樹の陰で真っ暗だが、工場は電灯で白く明るい。俺たちはそこらから、ありったけの石を投げ下ろして工場の硝子の窓でも天井でも叩き壊したのだ。何が痛快ったって、硝子窓に石をぶつけるくらい面白くて響きの冴えたものはなかろう。全く初めのうちは恐ろしい罪でも犯すような心持ちだったが、終いにはいい運動になってしまった。番人は狼狽したに違いないのだ。しかし、破れた窓から、チラと顔を出したきり、よっぽど怖かったと見えて引っ込んでしまった。しかし、流石に工場の前を通って町へ戻る勇気はなかった。姿を見せると捕まるかもしれないというので、一晩中蚊帳のない小屋の中に籠っていた。そして打ち壊したあとの心配をしたものだ。なぎなたのような大きな山蚊がぶんぶん唸ってくる。一匹ずつ叩き潰しては壁になすりつけた。大分減ったなと思うと、壁一面血だらけで、夜が明けた。仲間のものは俺の考えが有効にいったのを豪気に感心しているが、俺は捕まるのが怖いから石を投げようと言ったのだ。

　俺の追憶は煙管のように頭と尻だけ光っている。島田と俺の昔噺もぞっとしないが、一通り済まないうちは煙が立たぬから、少し書くとすれば、即ち三人の卒業期がやって来たことだ。卒業証書にありつくと学校の裏にある東山神社の事務所に監督教師を訪ねて暇乞いをする習慣があった。俺は東京へ立つ日に島田と圭吉を誘い出して、菓子折りを携えて行った。監督教師の板倉は大酒飲みの国学者で泡盛ばかり飲んでいる。木村鷹太郎の発見によると、ギリシャにあるはずの高天ケ原《たかまはら》はここにありと板倉が言うのだ。その六畳の高天ケ原に、明治二十幾年、伊勢大神宮卒業以来の古事記みたいな面相で、乞食みたいなドロドロの紋付袴で大あぐらを掻きながら、泡盛の徳利を前に据えて正眼に構えるところはいかにも神韻漂渺《ひょうびょう》としたものだ。その日も学校が休みだから頻りにやっていた。三人がかわるかわる告別の辞を並べると、どういう間違いだか「諸君お目出度う。さあ、膝を崩して一献《こん》どうです」と俺に盃を持って来た。毎度のことだが、つい試験前にも卒業生の送別会で、俺が酒を飲んだのを板倉に見つかって殴られたことがある。「お前はどうしても酒をやめないんだな。今度見つけたら最後、卒業まぎわでも叩き出すからそう心得ろ！」と怒鳴られた声がまだ耳にこびりついているから、実はそのすっかりやめたと嘘をついて尻ごみをした。すると板倉は俺を慰めるように「いや、在学中はやかましいが卒業すれば構わんから遠慮なくやり給え」と言うのだ。ところが実はここへ来る途中で、学校の崖下にあるユダヤ人のビヤホールですましたので、俺の袖の中にはそこで買ったキング・ジョージ第四世陛下が入っている。汽車の中でやるつもりなんだ。すると板倉が、「あそうか！ いよいよやめましたかね。そいつは近頃感心だね。実は俺もやめたいとは思うんだが、つい、やっぱり駄目だねえ」と言った。

「先生のように召し上がって、よく害になりませんね」

「いや、君、好きなものは害にならんよ。生理的の要求だからね」と板倉が勝手な理屈をつけた。酒を飲むのは生理的な要求なんだ。誰の虫がすくとも同じことだから愚図らなきゃいいのだ。俺たちは言うだけのことを言ってしまえば、こんな高天ケ原に座り込んでいる暇はないのだから、立ち上がって棚に上げて置いた菓子折りを取り下ろそうとした。コナン・ドイルの筆法を借りて言うなら、もろ手を上げて抱えた箱を下ろそうとする拍子に、袖の中からキング・ジョウジ第四世陛下が畳の上にごろごろと転げて落ちたのだ。瞬間に目を奪われた板倉がゲラゲラと喜ばしげに笑い出した。もう菓子折りなんかどうでもいいというふうに「そいつを一口くれたまえ」と言ったものだ。俺は間が悪いから、「さあさあ」とすすめながら、しどろもどろの弁解をすると、聞くのか聞かないのか板倉は目尻を下げて饒舌り出した。

「東京へお出でになって国学でも研究しますか」「いえ、理学をやろうと思います」と俺は答えた。「理科？　あれは君、ヤドカリが冬籠りをする貝殻を探し回る商売だろう？　面白くないね。同じ海岸の仕事なら船乗りか、船頭の方が国家のためになる！」と妙なことを言うから、「しかし私には天才がないから国学をやったところで飯が食えませんよ」そして年中腥《なまぐさ》い泡盛にしかありつけないことになると問題だ。貧乏はしても酒は灘かスカッチといきたいもんだ。重盛や泡盛とくると源平以来鼻もちがなりませんと言いたかった。すると板倉は俄かに憤然としてこう言うのだ。

「そ、それが悪思想にかぶれた証拠です。金銭や生活それ自身は無下に劣等なものです。我々はそんな危険思想を伴う生活を超越しなくっちゃ！」

そういう悪思想に取り憑かれている俺なんかと口を利くのも不名誉だとみえて今度は島田の方へ向き直った。

「あなたの将来の志望は？　国学ではないのですか？」

「私は電気工学を研究するつもりです」と島田が反対した。島田は電気工学でもやって「米搗き村」の精米工場と米搗きの喧嘩をやり直す了見だろうが、大将、嫌な顔をしてどうも真面目でないと言った。次は圭吉の番だ。流石にあなたも国学はやりませんかと言わなかった。圭吉の法律学なんか、往来にて放歌すべからずと、強盗殺人は死刑に処すべしで、一向霊魂の修養にもならなければ、日本文化の足しにもならない。君、どうでも法律をやる気なら周の礼楽《れいがく》からやりたまえ。昔は笛を吹いて民を治め、銅鑼《どら》を叩いて政《まつりごと》を行ったが、あれが治国統民の極致だと言った。根が気の小さい学僕の圭吉だから、申し訳がありませんと、しきりに詫《あやま》った図は今でも忘れない。法律なんかどうせ人間の拵えたもんだ。人間がつくったものに満足なものがあるものか。霊魂の修養や日本文化の足しにはなるまいが、圭吉の小遣いの足しにはなるだろうと思ってご機嫌よろしく高天ケ原に暇を乞うた。俺は島田と圭吉をつれて悪思想の世界へ這々《ほうほう》の体で飛び出した。

「あんな奴は、少しどうかしてやらないといかんな」と島田が慨嘆した。すると圭吉が「うっちゃっときゃいいんだよ」と言った。俺はそれよりも第四世陛下を飲まれて忌々しかったので「そんなこたあどうでもいいんだ。ビールを飲もう」と嘯いた。「うん、ビール、ビール！　国学の亡魂はそのうちにビールの泡になって消えるよ」と島田が勇み立った。俺たちは崖の下のユダヤ人のプフェットでまた飲んだ。だんだん酔ってくると、専門学校の入学試験なんか念頭から消え去って、「思想」がどうだという議論になる、お了いにはまた木下尚江の小説が引き合いに出されて、社会主義の世の中になるかならぬかの問題でケリがつくのだ。島田は熊本の高等工業に入るそうだ。社会主義の電気屋にでもなって貧乏人を助けるつもりだろう。圭吉は高等学校へ俺のお供をするそうだ。法律でもやったら貧乏人の味方になる約束をして別れ別れになった。

それから十年あまりになる。圭吉は大阪の自動車倶楽部で有名になって、小金をためて社会主義を忘れてしまった。俺は食ったり食わなかったりで、未だにこのとおりだ。何をしても面白くない。俺は世の中を買い被っていた。人間の生活ほど出鱈目《でたらめ》なものはなくなった。社会主義も理学博士になるのも馬鹿馬鹿しくなって来た。死ぬことが出来ないから原稿を書いて生きているだけの分だ。この二人の居所は解っているが、島田の消息は絶えてない。熊本から一度手紙が来て、社会主義のために大いに勉強しているようなことを言ったきり音沙汰がない。あの男のことだから学校を出て故郷で働いているだろう。長崎の人は滅多に他国へ出稼ぎしない気風だし、年寄りの親爺もあるからと思っていると、俺の同期生で、精米工場の硝子窓を叩きやぶった仲間の一人が、いろんな仕事に失敗して俺の所へやって来た。今は満洲の鉄道にいるが、俺の商売をよっぽど割のいい楽なもんだと勘違いして、文士になるのだと言うから、忠告して追い返したことがある。その男の話に、島田が港に戻っているが、何をしているか知らないと言った。だから、この町にいることは確かだ。差し詰め島田の家へ行ったら、少しくらい金の都合や宿の心配くらいは引き受けてくれるだろう。夜が明けたら、十幾年ぶりに島田を驚かしてやるつもりで寝た。

　ところが翌朝になって面食らったのは島田でなくて俺だった。飯をしまって新聞を見ると俺の肖像が『長崎夕陽』に麗々しく出ているのだ。その肖像の下へ持って来て、日本文壇有数の社会主義作家と、大仰にやっつけてあるから乱暴だ。故郷に帰ることは誰にも内証だから俺がここにいる一件がばれるはずがないと思うと不思議でたまらないが、よくよく考えると、しゃむ丸が門司港を通過するとき、土地の新聞記者が二、三人油売りに来て、船客の名簿を調べていたから電報でも打ったのだろう。それは構わないが、日本有数の社会主義作家は脅かしたもんだ。俺は作家に違いないが、日本有数の社会主義者でもない。昔はそうだったが、貧乏をやりぬいて年をとるとそんな面倒臭いことは真っ平だ。俺は絶望主義者だ。何もかも絶望だ。いや、そんな主義があるものかと言うだろう。俺のようなヤケ糞な男には几帳面な主義や窮屈な文壇なんかありゃしない。その俺がこの町へ演説に下って来たと、勝手なことが書いてあるから迷惑していると、「大黒屋」の娘が一枚の名刺を持って上がって来た。

「旦那さん、このお方がお目にかかりたいと言ってお越しになりましたが――」と言いながら、迂散《うさん》な目つきで俺を見ている。名刺には××分署の高等係島田喜八とあった。島田喜八と言えば、俺が金の相談に行こうとする相手の男だから胆を潰して物が言えない。

「よろしい、お上げなさい」と俺はやがて言った。入って来た男は正に島田なのだ。俺の顔を見ると、いやに嬉しそうな微笑を湛えながら、木綿の袴の膝を揃えて「久しぶりであります。私は島田であります」と、尖った五分刈りの頭をぺこんと下げた。おかしな島田になったもんだ。俺はこの男に金の無心を言わねばならないのだ。これは少々考えなければならなくなった。すると刑事になった島田が言った。

「あなたが当地へお出でになったことを今朝の新聞で拝見しましたが、写真を見ると大層変わってお出でになるから惑いましたよ。へへ」「そうですか」と俺は初めて口を切った。社会主義一点張りの島田が、監獄へぶち込まれるかわりに刑事の喜八になった話は、三国志の作者も跣足《はだし》で逃げ出すような白昼の一大事件だ。今頃は、江ノ島あたりの海岸で、ヤドカリの空き巣でも狙っている理学者のはずの俺が、九段の立ちん坊だって思いつかぬ汽船のただ乗りを企てるよりはよっぽど奇抜だ。島田の様子を見ると、金でも拵えてくれそうな昔の俤《おもかげ》は薬にしたくもない。世界中の刑事が持っているような、疑り深い陰険千万な眼つきで部屋の中をじろじろ見回しながら、

「今度はどういう御用件でこちらへお出でになったのでありますか？　新聞には演説のためにと書いてありましたが――やはりそうでありますか」と言った。乱暴な旧友が久闊《ひさしぶり》の言葉とも思われぬ。俺は当てが外れてムカッ腹が立った。金の都合はどうでもならあ、俺は何よりも、警察の高等係になった俺の旧友を見たくないのだ。高等と名乗って出る奴ほど下等なものはないだろう。現金な話だが、こんな下等動物には用がないと思うと一刻も早く追い返したくなった。

「あれは間違いでさ、格別用はないが来たくなったから来たのです。僕は気の向いた所へ自由に出掛ける権利がないだろうか？」

「いや、それはもう仰有るまでもないことであります。そこでご帰京の予定は？」と島田の訊問は型のとおりだ。俺は何でも悪く取る。「だからさ、今言ったような気まぐれな僕が、町へ着くや否や、いつ帰ろうなんて考えるものでしょうか？」

「いや大きにごもっとも、さぞお疲れでありましょう」と、流石にきまり悪くテレている。無愛想な俺の剣突を一々もっともに聞くところから按ずるに、この男はまだ出来立ての刑事だ。俺がこう言えば此奴も少しくらいは恥ずかしがって逃げ出すだろうと考えたので「僕は君から出しぬけにこんな丁寧な訊問を受けようとは思わなんだよ。久しぶりに会って話もたまっているが口から出ないね。僕は君の変わりようがあんまり突飛《とっぴ》だから面食らってるんだよ。全体どういうわけで警察なんぞに勤めてるんだい」と言った。今頃は然るべき技術者になって、相変わらず社会主義か何かやっているだろうから、実は金の相談に押しかけて行くところだったと言いかけてやめると、俺の文句の中へ飛び込んで来て、何よりもそれを聞いてくれ、まだ良心の脈はあるんだと言わぬばかりに、図迂図迂しく落ち着き払って饒舌り出したから失敗《しま》ったと思った。

喜八の一代記と言えば、俺と別れた幕から始まるのだ。島田の喜八はその時分熊本の高等工業にいたから、実際は知らないが熊本から舞い戻って聞いたと言うのだ。つまり日見峠の「米搗き村」に精米工場が出来て以来、部落の寂れようは物凄いものだと言うのだ。俺が東京へ立つ頃はそれほどでもなかったがあるいはそうかもしれない。

するとその大恐慌の真ん中にたった一軒だけうまく運転している水車小屋があって、それが島田の親爺の家だそうだ。仲間の不甲斐なさを嘲《あざけ》っていた頑固な爺さんのやりそうなことだ。島田爺さんの水車は工場の鼻っ先で勇ましく回っている。「そいつは豪気だね」と言いながら俺は微笑した。伜の喜八よりゃよっぽど偉いと思った。

「しかし、考えてみると不思議であります」と刑事が首を傾げた。何が不思議だと聞くと、村々の百姓で、水車小屋に頼んで米麦の搗き上げをしているうちは一軒もなかったから、一体どこから持って来る仕事をやってるんだろうと、部落中の大評判になったと言うのだ。島田の爺さんに尋ねてみると、いつもせせら笑って黙っている。あんまりおかしいから、水車小屋の中を覗いてみようと思うが、いつも厳重に閉ざされていたと言うのだ。ところが、ある日、爺さんの秘密がとうとうばれた。以前やっぱり水車をやっていた精米工場の荷車挽きが、中川の磧《かわら》で島田の爺さんにポカリと出会ったそうだ。滅多に外へ出ない爺さんが、小牛に俵を背負わせて、どこかへ届けに行く途中らしかった。

「相変わらず精が出るね、お爺さん」と荷車挽きが言葉をかけると「ああ、そうだとも。お蔭で仕事に不自由はしないよ、水神さまのご利益《りやく》だ」と言いながら行ってしまった。荷車挽きはしばらく島田の爺さんの後ろ姿を眺めていたが、ふと、爺さんの留守に水車小屋へ忍び込んでみたくなったと言うのだ。他人の秘密は誰しも知りたいものだ。小屋の中を見れば村々から運ばれた俵には印がついているからすぐ解ると思って、木戸をコヂ開けて入ると、小屋は蜘蛛の巣だらけのがらんどうときた。たった一俵の米俵には枯れ草が詰めかけてあった。勇ましく回っている水車の杵柱《きねばしら》は、まっ暗がりに、石の空臼《からうす》をこな微塵に砕いていたと言うのだ。空臼を搗けば壊れるのは当たり前だろう。荷車挽きは物凄くなって飛び出したそうだ。頑固な爺さんは「米搗き村」の名誉のために、ため込んでいた金を座食《いぐ》いしながらも空臼を搗いて精米工場に対抗していたのだ。

刑事の話によると、俺達が硝子窓を叩き破ったのが一つの動機となったわけでもあるまいが、水車小屋の持ち主たちがいよいよ廃業することになると、工場側ではお情けで石臼を買い取ってやったのだそうだが、島田の爺さんの石臼は滅茶滅茶になっているから一文にもならぬ。爺さんは自分の秘密があばかれると捨て鉢になって、不埒な闖入者を呪い出したそうだ。だから村の人々は驚いて、伜の喜八を熊本から呼び寄せたが、喜八が戻って来るまでに、この頑迷な名誉保存者は気がふれてしまったと言うのだ。器具だろうが着物だろうが、手当たり次第に火をつける。お了いには焼くものがなくて雨戸まで引っ外《ぱず》すものだから部落の連中が物騒がって、爺さんの始末を相談している間に小屋へ火をつけて焼いたのだそうで、その後も喜八と二人で他所《よそ》の座敷を借りて監視されていたが間もなく死んだ。そして喜八は無一文なんだ。その日の生活にも困るわけだが、何分この狭い古風な港には喜八に都合のよい仕事がなくて、ぶらぶらしているうちに人の世話で巡査にまでなり下がり、しばらく立つと高等係に出世して、お蔭さまで、どうやら釜の蓋が開きますという次第だから、大いに同情すべきところだが、生憎俺には出来ない芸当だ。

お前の困るのはお前がやり損じたからだ。俺がどんなに困ろうと俺の勝手に困るのだから、俺がどんな芝居を打つか見物をしていりゃ沢山だ。俺は、俺が呻きながら血眼になって藻掻きながらやっている姿を、他人のように見物している。死んだらそれまでの話で、食い物にありついて死ぬのが日延べになったところで大して嬉しくもない。だが、俺も世間並みの人間だから、曲がったことは大嫌いだ。苦痛は道楽にやってる狂言のような気だから、お前の苦痛なんか屁のようだ。お前が困っているのを見ると、もっとやって泥棒になるところまで漕ぎつけてみるがよかろうと忠告するだろう。そして泥棒になったら、お前は俺よりも値打ちのない人間だと言うくらいの冷酷な男だから、同情やお慈悲は、もってのほかだ。だから、いい加減食うに困って妙な真似をするのだと、開闢《かいびゃく》以来の知己だろうと自分の親だろうと嘲りたくなるのに不思議はあるまい。だから、俺のことを世間では狼だと言うのかもしれない。俺は同情して貰いたくないから同情もしないのだ。だから、食うに困って泥棒よりも下等な商売人になった刑事の島田が、どんな哀れっぽい話をしようと賛成は出来ない。ただ島田という男は、昔腕力家で今日は俺よりも愚劣な人間の屑だと考えるよりほかに仕方がなかろう。

話はこれでお了いだが、饒舌っている間が実に面白い。水車小屋とか精米工場とか「米搗き村」の名誉とか社会主義者だった俺たちの名前が舌に乗ってべらべらと飛び出すとき、刑事の島田は警察の役人だということも、世間から爪弾きされている刑事だということも胴《どう》忘れしてしまうのだ。話し手の態度は全く警察ばなれしている。大日本社会主義者列伝に出て来る悲愴な男の顔貌に変わって来るのだ。そして妙なふうに肩を怒らして興奮している。奴さんには、これほど尊い思い出が、ほかに一つもないのだな。精米工場の硝子窓を叩き壊した事件が唯一の誇るべき追憶なんだな。その他のことは恥ずかしくて言えないことばかりだろう。その尊い思い出にすがりついて心を躍らせているのだ。いつも忘れていることが俺を見て浮かんで来たんだろう。恥知らずめ。俺に逢いたきゃ昔の島田らしく辞職して来い。小説家の最も貴《とうと》い道徳は小説を書かないことだ。書かずに済むなら俺も書かない。刑事の最も貴い道徳は旧友を訪問しないことだ。訪問せずに済むなら訪問いたしませんと言うかどうかだと、念のために聞こうと思って島田の顔を穴のあくほど睨まえる。

「何卒《どうぞ》私をそうじっと見ないでください。兎に角私は、ただ今の勤めを決していいとは思いませんし、こんな仕事は全くつまらんものであります」と言い出した。

「そんな話はよそう！　何のために君が訪ねて来たんだか、僕は実際のことを知りたいのだ。言うまでもなく、新聞に日本文壇有数の社会主義作家が演説に来たとあるから、宣伝でもされては大変だと思って演説の願い下げに出頭したのだろう」すると島田は弁解した。

「ハア、それはその、新聞を拝見して昔のことを思い出すと急に懐かしくなったのであります。その後どんなにお変わりなすったか、それを知りたくなったのでありま す。私はあなたのお書きになるものは、いつも読んでいますから、一日ゆっくりお目にかかりたかったのであります。決して誰の命令を受けて来たわけではないので、何卒、誤解なさらぬように。こういう勤めはしていますが、私も、その、例の、その主義には至って賛成の方で、へへへ」と尻の方で胡魔化している。

「それが本当だとすると、僕は今までの冷淡な態度を後悔しなければならんかなア」

「いや、いや、決してそんなことは」と島田がうろたえて言った。「先生のご名声は当地にまで轟《とどろ》いておりまして、学校で毎月やります校友謝恩会は、いつも先生の噂で持ち切りであります。私はもう、先生のような名士にお会いしただけでも非常に愉快であります。実際私どもは母校の誇りと考えておりますので」

「あなた」が「先生」になった。東京の車夫だって俺には旦那と言わない。してみると、昔に比べて、借金や掛け取りに嘘をついて追い返すのが俺も見違えるほどうまくなったように、島田も大分修養を積んでいる。俺の名声が当地まで轟いているくらいでは心細いが、学校の校友謝恩会で俺の話をするなんざ島田の傑作だ。俺も学校のことはとうの昔に忘れているが、校友会の名簿を見ると、俺は十年前から職業なしで行方不明になっているはずだ。俺は刑事風情からお追従を言われるのはこれが皮切りだから妙な気がした。

「果して愉快かな？」

「全くであります」

「僕は不愉快だよ！」

「えへへへ、ご冗談でしょう」

「僕が不愉快だと言うのに、何が冗談だ」

「ハハア」と島田は呆《とぼ》けている。

「僕は自分の旧友が刑事になってるのを見るのが不愉快だと言うのさ。僕にも君のような経験がある。文学者を始めた頃、警視庁から僕を雇いに来たよ。ここに百五十円の金が遊んでいる。それを提供するから僕に来て働いたらどうだと言ったよ。今言ったように、将来文学で飯が食えるかどうか解らないから百五十円貰って文学と縁を切った方がよっぽど心強かったが、きっぱり断ったもんだ。考えてみたまえ。その時僕が承知していたら、今頃僕は世界中の人間が皆泥棒か叛逆者に見えて、年中ビクビクしていなくちゃならないんだからね。嫌な商売だぜ」

警視庁が百五十円差し上げますという文句は、俺がどんな傑作を書いたって、このくらい島田を敬服させる力はなかったろうと思われるほど、緊張して、かしこまって、大いに襟を正しくして俺に無上の敬意を払ったから、度し難い奴とは思ったが、この新派もどきの独白《せりふ》がよっぽど利いたとみえて、俺が島田の変節や無自覚をどんなに痛罵しても一向に怒る様子もなかったので、少々可哀想になってきた。考えてみると、誰が何をしようと銘々の好き好きだ。泥棒が金持ちの着物を一枚追い剝ぎするのも、この暑いのにいくら有り余る着物だって十枚も二十枚も重ねておいでなすっちゃ、体に毒だと心配して盗《と》ってやるんだろう。その泥棒をふん捕まえた刑事の肚《はら》に立ち入ってみると、何もそう苦心惨憺してひとの物をかっぱらわなくったって、楽に食っていける所があるという親切から、二つ三つ殴りつけて監獄に叩き込むのだろう。してみると、何もかも意志の疏通を欠くから面倒なことになるんだと、俺は決して考えたわけではないが、誰が何をしようと銘々のご随意だからよさそうなもんだが、現在俺の動静を探りに来ているはずの島田を見ると、旧友だけに悟れなくなったのだ。親しみどころか、神仏に誓っても軽蔑と憐憫と憤怒とで全部だ。こうなると、話も糸瓜《へちま》もない。刑事は憂鬱な顔をそむけてこそこそと退散した。部屋を出るときにこう言った。

「お疲れのところ、この上お邪魔するのも何ですから、またそのうちお目にかかると致しまして今日はこれで失礼します、つきましては甚だご迷惑でしょうが、ご帰京の日時がお決まりになりましたら、お見送りしたいのでありますから、署の方まで、ちょっと電話でも頂きたいのであります。また、ご逗留中にご講演でもなさる節は、そう仰有ってくださると、いろいろお手伝い致しますから、何とぞ悪しからず」

それ見ろ、演説の手伝いは、打ち壊しと検束のことだろう。お見送りは護送の間違いだろう。だから、旧友でも油断が出来ない。相手になっていたら三日でも四日でも俺のそばにくっついているんだ。この男に金の工面を頼もうと思っていたんだから、世の中のことはお先真っ暗だと思った。旧友だというのをいい口実に、馴れ馴れしく近づいて失敗した島田は、きっと俺を社会主義者だと思い込んでいるに違いない。平生は愚にもつかぬものばかり書きなぐっているが、俺もなかなか食えないぞ。社会主義の面を被って、差し支えなければダンスをして見せらア。態《ざま》を見ろ、も一度やって来たら向こう脛《ずね》を叩き折ってやるから、――そう言って力んでみたが、差し当たり困るのは金だ。下手な真似をすると無銭飲食で引っ張られるかもしれない。そんなことになると、お婆さんの仏に申し訳がない。自分の故郷に帰って金の細工に行き詰まるようでは、名士も日本有数もお終いだ。骨壺は片づけたい。酒は飲みたい。蟇口には東京の電車の切符が一枚あるきりだから流石の狼も往生していると、島田の名刺を持って来た宿の娘がまたやって来た。今度は七、八枚も持って来た。皆知らない人達だから用件は解らないが、旅行をすると、いつも若い文学者が押し寄せて来る。多分その口だろうと思って「よろしい、お上げなさい。会いましょう」を繰り返した。ところが案の定そうだった。知らない人たちの中には俺の伯父さんくらいの年配の顔も見える。知らない顔を揃えて狭い部屋の中へぎっしり詰まった。俺は若い連中が好きだから、家にいる時でも旅の宿でも喜んで迎える。面白くもない仲間の文士と仕事の話をするよりは気が変わっていい。第一、無邪気で突飛でトンチンカンで遠慮がない。俺が真実のことを言おうが間違った議論を聞かせようが、相手は感心している。そうかと思うと、中には俺をやっつけにかかる猛者《もさ》が現れて来るから、金はなくっても賑やかで消化の助けになる。この連中の申し込みは、俺の帰省を機会に何か饒舌ってくれと言うのだ。どこでもお決まりだが、俺はこっそりやって来て、こっそり引き返す考えだから一応断ろうと思ったが、俺の頭にふと、アヴェルチェンコの『騒ぎ』が浮かんだ。それは二人の泥棒がお互いに疑《うたぐ》り合って警察に相手を密告する話だ。俺はこの小説から思いついて、一人のスパイが味方の間諜をやる話を咄嗟《とっさ》の間に考えた。すると島田の顔が俺の目先にちらつくのだ。

「やるとすると、どこでやりますか」

と俺は聞いた。

「皓台寺《こうだいじ》の座敷ではどうでしょう」

と背広の男が言った。その寺に俺のお婆さんが行かねばならないから、少し具合が悪いと思って、

「こっちには公会堂はないのですか」

と言うと、

「あるんですけど、活動や議員の選挙演説をやってますので都合がつかないのです」

と今度は一番年かさが残念がった。この仲間の大将だろう。結局は、皓台寺よりも幾分小広い山の手の教会堂がよかろうということになった。すると、この頭どりが妙な念を押すのだ。

「甚だ失礼なことを申し上げるようですが、最近この町では社会主義の取締りが厳しいので、お話を願うことが出来ますのは、大変有り難い仕合せですが、その方はちょっと――」と言いにくそうだから、多分この人たちも日本有数を読んで心配しているのだろうと思ったから、俺は正直な話が社会主義者でも何主義者でもないから安心

してくださいと言うと、喜んで引き揚げた。怱々《そうそう》として来り、怱々として去り、肝腎な講演賃の問題を忘れているから呑気な話だが、そんなことはどうでもいいのだろう。帰りがけに、短冊と色紙だけは、型の如く何か書いてくれと言って置いていくから正直だと思った。これが俺の故郷だ。俺が演説をすることになれば、日取りがはっきりしているから島刑もやって来るだろう。そこで俺の目的はまたやっつけてやるのだ。俺はお婆さんの骨壺を一先《ひとま》ず寺の坊へ預けて、埋葬の手続きや、人足の費用を当たってみるつもりで、出掛ける支度をしているうちに、また金の問題が気になる。とどのつまり、自動車会社の圭吉に電報をうって送って貰うよりほかに方法がないことに気がついた。それから出掛けた。波止場の大通りから電車の線路に沿うて寺町へ歩くのだ。十年前には随分古風な町々が、新しく通じたボロ電車のために縦横無尽に引っ掻き回されて哀れに荒廃している。こんな立ち腐れの町に電車なんて生意気だろう。隅から隅まで歩いたって三十分もかかりゃしない。だから俺は十分くらいで皓台寺前についた。門前の葬儀屋で相談をすると五円はたっぷりかかりましょうと言った。お寺の坊主に伺うと、お経料は思し召しだと言った。お坊に出掛けて墓の様子を聞き訊《ただ》すと驚いた。

「そんげん墓はありまっせんばい」と来た騒ぎだ。自分のものなら時には良心まで売り飛ばすが、俺はまだ先祖の石塔を売った覚えはないから、確かにあるはずだと言っても、お坊の主人は、依然として「ありまっせんばい」と言い張る。

「墓がないとすると、どうなったのでしょう」

「墓を買った人があるからでしょうたい」

「しかし売った覚えがないとすれば」

「そうですなア。一体あんたはどこの国からおいでなはったのし？」

「十年ぶりに東京から来たのです」

「ああ、十年も墓所《むしょ》をかまいつけなかったけん、大方無縁になって権利をとり上げられなはったのじゃろたい」と言いながら、新規に出来た墓のカタログを見せたが、なるほど俺の先祖の名が消えている。人の留守に大方無縁で売り飛ばす法があるものか。愚図愚図言うたらお婆さんの骨壺を叩きつけてやるからそのつもりにしていろ。兎に角俺は、一通り丘の墓地を見回って来るからと、言い残してお坊の裏から狭い石段を登り始めた。下から上まで五百段もあるだろう。両側には大きな楠《くすのき》が骨の汁を吸ってもくもくと太った翼をひろげている。三百段くらいのところから右へ入ると廃港が一日に見ゆる。俺の先祖はそこに、紅毛船の焼き打ちの夢でも見ながら眠っているのだ。足元には中庵《ちゅうあん》の泉が揺れている。目の届く限り、苔むした卵塔《らんとう》が俺たちの来る日を待っている。中庵の前まで一気に駆け上がった。ところが、堂の横に寝ていた乞食のお婆さんがムクリと起き上がって、何でもいいから恵んでくれと言った。そのお婆さんの姿が俺の仏によく似ているからぞっとした。やりたいけれども、何にもないから勘弁してくれと言って一目散に逃げた。するとその乞食のお婆さんが、いかにも恨めしそうに俺を見た。俺の元気はげっそり落ちてしまった。俺は骨になったお婆さんのことを思い出したのだ。かれこれ五年前、顔は傷だらけ、手足や腰の骨迄ボリボリ疼《いた》むから陸軍糧秣の草担ぎを四、五日休んだことがあった。すると三日目には食い物が無くなった。俺のお婆さんは盲目で癇癪持ちだから、腹が空いて辛抱が出来ないと、お前が悪いと言いながら俺を殴るのだ。そのときも俺を箒で殴るつもりで、寝床をポンポン叩いたところが、俺は体が焦げるように熱いから四斗樽に水を汲んで浸《つか》っていたのだ。お婆さんはそれを知らずに、いくら殴っても手応えがないのでお了いには怒鳴り出した。

「清！　清！　どこにいるか」

俺は四斗樽の中から、ここにいると言った。するとお婆さんは今までの運動が無駄になったので、白眼を剝《む》き出して怒った。

「わしがこんなに腹をへらしているのが解らんか、親不孝め！」

だから俺も四斗樽から飛び出して怒鳴り返してやった。

「俺だって腹はへらい！」

「そんなら、どうかするがよかろ！」

「殴ったって怒鳴ったって始まるものか。どうもこうもなりゃしないから弱っているんだ。くたばり損いめ」

しかし、俺も我慢が出来ないから町内の救世軍に飛び込んで、もっと楽な仕事があるのならいくらかでも前貸しをして世話してくれと言った。門の柱には「困った人はいつでもお出でなさい。仕事をお世話します」という看板が出ているんだ。そして、まんざら知らない顔でもないのだ。ところが士官が出て来て、生憎今仕事がないから、そのうち探しとくからまた来いと言いながら、俺の風采《なり》をじろじろ見てすぐ引っ込んだ。大嘘つきめ！　太鼓を叩いて讃美歌を唸っていりゃ役目は済むと考えてやがる。看板なんか出さなけりゃ、わざわざ恥かきに行きやしないのだと思うと、無闇に腹が立って門を出たとき看板を引っぱずして逃げた。家へ帰るとお婆さんがいないから、どこへ行ったのだろうとは思ったが、一向気にしないで四斗樽の中へ浸《つか》っていると、皺張りの顔を米粒だらけにして戻って来た。お婆さん、懐から手拭いに巻き込んだ握り飯を取り出して俺に食えと言うのだ。お婆さんは、俺に無断でどこから握り飯を貰ってきたのか死ぬまで隠していたが、俺の額からは冷や汗が滲み出た。いくら、旅の空だろうがあんまりみっともないと思った。するとお婆さんは大きに悟って、恥も外聞もあるものかと言った。仏の恥をさらすようだが、お婆さんは俺を可愛がっていたから恨みやしない。乞食を見ると、俺は何だか変になってきた。息のある間はこんな具合にひどい目に合わせて、骨になってからまで行き場に困らせて孫の顔が立つかと思うと、早く先祖の安息所を見たいのだ。そして見つかった昔の墓は意外にもちゃんと残っているから有り難かった。ただ周囲の墓所《むしょ》の芥《ごみ》捨て場になっているだけだった。俺の手一つで三日かかって掃除をしても、片づくまいと思われるほど荒らされていた。水筒や花立てや爆竹の殻や卒塔婆《そとば》や破れ提灯が堆《うずたか》く積んである。しかし俺は安心して引き返した。二、三日のうちに手を入れたら、お婆さんだって戸惑いせずに済むわけだろう。俺はお坊の主人の顔を見たくないから丘を横切って高林寺の門前へ出た。そこから俺の生まれた家まで一町たらずだからついでに行ってみると、家は無くなって、八幡神社の庭園に繰り込まれていた。昔の姿は一つもない。俺が詩人だと、この辺で哀れな述懐の一くさりは惜しまないのだが、素人ではあまり映えない。俺は今晩山の手の教会堂で島田征伐大演説の火蓋を切らねばならなかった。そこでまた波止場の「大黒屋」へ引っ返すのだ。宿の帳場へ入ると、まことに相すまないような蒼い顔をしたお神さんが俺のバスケットを下げて飛んできた。

人間の顔も、うっちゃっとけば法図《ほうず》なく伸びるが、少々伸び過ぎたお神さんは、俺を見て不快なことを言い出した。

「あの、旦那さん。ほんにすまんばってんが、ちっと都合のあってですけん、宿ばお断りしたかとですばい」

ですばいも糞もあるものか。九州の土人がいくら野蛮だって、こんな得手勝手な相談はないはずだから、俺は面食らって黙っていると、

「ほんにすまんばってんが、わきの宿屋においでなはるこた出来まっせんかのし」

と言った。

「どういうわけです?」

「ちっと家内に取り込みが出来ましてのし。田舎から急に人が来ますたい」

この神さんが昨夜俺の部屋に宿帳を持って来て、家内は自分と亭主と娘の三人暮らしで無事息災に暮しております。宿は汚いが呑気だから何卒ごゆっくりと言ったのだ。「藪から棒にそんなことを言いっこなしにしようじゃないか。お神さんは嘘をついてるんだろう」

俺は腹が立つから開き直って詰《なじ》りつけた。するとお神さんは困り切って「いいえ、あァた、ほんとですばい」と言うのだ。察するところ俺の留守に、警察あたりから俺を泊めてはいけないとでも脅かしに来たんだろうと言うと、ありそうな顔つきで、そんなことはありません、ただうちの都合だと隠している。いずれにしても、俺はここを出ると行き場に困ることや、宿代を払うわけにも行《ゆ》かない事情や、電報を打てばどうにかなることまで、恥ずかしいのを我慢して打ち明けた。するとお神さんは迷惑そうに、そんなら荷物のバスケットだけ預るから、直ぐ電報を打って金を作ってくれ。電報料は立て替えておくと言った。虫のいい女だ。大阪の圭吉に電報を打って戻って来ると、今朝来た講演会の主催者が新顔を加えてやって来た。木綿の袴に垢じんだ羽織の男がくれた名刺を見ると『長崎夕陽』文芸記者とあるから、俺を日本有数の社会主義作家にしたのは多分この男だろうと思って尋ねると、自分ではない、あれは門司港の支局から原稿で送って来たのだ。全くうっかりしていたのでお気の毒でしたと澄ましている。何だってお気の毒な手合いばかり揃っているんだ。その『長崎夕陽』が講演会のプロパガンダの支度も出来たから、よろしければソロソロ教会堂へ出掛けましょうと言った。時計を見ると三時ちょっと過ぎで、三時半に始まるのだからゆっくり構えていられないが、宿なしでは講演会の騒ぎでもなかろう。しかし約束として、止むを得ないときは、この連中に事を分けて便宜を計って貰うつもりにした。こうなると不思議に落ち着くものだ。俺はお婆さんの骨壺を抵当に大黒屋を出た。戦争に勝つなら突喊《とっかん》だ。汽車で行くなら急行だ。俺の文章はこの辺で抜き手を切るから早くなる。早くなる前に電報のことを考えると、三時に打ったから六時には着く。うまく運べば十時には金が来てお婆さんは浮かばれる、俺は飲める。残りは馬面のお神に叩きつけても苦しくないのだ。俺の考えによると、お神は確かに、その筋にそそのかされて俺を追い出したのだ。その筋は島田の報告を信用したのだろう。してみると、島田は本当に俺を社会主義の宣伝者と睨んだか、それとも俺の嘲弄に対する個人的な復讐にやるのか、どっちみち俺を迫害するような見当違いなその筋もこの筋も木偶《でく》の坊に決まっている。そんな警察なんざ今に免職だろう。大波止《おおはと》から支那町へ出て、昔その辺にユダヤ人のビヤホールのあった崖下を通ると、左右の電柱に「西九州文芸講演会」という広告ビラが張ってあった。「凧揚げ大会」や「——立候補応援大演説会」のビラの中に割り込んで目につく。これが俺の話の集りなんだが、俺一人かと思うと、俺の前座に「煩悶と礼拝」「労働文学と貴族文学の価値批判」と銘を打った二人の出演者がある。一人は女だから奇抜だ。一番最後に「ある諷刺」と俺の名が見えた。その「ある諷刺」の腹案がどうにか纏る頃、俺たちは大浦海岸の税関の後ろから、「ナガサキ・ホテル」の坂を登った。俺のいた中学校の石垣の下を右へ折れると、山の手の眺望台をよこぎった芝生の中に山の手教会堂がある。昔からあるコンクリート風の石づくりに、礎石から屋根の上の避雷針まで青蔓にからみつかれた建物だ。ちょっと見ると倫敦《ロンドン》塔の備前焼に苔の生えたような時代ものだからすぐ解る。この家がよく借りられたもんだと感心すると、「なにあなた、私どもは毎週ここで聖書文学の研究をやりますから、堂主とは心安いのです」と連中の一人が説明した。すると例の仲間の大将らしいのが、「今晩お話を願った△△女史が我々の同志で、土地の新婦人会の幹事をしていられる堂主のお嬢さんですから、気やすく講堂を貸してくれますよ」とつけ足した。

「いくつくらいの方ですか？」

「もう三十くらいでしょうね」と大将は絶叫した。三十でお嬢さんなら、よほど運の悪い宿命論者だろう。逢わないうちから気の毒な気がした。『長崎夕陽』の注に従えば、△△△女史の後を受けて饒舌《しゃべ》るのはこの町の呉服屋の若旦那らしい。そこへ俺が顔を出すと三題話の種になるだろう。しかもこの三十歳の独身女史と呉服屋の若旦那がこの町きっての天才で、俺の書いたものなら欠かさず読んでいるそうだ。俺の愛読者だけに異彩を放って違ったもんだと感心した。会場の入口に俺たちの到来を待っていた背広の紳士が、ちょうど胸に刺している白薔薇のような、にやけた格好で迎えに出て来た。様子を窺うと、あまり広くない講堂は男や女で殆んど一杯になったから流石に有難かった。「一体何人ぐらい入れるのですか」と尋ねると、白薔薇の紳士は傲然として「五百や六百はゆっくり入れますよ。さあ、何卒《どうぞ》この薔薇の花をおつけください。私どものソサエティの紋章です」と言いながら、自分の胸から一つ外してくれるから「薔薇紋はいい。回々《フイフイ》教も悪くない」とお世辞を言うと「そうですとも第一匂いが高潔です」と吐かしたから凝っている。ちょうどこの薔薇紋をつけた独身女史が、仄暗い演壇に立って何か饒舌っていた。いずれ後ほど俺に引き合わせると言いながら、ひと先ず連中は扉の陰に落ち着いた。そして独身女史の話しぶりに傾倒した。連中に聞くと、何でも恋愛の永久性について、彼女の身の上話をやったところだそうだ。更に追問すると、彼女はいかにすれば自分の失恋の度数を一々数え上げて、煩悶と悲哀とに堪え得るかという、度量と能弁とを合わせて聴衆の前に陳列していることになるので、醜婦失恋敢えて一向珍しくないのだが、彼女の告白はここでなければ見られない図だと思った。後で、俺に彼女の苦悶について御垂教にあずかりたい覚悟だそうだから、うっかり旅へは出られないことになってしまった。〝秋風落莫《らくばく》として行《こう》人《じん》旅に愁い〟は西行法師の文句だ。醜婦悄然として愚人故郷に悩みそうなのは俺の胸中だ。俺の番が済んだら逃げ出すに限ると思って謹聴していると、なるほど、自分の恋物語を臆面もなくぶちまけるほど胆の据わった女だから、図迂図迂しいのは当たり前だが、お終い際になって、ヨハネ伝の第十四章をひらいたり、マタイ伝の六章を十九節から二十四節まで朗読して、悲しむ人々よ、ここに神の智慧あり、悶ゆる人々よ、ここに慰めの王法ありと結んで、降壇するかと思うとしばらくの間冥想に耽るのだ。手数のかかる霊魂もあるもんだ。それが済むと大家の若旦那が演壇に登って、労働文学貴族文学の優劣を論じた。結論はつまり労働文学は真剣だが面白くない、貴族文学は遊戯的だが面白い、文学は遊戯だから値打ちは後者にあるというふうな三段論法で簡単に決めつけて、貴族文学の肩を持って引き退ると、俺の前に腰かけていた職工風の青年が、俄かに立ち上がってやって来た。そして俺が日本有数の社会主義作家かと聞くから、手っとり早く左様だと答えると、

「私は三菱造船所の機械工山本です。私は今の弁士の演説に反対の意見を持っているんですが、ちょっとでもいいから饒舌らせてくれませんか?」と言った。飛び入りだ。

「さあ、僕は構わんが、幹事の方に一応掛け合ってご覧なさい」

すると機械工の山本某は、たった今、降壇した呉服屋の若旦那をとりまきに行こうとする連中を捉えて、頻りに談じ込んでいたが、話がついたかどうか兎に角、山あらしのような勢いで説教壇へ駆け上がった。そして中学校の弁論部長みたいに肩肘を突っ張りながら、古風な労働神聖論から始めた。多分、この男は三菱の造船所で始終稽古しているものと見えて、いかにも淀みなく滔々と啖呵を切るのはあっぱれだが、だんだん進行していくうちに、今度は労働者の生活が苦痛で悲惨で可哀想だと妙な愚痴

を並べた。しかしとどの詰まりどんな結論になったかと言うと、だから労働生活を取り扱った文学は面白くないかもしれないが、ただ面白い面白くない体《てい》の批判で、遊戯以上の意味を持っている芸術価値を決めて貰っちゃ迷惑だ。そうだ！（と機械工山本は叫び出した）文学は遊戯じゃないのだ！　生活は遊戯じゃないのだ。俺たちは女房の一人も飼っておけないほどの極貧だ。纏う着物は破れ、寒風は骨を刺す。と言い出したときに、聴衆の中から法螺貝のような罵声が飛び出した。

「戸町《とまち》の肉蒲団はどうしたのだ！　日本一の横着者め！」

戸町というのは、船頭相手の遊廓なんだ。すると聴衆は崩れるように笑った。婦人たちは顔を赤くした。一刹那凝固した沈黙がやって来た。度胆を抜かれて突っ立っていた熱狂弁士が、今の叫び声がやっと聞こえたようなふうをして、

「何が日本一だ！」と言いかえした。「やれやれ！」という声があちこちに起こると、白薔薇の紳士が躍気になって制するのだ。空気は険悪になって来た。さて、俺はこの三人の弁士の姿を髣髴《ほうふつ》させるために余計な手間を食っているのではない。本尊の俺がなぜ一口も利くに及ばずして会堂を出なければならなかったかという事柄を説明するための順序なのだ。

「黙れ！　何が肉蒲団だ」

と機械工の山本がまた怒鳴った。

「おりろ！　馬鹿野郎」

と聴衆の中から別の声が飛び出した。罵倒の掛け合いが一分間も続かないうちに、同じような職工服の男が現れて機械工の山本を引きずり下ろそうとした。会場は騒がしくなった。そして今まで全く気がつかずにいた窓際から一人の警部が出て来たかと思うと、弁士の降壇を命ずるのだ。

「あの警部は臨検に来てるんですか」と俺は白薔薇の紳士に聞いた。

「どうもそうらしいのです。公開講演だから来たのでしょう」と紳士は蒼くなって教壇の方へ行く。

「大きにお世話だ。俺は言うだけ言っちまや自然におりるんだ」と機械工が反抗した。大きにお世話な警部だと思って成り行きを見物していると、今度は警部と喧嘩を始めた。機械工に応援する奴もあれば、警部の味方をする奴もいる。最後に来たのが「解散」だった。「中止！」そして「解散！」文句を言ったって始まらぬ。下手に頑張ると一緒に来いと来る。嫌だと言えば無理に引っ張って行くだろう。そんな奴の相手になるものか。俺の演説はお蔭さまでお流れだ。怒ったり悲観したり出来るだけの不愉快な表情をつくって会堂を出て行く、折角の聴衆と一緒になって、警部に引き摺られて行く機械工山本某の悲憤慨嘆を眺めているより以上に悧巧でないのが幹事の連中なんだ。しかし俺たちはこの尊敬すべき機械工が何だったのかということを間もなく発見した。一生懸命になってると下手な役者が一番うまくやるが、あまりうますぎると思うと事件は意外な解答を与えた。俺がクウプリンならここでこう書くだろう。「正直にしてなおかつ多少間の抜けたる東京下りの平民文学者大泉黒石氏は、西暦一千九百二十年四月某日、山本某と名乗る職工風の一刑事の狼藉によって、哀れむべき旧友島田喜八の征伐演説の不幸より救い出されたのである」と。

何のことはない、初めから仕組まれた狂言なんだ。刑事の島田は俺の講演会をぶち壊すことに於て成功したと言わねばなるまい。「狼」は穽《おとしあな》にかかった。

この同情すべき私の帰郷記は、これでお終いになるのではないが、この辺で一先ず打ち切りたいのである。なぜならば、私は、お婆さんにとっては二回目のお盆が巡り来たので思い出して書いているうちに、お盆は過ぎ私の気は遂に抜けた。暑さも寒さも彼岸までだ。仏の話は盂蘭盆《うらぼん》に限る。先を書くなら来年の夏だ。仮象《かしょう》の別荘から実相の本宅へ引っ越して大日法界の色は無想三昧《むそうさんまい》の堂に居眠りをしている親愛なる盲目のお婆さんの遺骨は、ここに永遠に私のそばを離れて港の寺の土の下に葬られてしまったと言えば、尻切れ話に申し訳がつくだろう。その証拠には私の家族が一人減って助かったと喜こんでいる私に聞けば大抵解る。

（完）

自画自讃

近世最大のユウモリストと言われるマーク・トウェインのことを説くには、彼、余りに有名すぎるが、本当だか、嘘だかは知らぬ、物の本によると、彼、あるとき秘書係の募集を試みたそうだ。募に応じて彼の許に来る者の一人一人に向い、彼の秘書役に適するか否かを見るために色々の質問を発した。

次なるはその一例である。マーク・トウェイン問うて曰く「貴君は拙者の秘書に相応《ふさわ》しき性格や技能を持っていると思われるか?」と。応募者莞爾《かんじ》として答えて曰く、

「はい。確かにそう思います。第一に私はユウモアを解し、ユウモアに富んでおります。私は常に人をして笑わしめることが得意であり巧みであります。先生の秘書になりましたならば、先生のためには、先生がお書きになる作品の、好個のモデルとなるでありましょう。何故ならば、私は常に先生を笑わせるからです」と。

ここに於いてマーク・トウェイン、例の髭面を顰め、頭を横に振って曰く、「そんな人は拙者の秘書役には向きません」と言って、この自称ユウモリストを断ったそうである。この話、元来本当だか嘘だか知らぬと、私は言ったが、マーク・トウェインの言いそうな挨拶だから、恐らく、後人の作ではあるまいと思う。

十返舎一九子が、東海道筋のある宿屋に泊っているとき、かねて『膝栗毛』を愛読している男、作者の人物を想像して、いかに、面白おかしい大将であろうかと思い、わざわざ一九子をその宿屋に訪ねて会ってみると、意外、面白くもおかしくもない、然《しか》らばさようと四角張った物固い厳めしい、笑顔の一つもみせない修身の先生然たる小父《おじ》さんだったので、大いに面食らって引下がったという。いかにも一九子にありそうな逸話だ。

マーク・トウェイン、十返舎一九、概ねかくの如し。不肖大泉黒石、ユウモリストを以て自ら任ずる者に非ずと雖《いえど》も、ユウモアの持合せに至ってはマーク・トウェイン、十返舎一九が如き輩に比べて遥かに富めりという。冗談ではない。しかも人物の真剣真摯なることもまた敢て彼らに劣らず。これ、本書に収録したる数編の生活記録の明らかに実証するところだ。

ニヤニヤ笑いながら書いた擽《くすぐ》りや、独りよがりの駄洒落を以て世にユウモリストと称する者の作品と同日に談じられてはやりきれない。と爾《しか》言う。

作者識

解　説

四方田犬彦

「アレキサンドル・ワホウィッチは、俺の親爺《おやじ》だ。親爺は露西亜《ロシア》人だが、俺は国際的の居候《いそうろう》だ。あっちへ行ったりこっちへ来たりしている。泥棒や人殺しこそしないが、大抵のことはやってきたんだから、大抵のことは知っているつもりだ。ことに、露西亜人で俺くらい日本語のうまいやつは確かにいまい。これほど図迂々々《ずうずう》しく自慢が出来なくちゃ、愚にもつかぬ身の上譚が臆面もなく出来るものじゃない」

本書、つまり『俺の自叙伝』として纏められることになる自伝第一篇の冒頭である。発表誌は『中央公論』一九一九年(大正八年)九月号で、初出時の題名は「幕末武士と露国農夫の血を享けた私の自叙伝」。時に作者の大泉黒石は二六歳の秋であった。

いったいこんな素っ頓狂な書き出しの自叙伝を、これまで日本人が書いたことがあったろうか。大正時代である。文学とは篤実にみずからを内省し、日常に体験したことを素材として文章を練り上げるところにあるという文学観が素朴に信奉されていた時代のことである。読者は驚嘆し、ある者は拍手をもってこの混血児の饒舌を歓迎した。別のある者は、こんな人物などありえない、すべて巧みな虚構だと怒りを露わにした。毀誉褒貶の嵐のなかで、作者である大泉黒石はあっという間に文壇の寵児となった。

大泉黒石は近代の日本文学において、きわめて例外的な、特異なる文学者である。日本とロシアの混血児として生まれ、幼くして日本、中国、ヨーロッパ社会を知った。日本語、ロシア語に堪能であったばかりか、フランス語、英語、ドイツ語、そして漢詩文にも通じ、小説、自叙伝、翻訳、ロシア文学史の学術書を執筆した。大正時代の日本にあって、十九世紀のロシア文学と老子『道徳経』を座右におき、自分の背後に世界文学が控えているという強い自覚のもとに文学を探究した。

黒石の生涯を簡潔に記しておこう。

大泉黒石は一八九三年（明治二六年）十月、長崎県八幡町（現在の長崎市）八幡神社境内

に生まれた。父親アレクサンドル・ステパノヴィチ・ワホーヴィチは、当時は天津のロシア領事館に勤務する外交官。母親の本山ケイ(俗名恵子)は旧士族で、下関税関長の娘。ケイがロシア文学に憧れ、ロシア語を習得したことが契機となって、皇太子時代のニコライ二世の侍従として来日中だったアレクサンドルが求婚したわけであった。二人は漢口で新婚生活を送り、ケイは出産のため故郷長崎に帰還。一子を出産後、産褥死を遂げた。子供は母方の家を継いで大泉清と名付けられた。ちなみに後になって彼は、みずからをキヨスキーと呼んでみせることもあった。

執筆中の大泉黒石

清は小学校三年までを長崎で過ごし、父親を頼って漢口に向かったが、その直後に父親と死別。父方の叔母に連れられ、モスクワの小学校に編入されてしまう。このとき父親の故郷ヤースナヤ・ポリャーナで、七六歳のトルストイ翁の謦咳に接したことが、後に少年の一生を左右することになる。清はやがてパリに渡り、リセ・サンジェルマンに在学。モーパッサンを読んだことが契機となって文学に夢中となり、フランス語でヴィクトル・ユゴー博物館の訪問印象記を雑誌に寄稿することから文筆の道に参入する。帰国して長崎の鎮西学院中学を卒業。一九一五年にはふたたびロシアに戻り、ペトログラード(現在のサンクト・ペテルブルク)で高校に通う。

このあたりから清の「国際的居候」性の本領が発揮される。一九一七年、二月革命の混乱を避けて帰国。京都の第三高等学校に入学し、長崎での幼馴染と結婚。もっともどうやらこのあたりで父親の遺産が尽きてしまい、三高を退学。上京し、第一高等学校に籍を移すが、ここも学費が払えず退学。困窮の末に石川島造船所で書記に雇われ、さらに生業を転々と変える。本人は一時は屠畜場や製革工場に身を置いたこともあったとも述べている。驚くべきは、そうした生活の変転のなかでロシア文学史の研究に着手し、トルストイとの邂逅を月刊誌『トルストイ研究』に寄稿していることである。このとき用いられたのが「大泉黒石」という筆名で、「黒」の一字は老子『道徳経』にある「玄」に想を得たものである。黒石は生涯を通して、老子／トルストイの説くアナーキズムに共感を覚えていた。

一九一八年、シベリア出兵が開始されると、それに便乗するようにハルビン経由でチタに滞在。翌年に帰国すると、総合雑誌に次々と寄稿し、ロシア・ジャーナリストとして目覚ましい活躍を始める。この黒石に注目したのが、当時『中央公論』編集長として采配をふるっていた滝田樗陰《ちょいん》。ただちに黒石にこれまでの数奇な遍歴を書くことを勧め、かくして一九一九年九月、本解説の冒頭に引いたように「私の自叙伝」が掲載されることになった。これはたちまち話題を呼び、続編が執筆される。同年十二月にひとまず単行本『俺の自叙伝』(玄文社)として刊行されると、大いに洛陽の紙価を高めた。

一九二〇年代前半、つまり大正の最後の五年間は、黒石の全盛時代である。故郷長崎の異国情緒に材をとった幻想短編、怪奇短編を次々と発表。ゴーリキーの『どん底』やレールモントフの「悪魔」を翻訳し、中国の古代哲学者を主人公に『老子』『老子とその子』を刊行。『老子』は四か月で三六刷という、驚くべきベストセラーとなった。一九二三年には映画監督としてデビュー直後の溝口健二のため、ドイツ表現派映画『カリガリ博士』の向こうを張って怪奇幻想短編「血と霊」を執筆し、それを脚本化した。ホフマンの『マドモワゼル・ド・スキュデリー』の舞台を上海と長崎に移した翻案である。もちろん自叙伝の続きも忘れてはいない。一九二六年には「人間廃業」を『中央公論』に連載し、独自の饒舌文体にますます磨きをかけた。この間、大部の『露西亜文学史』を刊行し、短編集は五冊を数える。

もっともこうした飛ぶ鳥を落とすかのような黒石の人気は、当然のごとく嫉妬と羨望を引き起こすことになる。久米正雄、村松梢風《しょうふう》といった作家たちはこの混血作家を警戒し、文壇における既得権を守ろうとして、誹謗中傷を重ねた。『中央公論』編集部に在籍していた木《き》佐《さ》木《き》勝《まさる》が克明につけていた『木佐木日記』には、この時期の黒石バッシングの実態が生々しく記録されている。曰く、ロシア語に堪能というのは嘘であろう。ひどい嘘つきだ。どこが樗陰の気に入っているのかわからない。そうした風評から窺われるのは、私小説をもって規範とする同時期の文壇において、黒石の文学が「何か白米の中に砂が交っている」、「どうもこの作者はニセモノだ」(『木佐木日記』)といった風に受け取られていたことである。こうした言説の背後に、日本社会における混血児排斥運動と国粋主義運動が影を落としていたことはいうまでもない。

一九二五年、滝田樗陰が急逝すると、『中央公論』への寄稿が少しずつ困難となり、ほどなくして黒石は文壇から完全に追放されてしまう。豪奢を極めた生活は急速に零落し、三年後の一九二八年には長男の青山学院中等部入学に際しても、入学金捻出に苦労することになる。小説発表の道を断たれた黒石は、山岳紀行、峡谷紀行のジャンルに活路を見出す。もとより老子の小国寡民主義に共感し、山歩きを好んでいたこともあって、一九三〇年から四〇年代にかけて四冊の著書が刊行された。

とはいえ日に日に軍国主義へと傾斜していく日本社会にあって、黒石の生活は窮乏を極めた。往来を歩くと西洋人としての外見ゆえに、いわれなき嘲罵を受けることもあった。それでも一九四一年には長崎の出島を舞台にした長編小説『おらんださん』を発表したが、アメリカとの戦争が勃発してそれ以後は続かず、一九四三年には『草の味』なる書物を著して、食糧危機の時代には野草を食べるべしと説いている。さすがにこのときは「黒石」という筆名でこういった書物を出すことを恥じたのだろうか、著者名を本名の「大泉清」とした。

日本の敗戦は黒石にいかなる動揺をも与えなかった。日本国家から排除されていた彼は、もとより心を日本国家の外側においていたからである。彼は進駐軍の通訳として横須賀の米軍基地に勤務し、缶詰やウイスキーを家族の元に持ち帰るという生活を続けた。アルコールの度が過ぎて逝去したのが一九五七年十月。享年六四であった。

現在からは想像もつかないが、大正時代の『中央公論』は「公論」(時事論文)と「創作」(純文学)の二部に分かれ、文字通り文壇の登竜門であった。編集長として着任した滝田樗陰はそこに新たに「説苑」なるコーナーを設け、中間的なエッセイを積極的に掲載する方針をとった。黒石の自叙伝はこの「説苑」に掲載された。

『俺の自叙伝』は最初、その第一篇が『中央公論』一九一九年九月号に掲載されたときには、「幕末武士と露国農夫の血を享けた私の自叙伝」という、解説的な表題がつけられていた。おそらくこれは、まだ海のものとも山のものともつかない新人文学者を売り出すため、樗陰が提案したアイデアであったと思われる。

もっともこの配慮は杞憂に終わった。同年九月にはただちに『朝日新聞』が「日露の混血児コクセキー君の一家」という写真入りのインタヴュー記事を掲載している。黒石はトルストイの小さな塑像のある書斎で、驚くほど真面目に記者の質問に答えている。チェーホフが好きで、トルストイの思想に憧れていた。真のロシアを知るには田舎に暮らしてみないとわからないとも語っている。こうして黒石の文章が評判を呼んだので、続編は説明抜き、「日本に来てからの俺」という簡単な題名となった。そこでは早くも一人称に「俺」が用いられている。これは小林秀雄がランボーの『地獄の季節』を翻訳するにあたって「俺」を採用したことよりもはるかに早く、近代日本文学における無頼の系譜のなかで注目されるべき事件である。
閑話休題。一九一九年には第二篇までがひとまず『俺の自叙伝』として刊行。翌二〇年になって第三篇、第四篇が書き継がれた。それが全編纏めて改訂され、『人間開業』の総題のもとに毎夕社出版から刊行されたのは、一九二六年のことである。

先に黒石の生涯を幼少時から晩年まで簡単に説明しておいたが、『俺の自叙伝』の各章をそのままの順序で読み通すことは、けっして容易な読書ではない。「俺の話は双六の骰子《さい》みたいに先へ行くかと思えば逆戻りする流儀だ」と本人は開き直っているが、お得意の饒舌体に加えて、話が次から次へと飛躍し、スターンの『トリストラム・シャンディ』とまではいかないが、語りの時間が逆行したり、平然と横道に逸れたりする。舞台となる空間も同様。長崎に始まり、モスクワ、パリ、ロンドン、さらにふたたび長崎、またモスクワ、ペトログラード、京都、東京と、本人の移動に応じて、猫の目のように変わって行く。悪漢小説《ピカレスク》とまではいえないが、堂々たる冒険物語であり、歴史の変わり目の貴重な証言記録である。加えてメロドラマでもある。そこで読者のため、一応の粗筋を簡潔に記しておこう。

第一篇ではまず幼年時代の思い出が語られる。曽祖母、祖母、乳母と、三人の女性に囲まれて育った幼子の前に突如として「化け物」のような父親が現われ、彼を「はんかお」(漢口)へと連れていく。だが父の死によって幼い語り手はただちに孤児になり、モスクワで小学校に通うことになる。クリスマスが近づいたころ、伯父といっしょに父親の故郷を訪れ、そこで「労働者じみたうす汚い爺」トルストイに会う。舞台は一転してパリとなり、リセに通う語り手は操行の悪さから退学。曽祖母の死を知って長崎に戻り、無事に中学を卒業したまではよかったが、心はロシアを忘れ難く、ふたたびモスクワへ、そして騒乱のさなかのペトログラードへ。実はここで「俺」は最初のモスクワ時代に知り合ったユダヤ人の女性と恋仲となるのだが、彼女はメンシェヴィキの兵士の凶弾に倒れてしまう。このあたり、どこまでが黒石の実体験であるのか。多分にメロドラマ的な脚色が施されている可能性もあるが、とはいえ作家には自分の人生の物語を自分で創造する権利があるはずだという確信に基づいて、先に進むことにしよう。

第二篇では「俺」は京都の三高に進み、親戚縁者から大反対をされながらも幼馴染の女性と結婚。世界大戦の勃発もあって、スイスの叔母が管理する父親の遺産が送られてこなくなる。「俺」はたちまち生活に窮し、東京へ向かう。ひとまず京橋の「親方」のもとに身を寄せ、石川島の鉄工所で帳簿付けの仕事を得る。

第三篇からは少し調子が変わる。「俺」の一家は浅草で豚の生皮の染色に従事し、さらに屠畜、靴工場の外国語通訳と、さまざまな職を転々とする。ゾラともセリーヌともつかぬ、グロテスクで壮絶な描写が目立ってくる。実はこの後、作者はシベリア出兵に乗じて、朝鮮満洲経由でチタに滞在することになるが、『俺の自叙伝』ではそのことには触れられていない。黒石としては別に稿を改める心づもりがあったのだろう。チタでの物語は一九二六年、やはり『中央公論』に連載され、『人間廃業』と題して文録社から刊行されることになる。

『俺の自叙伝』の最終篇、第四篇は一九二一年に執筆された。この時点ですでに黒石は紛うことなき流行作家となっている。語られているのはその二年前、つまりシベリアから帰国し、ロシア事情について総合雑誌に次々と寄稿、自叙伝を発表しだして脚光を浴びだしたことの物語である。

有名人となった「俺」のもとには、正体不明の人物が次々と押しかけてくる。盲目の祖母が亡くなり、語り手は遺骨を抱いて故郷長崎まで船旅に出る。先祖の墓は荒れ果て、周囲は塵埃捨て場と化している。生家跡も消滅している。社会主義者を自任していた中学時代の級友の一人は、家の貧しさから進学を断念し、今では刑事として「俺」に接近して来る。その卑屈な表情から察するに、どうやら「俺」を社会主義者だと誤解して誘導尋問をしたいようなのだ。語り手は深い失望に襲われる。この最終篇ではレールモントフ、ツルゲーネフ、そしてチェーホフといった十九世紀ロシアの小説家に対する、黒石の深い傾倒が感じられる。

解説を閉じるにあたって、最後に校訂の方針について記しておきたい。

『俺の自叙伝』には少なからぬ異稿が存在している。一九一九年に玄文社から刊行された最初のものは第一篇、第二篇のみ。一九二六年に『人間開業』と改題し、毎夕社出版から刊行されたとき第三篇、第四篇が収録され、全篇の完成を見た。本文庫はその後、アンソロジー『当世浮世大学』(『現代ユウモア全集』第十巻、現代ユウモア全集刊行会、一九二九)に収録されたものに拠った。これは生前の著者の目によって若干の表記が変更され、最終的に改訂された版であるためである。一九八八年に緑書房から刊行された『大泉黒石全集』第一巻『人間開業』も適宜参照しつつ、誤植と思われる箇所には適宜訂正を加え、新字体・新かなづかいに改めたことを、お断りしておきたい。

収録にあたって二種類の序文を再録した。冒頭の「挨拶」は『人間開業』刊行時に序文として添えられたものである。末尾の「自画自讃」は『当世浮世大学』全体に序文として記されたものである。後者はかならずしも『俺の自叙伝』に特化した序文ではないが、黒石の戯作観を知る上で貴重な文献であるために、ここに収録することにした。

また、本書には現在の視点から見て不適切な表現があるが、作者が反差別の立場に立つ故人であることと、作品がすでに古典的文学であることから、底本を踏襲することにした。

俺《おれ》の自叙伝《じじょでん》

2023年 5月16日 第1刷発行
2023年 7月 5日 第2刷発行

著 者 大泉黒石《おおいずみこくせき》

発行者 坂本政謙

発行所 株式会社 岩波書店
〒101-8002 東京都千代田区一ツ橋 2-5-5
案内 03-5210-4000 営業部 03-5210-4111
文庫編集部 03-5210-4051
https://www.iwanami.co.jp/

印刷・三秀舎 カバー・精興社 製本・中永製本

ISBN 978-4-00-312291-4 Printed in Japan

読書子に寄す

――岩波文庫発刊に際して――

岩波茂雄

真理は万人によって求められることを自ら欲し、芸術は万人によって愛されることを自ら望む。かつては民を愚昧ならしめるために学芸が最も狭き堂宇に閉鎖されたことがあった。今や知識と美とを特権階級の独占より奪い返すことはつねに進取的なる民衆の切実なる要求である。岩波文庫はこの要求に応じそれに励まされて生まれた。それは生命ある不朽の書を少数者の書斎と研究室とより解放して街頭にくまなく立たしめ民衆に伍せしめるであろう。近時大量生産予約出版の流行を見る。その広告宣伝の狂態はしばらくおくも、後代にのこすと誇称する全集がその編集に万全の用意をなしたるか。千古の典籍の翻訳企図に敬虔の態度を欠かざりしか。さらに分売を許さず読者を繋縛して数十冊を強うるがごとき、はたしてその揚言する学芸解放のゆえんなりや。吾人は天下の名士の声に和してこれを推挙するに躊躇するものである。このときにあたって、岩波書店は自己の責務のいよいよ重大なるを思い、従来の方針の徹底を期するため、すでに十数年以前より志して来た計画を慎重審議この際断然実行することにした。吾人は範をかのレクラム文庫にとり、古今東西にわたって文芸・哲学・社会科学・自然科学等種類のいかんを問わず、いやしくも万人の必読すべき真に古典的価値ある書をきわめて簡易なる形式において逐次刊行し、あらゆる人間に須要なる生活向上の資料、生活批判の原理を提供せんと欲する。この文庫は予約出版の方法を排したるがゆえに、読者は自己の欲する時に自己の欲する書物を各個に自由に選択することができる。携帯に便にして価格の低きを最主とするがゆえに、外観を顧みざるも内容に至っては厳選最も力を尽くし、従来の岩波出版物の特色をますます発揮せしめようとする。この計画たるや世間の一時の投機的なるものと異なり、永遠の事業として吾人は微力を傾倒し、あらゆる犠牲を忍んで今後永久に継続発展せしめ、もって文庫の使命を遺憾なく果たさしめることを期する。芸術を愛し知識を求むる士の自ら進んでこの挙に参加し、希望と忠言とを寄せられることは吾人の熱望するところである。その性質上経済的には最も困難多きこの事業にあえて当たらんとする吾人の志を諒として、その達成のため世の読書子とのうるわしき共同を期待する。

昭和二年七月

《日本文学(現代)》〔緑〕

怪談 牡丹燈籠	三遊亭円朝
真景累ヶ淵	三遊亭円朝
小説神髄	坪内逍遥
当世書生気質	坪内逍遥
ウィタ・セクスアリス	森鷗外
青年	森鷗外
阿部一族 他二篇	森鷗外
山椒大夫・高瀬舟 他四篇	森鷗外
渋江抽斎	森鷗外
舞姫・うたかたの記 他三篇	森鷗外
鷗外随筆集	千葉俊二編
森鷗外 椋鳥通信 全三冊	池内紀編注
浮雲	二葉亭四迷 十川信介校注
野菊の墓 他四篇	伊藤左千夫
吾輩は猫である	夏目漱石
坊っちゃん	夏目漱石
草枕	夏目漱石
虞美人草	夏目漱石
三四郎	夏目漱石
それから	夏目漱石
門	夏目漱石
彼岸過迄	夏目漱石
漱石文芸論集	磯田光一編
行人	夏目漱石
こころ	夏目漱石
硝子戸の中	夏目漱石
道草	夏目漱石
明暗	夏目漱石
思い出す事など 他七篇	夏目漱石
文学評論 全二冊	夏目漱石
夢十夜 他二篇	夏目漱石
漱石文明論集	三好行雄編
倫敦塔・幻影の盾 他五篇	夏目漱石
漱石日記	平岡敏夫編
漱石書簡集	三好行雄編
漱石俳句集	坪内稔典編
漱石・子規往復書簡集	和田茂樹編
文学論 全二冊	夏目漱石
坑夫	夏目漱石
漱石紀行文集	藤井淑禎編
二百十日・野分	夏目漱石
五重塔	幸田露伴
努力論	幸田露伴
渋沢栄一伝	幸田露伴
子規句集	高浜虚子選
病牀六尺	正岡子規
子規歌集	土屋文明編
墨汁一滴	正岡子規
仰臥漫録	正岡子規
歌よみに与ふる書	正岡子規

獺祭書屋俳話・芭蕉雑談	正岡子規
子規紀行文集	復本一郎編
金色夜叉 全二冊	尾崎紅葉
二人比丘尼 色懺悔	尾崎紅葉
不如帰	徳冨蘆花
謀叛論 他六篇 日記	徳冨健次郎 中野好夫編
武蔵野	国木田独歩
愛弟通信	国木田独歩
運命	国木田独歩
蒲団・一兵卒	田山花袋
田舎教師	田山花袋
一兵卒の銃殺	田山花袋
縮図	徳田秋声
あらくれ・新世帯	徳田秋声
藤村詩抄	島崎藤村自選
破戒	島崎藤村
春	島崎藤村
千曲川のスケッチ	島崎藤村
桜の実の熟する時	島崎藤村
新生 全二冊	島崎藤村
夜明け前 全四冊	島崎藤村
藤村文明論集	十川信介編
生ひ立ちの記 他一篇	島崎藤村
にごりえ・たけくらべ	樋口一葉
大つごもり・十三夜 他五篇	樋口一葉
修禅寺物語 正雪の二代目 他四篇	岡本綺堂
高野聖・眉かくしの霊	泉鏡花
歌行燈	泉鏡花
夜叉ケ池・天守物語	泉鏡花
草迷宮	泉鏡花
春昼・春昼後刻	泉鏡花
鏡花短篇集	川村二郎編
日本橋	泉鏡花
外科室・海城発電 他五篇	泉鏡花
湯島詣 他一篇	泉鏡花
鏡花随筆集	吉田昌志編
化鳥・三尺角 他六篇	泉鏡花
鏡花紀行文集	田中励儀編
俳句はかく解しかく味う	高浜虚子
回想 子規・漱石	高浜虚子
有明詩抄	蒲原有明
上田敏全訳詩集	山内義雄 矢野峰人編
宣言	有島武郎
一房の葡萄 他四篇	有島武郎
寺田寅彦随筆集 全五冊	小宮豊隆編
柿の種	寺田寅彦
与謝野晶子歌集	与謝野晶子自選
与謝野晶子評論集	鹿野政直 香内信子編
私の生い立ち	与謝野晶子
入江のほとり 他一篇	正宗白鳥
つゆのあとさき	永井荷風

岩波文庫の最新刊

幸徳秋水著／梅森直之校注
兆民先生 他八篇
幸徳秋水(一八七一―一九一一)は、中江兆民(一八四七―一九〇一)に師事して、その死を看取った。秋水による兆民の回想録は明治文学の名作である。「兆民先生行状記」など八篇を併載。〔青一二五―四〕 定価七七〇円

グレゴリー・ベイトソン著／佐藤良明訳
精神の生態学へ(上)
ベイトソンの生涯の知的探究をたどる。上巻はメタローグ・人類学篇。頭をほぐす父娘の対話から、類比を信頼する思考法、分裂生成とプラトーの概念まで。(全三冊)〔青N六〇四―二〕 定価一一五五円

カール・ポパー著／小河原誠訳
開かれた社会とその敵
第一巻 プラトンの呪縛(下)
プラトンの哲学を全体主義として徹底的に批判し、こう述べる。「人間でありつづけようと欲するならば、開かれた社会への道しか存在しない。」(全四冊)〔青N六〇七―二〕 定価一四三〇円

佐々木徹編訳
英国古典推理小説集
ディケンズ『バーナビー・ラッジ』とポーによるその書評、英国最初の長篇推理小説と言える本邦初訳『ノッティング・ヒルの謎』を含む、古典的傑作八篇。〔赤N二〇七―一〕 定価一四三〇円

……今月の重版再開……

ガーネット作／安藤貞雄訳
狐になった奥様
〔赤二九七―一〕 定価六二七円

アンドレ・ジイド著／渡辺一夫訳
モンテーニュ論
〔赤五五九―一〕 定価四八四円